TAUSEND ZEILEN LÜGE

Das System Relotius und der deutsche Journalismus

造假新聞

他是新聞金童還是謊言專家?
德國《明鏡周刊》的杜撰醜聞與危機!

Juan Moreno
胡安・莫雷諾——著
黃慧珍 Magda Huang——譯

CONTENTS

CONTENTS

第5章

處理真相的方法

每次只要我想到雷洛提烏斯造假，接著馬上就會想到：不可能呀！完全不可能！沒有人會這樣憑空捏造吧！沒有人敢這樣做的！而在知道諸多真相之後的現在，這一連串線索擺在一起似乎很合理，好像必然這樣或那樣。但在當時不是。

第6章

雷洛提烏斯的造假手法

雷洛提烏斯似乎能在對話過程中，感應到對方當下需要什麼，然後馬上回應對方所需要的：無論是安慰、贊同、關注或是轉移注意力。

CONTENTS

CONTENTS

CONTENTS

推薦序
讓記者坐立難安的一本書

駐德記者／林育立

走進《明鏡周刊》漢堡總部的大廳，馬上可看到米黃色大理石牆上寫著幾個斗大的字：「是什麼就說出來。」（Sagen, was ist.）這是創辦人奧格史坦因（Rudolf Augstein）對每一位《明鏡》記者的叮嚀：只要是事實真相，就不要怕寫下來。

《明鏡》在德國以嚴謹的分析和尖銳的批判聞名，每到周末出刊，政治人物就爭睹為快，深怕自己名字出現在上面。在這個假新聞氾濫和公眾人物說謊成性的時代，像《明鏡》這樣勇於揭弊和追求真相的媒體的確難能可貴，在歐洲新聞圈享有極高的聲譽。

不過，這家德國最具公信力的媒體卻在二〇一八年底出了大紕漏，一名年輕記者成功騙過編輯的層層把關，造假多年後才被另一名同事踢爆，本書紀錄的就是這個揭露的過程。

作者莫雷諾是定期為《明鏡》供稿的自由記者，他自掏腰包在國外查證，揭露同事雷洛提烏斯造假，這件德國新聞界近年最大的醜聞才為世人所知。雷洛提烏斯可是拿下數十座新聞獎、被主管捧在掌心的王牌記者，莫雷諾揭穿他得冒極大的風險，他抽絲剝繭找出真相和說服主管這些本書核心的章節，尤其適合作為記者學習採訪的活教材。

首先要說明的是雷洛提烏斯造假的是台灣少見的調查報導。一般來說，從事調查報導的記者得先進行長時間的研究和實地採訪，行文講究場景描寫、背景分析和節奏感，對報導者相當有挑戰性。有趣的是，在一味求快的網路新聞時代，慢工出細活的調查報導德國的讀者反而愛看，對自詡為優質媒體的《明鏡》更是證明其自身存在意義的標竿。

從莫雷諾的角度來看，他和雷洛提烏斯兩人對記者這一行的認知有根本的差異。莫雷諾採訪過程經常遇到挫折，深知調查報導的辛苦，正因如此新聞工作之於他是一種接近真相的嘗試。

雷洛提烏斯的態度正好相反，手邊素材不夠就抄襲和憑空捏造，走捷徑繞過最辛苦的田野調查。他擅長將複雜的真相簡化成流暢又容易理解的故事，又能滿足讀者的正義感和優越感，就像一位懂得如何討好選民的民粹主義政客。

最後幾章對鼓勵記者造假的德國媒體生態也有諸多反省，讓我讀來坐立難安，想到台灣的媒體亂象。《明鏡》編輯和查核人員的工作條件在媒體圈人人稱羨，把關的機制竟完全失靈，可見雷洛提烏斯能瞞天過海絕非偶然。「騙子要在同樣會吹噓的環境下才能施展才能」，他顯然看透新聞業的運作方式，知道寫成訴諸情感和動機鮮明的故事讀者才愛看，不顧記者的基本職業倫理，靠網路資料剪貼和想像力杜撰，缺乏人生經驗、人不在現場也沒關係。

這起轟動的造假事件終究是全球新聞業危機的縮影：讀者早已習慣上網看免費新聞，紙媒發行量節節下滑，網媒光靠廣告無法生存，必須有足夠的訂戶才養得起記者，如何做出有價值的內容讓讀者願意買單？這是當今媒體經營者共同的挑戰，對此本書並沒有提供答案。

無論如何，醜聞曝光後，莫雷諾頓時成了全國的英雄，他對真相窮追不捨的堅持和反駁主管的勇氣在新聞圈傳為佳話。半年後，《明鏡》也出了一期以「是什麼就說出來」為題的封面故事，用多達二十多頁的篇幅徹底檢討錯誤並宣布改進方案。事後看來，《明鏡》的權威地位絲毫不受醜聞影響，足見公信力仍是媒體最寶貴的資產。

騙局的梗概

山巔上的獨自攻頂者

「每每完成一次報導工作再回頭看時，感覺好像一切都很簡單又順利。就像那個故事當初是整整齊齊地打包好了，還繫上一個精美的蝴蝶結才送到你面前一樣。實際上並非如此。關於這部分，我想說明一下，當人真的身在其中時，到底是什麼樣的感受。(……) 那種感覺像是突然間一切都出現問題，而且我的職業生涯隨時都可能瓦解。」

——美國記者羅南．法羅（Ronan Farrow）。因為他的調查報導，全球各地開始出現反對性侵害的#MeToo（#我也是）運動。二〇一八年十二月三日，「德國記者獎」（Deutschen Reporterpreis）頒獎典禮上的致詞。

那天他一點也不慌亂，即使已經有那麼多證據浮上檯面。那是二〇一八年十二月三日晚上，再過幾個小時，他將迎來職業生涯中最榮耀的時刻。到時，整個德國新聞界會再次為他的成就喝采！這是他第四次獲得記者獎表揚，五年內四次獲得這個大獎，真是新聞界前所未有的成就！不過，比這個紀錄更讓我感到不可思議的是，德國新聞界最大的騙子——克拉斯・雷洛提烏斯（Claas Relotius）當天泰然自若的表現。

當天和他同行的同事表示，那晚他只是看起來比平時稍微嚴肅了一點，偶爾若有所思的樣子。至於慌亂不安？喔，不，肯定沒有！我反覆看過當天的錄影。確實如此。雷洛提烏斯看起來非常正常，甚至可以說心情還不錯。那些畫面我看越多次，就越覺得不真實。因為就在二〇一八年十二月三日，頒獎典禮上拍到那些畫面不久前，他剛收到以下的電子郵件：

嗨，克拉斯，

我想了解一下，你明明沒來採訪過亞利桑那邊境巡查隊（Arizona Border Recon，縮寫：AZBR），怎麼有辦法寫出關於我們的報導？我只是覺得奇怪，記者竟然不用親身走訪調查就可以寫完一整個劇本。

珍（Jan），「亞利桑那邊境巡查隊」代表

我只能這樣理解：過去應該已經遇過太多類似的窘境了，太多謊言已經讓他的人生像

是被炸彈包圍一樣。身在其中，如果不是被炸得粉身碎骨，就要隨著時間的磨練，成為能及時拆解這些爆破陷阱的專家。也就是，無論一開始的情況多不利，他都能隨時提出令人信服的說詞、不斷為自己找到開脫的方法。其實，雷洛提烏斯有好幾次都差點露出破綻。他所屬部門的同事個個都是非常傑出的記者，而這些記者的工作不外乎和人接觸，對人提出批判性的問題，並把訪談對象的看法與觀點記錄下來。雷洛提烏斯雖然身處一群對自己的工作內容隨時抱持懷疑態度的人之中，多年來他仍能輕鬆地優游其中。

我可以想像，他這段期間應該就像個獨自攀岩的人一樣：沒帶任何安全裝備就爬上峭壁，不時將手伸到背上的粉袋抓止滑粉，賣弄自身有限的技能。這些人必須承受一般人無法忍受的壓力，還要習慣於只要出錯就足以摧毀前面所有努力的想法，同時還要有必勝的決心。總之，就是有著赴死般的鎮定。所以他們遇到危險時，就能表現得既冷靜又理性。他們可以精準、果斷又巧妙地掌控恐懼的情緒，直到重新主導自己的瘋狂行徑。對我這個局外人、旁觀者來說，獨自攻頂者的這些冷靜表現，會讓我極度不安。光是想到有些事情的發展無法掌控，這份焦慮就足以讓我什麼事也做不了。如果是我，應該已經心慌到不知所措了吧！雷洛提烏斯身為記者寫出的每篇造假報導，都要冒著極大風險，而且必須一次又一次地面對隨時可能失去一切的壓力。這樣持續將近十年，也算得上是不可思議的成就了。

二〇一八年十二月，那時的雷洛提烏斯或許早已習慣這樣的壓力。在我看來，十二月三日的電子郵件就像會遲早引爆的炸彈，但在他眼中大概不是這麼回事。他已經太常見識到如臨深淵的恐怖感受。對他來說，那不過就是一堆電子郵件中又多出一封，如此而已，反正所有類似的電子郵件起初看起來都像是「一定會」爆發的災難，最後都沒對他造成任何影響。這就是雷洛提烏斯的峭壁，反正規則是他定的。

在過去幾年來，雷洛提烏斯被許多人指認出各種謊言、捏造和行騙的事跡，為此他收到無數讀者來信，接到許多抗議電話和電子郵件，內容都在指責他所犯的錯誤，而且都是罪證確鑿。這些來函或來電中的指控，每一項都可能扼殺他的職業生涯，甚至對他的名聲造成永久性的傷害。每一項都是對他迄今為止的人生，對他在新聞界給人年輕有為、形象清新等印象的攻擊，但是他每次都能全身而退，無論那些危機有多麼嚴重，雷洛提烏斯最終總有辦法擺脫所有的控訴和非難。

如此想來，十二月三日那天，雷洛提烏斯很可能自問：「既然以前都沒問題了，這次的情況哪還能有什麼不一樣的發展？」

雷洛提烏斯在十二月三日上午接到的電子郵件發件人是珍．菲爾德斯（Jan Fields）。她是美國南方武裝民兵組織「亞利桑那邊境巡查隊」的發言人。這個組織以不支薪的自發性行動巡守美國邊境，目的是防範非法移民和毒品走私。就政治層面而言，大可把他們想成類似德國極右派「另類選擇黨」（AfD）穿著迷彩裝、稍有武力裝備的地方組織。這類組織努力把自己武裝起來，骨子裡甚至還有些渴望戰爭發生。亞利桑那邊境巡查隊的編制規模並不大，主要就是兩個人。發起組成這支巡查隊的提姆．佛利（Tim Foley）是狂熱的川普（Donald Trump）支持者，過去曾經是木造建築的工匠。直到十年前，因為全球金融危機的衝擊，不得不賣掉自己的三輛哈雷重機，往南搬到美墨邊境的亞利桑那州。當時他花了一萬美元拍宣傳片，還認識了現在的女友菲爾德斯。菲爾德斯主要負責巡查隊組織事務上的行政工作。她不喜歡和記者打交道，這點和佛利很不同。

偶爾有訪客加入這個兩人組織，都是一些堪稱美國人民守護者的人，大都是一些態度堅定、有正義感的男性，而且幾乎都會帶著自己珍藏的武器前來。為了協防美國邊境，這些人一年中大概會來這裡待上一到兩個星期。佛利在山腳下組建了臨時指揮中心，臨時隊員在逗留期間就住在那裡，並負責以望遠鏡隨時監測亞利桑那沙漠中的動靜。過程中，這些人可以盡情享受作為「愛國人士」的感受：這段期間，他們不再只是對著電視螢幕飆罵，而是真真實實為捍衛美國行動。平時這些臨時隊員如果不是待在指揮中心，就是在輕型卡車上巡邏邊境，眾人還會常為到底誰駕駛車輛吵架。至於他們防守的對象是誰，很多時候定義並不是那麼具體：到底是美國的敵人，還是他們各自的心魔？或許兩者都有吧！

佛利和菲爾德斯也為物流公司提供有償的臨時邊境護衛服務。他們除了利用裝設在樹上和灌木叢中的野外攝影機進行監控外，還提供無線電對講機和餐飲上的服務。基本上，亞利桑那邊境巡查隊就是一個服務公司。服務內容結合了「白人至上」的巡查活動，和防止拉丁美洲偷渡客以及組織型犯罪入侵的浪漫想像，就某個層面而言，亞利桑那邊境巡查隊可以說是為美國的右翼激進分子提供了政治正確的度假機會。

不過，一年十二個月裡面，大概有十個月不會有訪客來。在這些沒有訪客的月份中，佛利和菲爾德斯的主要收入來源就靠前來採訪的記者。一般人大概無法想像，世界各地對於武裝美國右翼激進分子的相關報導有多大的興趣。然而佛利和菲爾德斯從中嗅到了商機。他們雖然沉迷於右派思維，卻一點也不笨。尤其自從川普當選美國總統以來，這類特殊的採訪需求更是有增無減。但是，真正激進的團體不只視政府組織為敵人，也對新聞媒體抱持不友善的態度，因此多半不願意接受訪問。這可讓需要進行相關報導的記者遇上難題了：他們明知有這類團體和組織，卻無法為讀者和觀眾做相關報導。在這種時候，佛利和菲爾德斯兩人總是非常樂意提供協助：他們可以配合演出，內容包含展示ＡＫ步槍、手榴彈，或激憤地說一些像是「如果激進分子的意思是不枯坐在沙發上冷眼看著這個國家走向崩壞。沒錯！那我就是激進分子！」之類的話。

進行一次這樣的採訪要付出兩百美元的代價。如果帶著攝影師同行或有其他特殊要求，價格就會相對提高。亞利桑那邊境巡查隊是美國最有名氣的民兵組織。佛利和菲爾德斯為巡查隊架設官方網站。不只已經有許多新聞報導，電視和廣播節目也都報導過這個巡查隊，甚至還有一部關於這個組織的紀錄片曾經獲得奧斯卡金像獎提名❶。

雷洛提烏斯曾經在二〇一八年十月二十八日嘗試聯絡佛利。當時他自我介紹是歐洲最大新聞雜誌《明鏡周刊》（*Spiegel*）的記者，因身負「重要任務」，想了解亞利桑那邊境巡查隊，並表示每天都有很多人試著以非法方式進入美國境內，因此「我有興趣多了解那些阻止偷渡客的人」。與其他嘗試聯絡佛利和菲爾德斯的記者一樣，雷洛提烏斯一開始只是收到一個制式的自動回函，內文中說道由於巡查隊的經營自負盈虧，因此採訪須要收取費用，若能接受付費採訪的條件，後續才能安排時間，雷洛提烏斯當時對此並未做出任何回應。

過了大約五個星期，一篇報導的發表惹怒了菲爾德斯。據說，她氣到想要立刻買機票飛到德國，只為了直接往雷洛提烏斯「臉上吐口水」。因為她從未見過雷洛提烏斯，但雷洛提烏斯卻寫了一篇關於他們巡查隊的報導。該報導標題為〈獵人的邊境〉（Jaegers Grenze），發表於二〇一八年十一月十七日發行的《明鏡周刊》中。菲爾德斯無法理解，雷洛提烏斯從來沒有出現過，怎麼敢寫出那篇報導。

對此，雷洛提烏斯很快做出答覆，只是內容非常簡短，回覆的時間是二〇一八年十二月三日上午。

嗨，珍！

妳怎麼認為我會去呢？

祝好

克拉斯

十個小時後，也就是二〇一八年十二月三日傍晚。總理府旁的堤琵劇院（das Theater

---

❶所指為二〇一五年發行的紀錄片《無主之地》（*Cartel Land*），後文會再提到。

Tipi am Kanzleramt）內坐了約四百位受邀來賓。堤琵劇院所在的柏林市區，周圍都是一些重要的政府機關，即將在堤琵劇院舉行的是德國最重要的記者獎頒獎典禮，而且有不少人認為對記者而言能得到這個獎，就是贏得德國境內所有相關獎項中的最高榮譽，特別是這個記者獎不受任何雜誌、平面新聞媒體、政府部門或任何產業公會的贊助。

這個記者獎是一個由新聞從業人員為線上的新聞工作者所設的獎項，這種特殊形式本身就是很好的自我行銷，也更凸顯了這個獎項的地位。首先，會由一百多位評審進行初審，第一階段的評審都是業內專家，每個人都要看過上千篇參選作品。初審後的作品再交給近四十位主審。這些主審包含總編輯、各類編輯部門的主編、明星記者，和業界的頂尖知名人士，最後由這些主審決定出各類別年度最佳報導的記者名單。這個記者獎在業內被看重的程度，會讓實質的獎金獎勵顯得微不足道，所有記者都想得到這個獎的肯定，甚至有許多人是在獲得這個記者獎後，才算真正進入新聞界。

不過，也不該因此就認為獲獎的一定就是最好的報導。因為，就像沒有最好的畫、最可愛的酒窩，或最美的兒童笑容一樣，所謂的「最佳」報導從來就不存在。記者獎首先反映的是評審的個人喜好和時代精神，在那之後才輪得到文章的品質。這個過程看來極不公平，也太容易流於主觀，但除此之外，也沒有更好的辦法了。

二〇一八年十二月那晚的特別來賓是羅南．法羅。他是美國知名導演伍迪．艾倫（Woody Allen）與女星米亞．法羅（Mia Farrow）的兒子，當時已經是享譽全球的記者。法羅揭發了好萊塢製片哈維．溫斯坦（Harvey Weinstein）的幾樁性侵犯惡行，他的調查結果引爆全世界各地一連串譴責性暴力的MeToo運動。為此，他在那晚獲得「調查特別獎」（Sonderpreis für Investigation）的表揚。德國最有影響力的女權運動代表性人物艾莉絲・修瓦澤（Alice Schwarzer）當晚在頒這個獎的賀詞中，大大讚揚了法羅的成就。修瓦澤提到，法羅「撼動了權力的基礎」，並且「打破了沉默法則」。現在世界上許多女性無需再繼續保持沉默，這都要歸功於法羅這位記者的努力。

這時，法羅登上舞台，擁抱了修瓦澤後，講了一段應該只有美國人才會說的話，言詞中充滿溫情、偉大情操和真切的情感。他形容記者之所以成為記者，就是順服所有內心的聲音。因為內心的聲音會告訴你該做什麼；我也在那晚聽到了自己內心的呼喚。

幾天前，我才向幾位直屬上司坦承，我很難接受雷洛提烏斯獲得年度最佳記者獎這件事，因為我們共同撰寫了〈獵人的邊境〉這篇報導，我在他負責的那部分發現了幾個與事實嚴重不符的地方。幾位主管都不相信我說的話，他們甚至還認定，我正在變身為「名譽殺手」，想要「毀掉一位年輕同仁的職業生涯」。

其實這些內心的聲音已經讓我糾結很久了。其中一個聲音跟我說，我應該再去找主管，向他們道歉，並主動承認自己誤會了。我太太和我都是自由記者，而目前我們這個行業的狀況並不好，現在每寫出一篇報導，報社通常只願意支付三、四百歐元。但一篇深度報導通常要花費整個星期的時間，而且我們還有四個孩子要養。我內心的聲音告訴我：「朋友啊！這或許是重新掌握人生的方法。」

那天法羅在一眾知名記者前發表感言時，我正坐在美國拉斯維加斯一個汽車旅館房間內，琢磨著下一步該怎麼走。我和雷洛提烏斯合寫的那篇報導〈獵人的邊境〉，當時我已經讀過不下三十遍了。我很清楚，一定要找到故事中的主角：克里斯．葉格（Chris Jaeger），至少在那篇報導中是叫這個名字。不過這件事並不容易，因為我確信，如果是像雷洛提烏斯文中描繪出的形象，這個人並不存在。

十二月三日堤琵劇院的活動在高潮中結束。當晚的最高榮譽、最重要的獎項就是年度最佳記者獎，參選報名截止日期在幾個月前，但在截止日前，雷洛提烏斯的報導就已經入圍「最佳採訪」（Bestes Interview）和「最佳體育報導」（Beste Sportreportage）兩個獎項。另外，「最佳報導獎」（Reportage）甚至有兩篇入選，分別是〈兒戲〉（Ein Kinderspiel）和〈最後的女證人〉（Die letzte Zeugin），光是這一串入圍獎項的名號就夠令人讚嘆了。

《德國之聲》（*Deutschen Welle*）總編輯易納斯．波爾（Ines Pohl）站在台上表示：「對評審來說，從來不是一件簡單的事，他們都知道自己對於這個特別的獎項負有重責大任。二〇一八年這一年對於記者來說，最重要的問題到底是什麼？當然，確實有些感動我們所有人的報導，但也有不少質疑記者這個職業可信度的聲音。我們一直在斟酌這些報導可以為我們記者同仁在外奔波、實地採訪和認真工作做多少證明。」

波爾接著宣布，評審團決定將年度最佳報導獎頒給雷洛提烏斯：「得獎作品是二〇一八年六月二十三日發表於《明鏡周刊》的〈兒戲〉。恭喜！雷洛提烏斯！」

後來證實，雷洛提烏斯並未確實採訪就寫出這篇報導的內容，卻獲得這個獎項。他的報導成為業界面對假新聞議題和外界指責「媒體造假」給出的諷刺答案。他的文字也成為所有對新聞業界抱持懷疑和批評態度的人說嘴的最佳例子。真是新聞業界的最高成就啊！

接下來是一陣掌聲。波爾說明，雷洛提烏斯得獎的報導是關於引爆敘利亞戰爭原因之一的年輕人，她說：「讀那篇報導時，可以感受到戰爭、聞到戰爭的味道……評審團認為，這篇是年度最佳報導，因為是未來好幾年，只要學生們想要了解當時戰爭引爆的原因時，都會閱讀的文章。」

那天雷洛提烏斯穿著深色外套、窄版褲子和設計簡潔的靴子。一整個風度翩翩。站上舞台的他表現得很謙恭有禮，甚至有點靦腆到不知所措。那天擔任主持人的是資深記者約各・塔德易茲（Jörg Thadeusz）。那晚他讓頒獎典禮在很輕鬆的氣氛下進行，主持功力真是沒話說。首先，因為台下坐滿了資深記者，一般說來，這樣的場合很難輕鬆起來，況且其中很多人都處在不知是否得獎的緊張情緒下。最佳記者獎是一種很高的榮譽，得獎後就成為個人履歷的一部分，出現在此後每篇報導的記者介紹欄位中，和出生地、學歷，以及作品列表並陳。塔德易茲走近雷洛提烏斯玩笑式地說：「雷洛提烏斯先生，您以前有沒有以得獎者身分上過舞台？」

這一番話引來台下觀眾一陣哄笑，因為雷洛提烏斯不只有超過四十個新聞獎的得獎紀錄，今天的晚會更是他第四次獲得年度記者獎，其他入圍紀錄更是數不勝數，他可說是我們這一行最成功的記者了。美國有線電視新聞網（CNN）曾經頒給他「年度記者獎」，使得雷洛提烏斯成為歐洲獲得這項殊榮的第一人。當時他只有三十二歲。

雷洛提烏斯笑著接下獎座後馬上表示，他今天其實開心不起來：「我不想講自己的事，我想談談那篇報導……如果談其他不相關的，就太不應該了……我報導中的那個年輕人，他還在那座已經被炸彈連續轟炸了幾個星期的城市裡，但早在文章交印前我們就失聯了，所以提起他令我特別難過。」

他言語中傳達出的訊息非常明確。雷洛提烏斯以充滿情感，並用千行左右篇幅發表在《明鏡周刊》文章中的年輕人穆鄂威亞．夏斯涅（Mouawiya Syasneh），因為塗鴉羞辱了三十歲的敘利亞統治者巴沙爾．阿薩德（Baschar al-Assad），如今已經失聯超過六個月。那個月正是阿薩德的軍隊攻下夏斯涅家鄉德拉（Daraa）的時間點，也就是說，夏斯涅恐怕已經罹難了。

雷洛提烏斯的幾句話讓台下觀眾極為感動，滿是同情地拍起手，就好像一時之間整個會場裡的人都想起敘利亞戰爭。雷洛提烏斯對翻譯人員詳盡的翻譯表達感謝之意，臉上的笑容帶點苦澀的味道，然後逕自走下舞台。留下台上一陣錯愕的主持人尷尬地收拾殘局並和觀眾道別。

那晚令人感到愉快的下半場這才展開序幕，來來往往不斷有人拍打雷洛提烏斯的肩膀以示嘉許。此次新聞獎的主辦人和共同發起人艾利爾．浩普邁爾（Ariel Hauptmeier）也來表示祝賀，另一方面也因為他有幾個問題想請教雷洛提烏斯。在過去幾天，浩普邁爾認真地考慮把獎頒給雷洛提烏斯這件事。其他獎項的評審團也有意把獎頒給雷洛提烏斯。其實他當晚獲得的不只是年度最佳報導獎，很多人認為，最佳採訪和最佳體育報導兩個獎座也應該由他抱回。此外，他也是全世界唯一順利採訪到美式足球員柯林．卡珀尼克（Colin

Kaepernick）雙親的記者。卡珀尼克曾經在賽前演奏國歌時單膝下跪表達抗議，這個舉動雖然讓他一跪成名，卻引來川普的嚴厲批評，雖然要讓川普口出惡言向來不是什麼困難事。

「我們可不能把所有獎項都頒給他一個人。這樣做未免太不合常理了。」在一次評審會議中，浩普邁爾曾經說出這樣的話。浩普邁爾是個性溫和而矜持的威斯法倫人（Westfale），總要非常確定問題後，才以保守謹慎的態度提出，是位傑出的記者。浩普邁爾問雷洛提烏斯，是否真的找到那個引發敘利亞戰爭的男孩。畢竟已經有幾篇報導寫到這件事。雷洛提烏斯明確地表示，雖然實際上涉及因塗鴉引發戰爭的「德拉之子」可能有很多人，但在長達一年半的密集察訪後，他很確定自己找到的才是最源頭的那個男孩，他並同時說明，由於所有記者當時都無法進入敘利亞採訪，因此他以視訊的方式與那個男孩對話，這中間當然少不了翻譯人員的協助。這部分雷洛提烏斯剛剛在頒獎台上已經表達過謝意，他表示沒有翻譯人員的協助，根本無法寫成這篇報導。

浩普邁爾不僅相信了雷洛提烏斯的說法，而且就像其他當晚也在場的人一樣，對他留下很好的印象。大家都認為雷洛提烏斯得到這個獎是實至名歸，評審團一致認為，那是一篇恰逢其時的報導，是一篇「看似信手拈來，實則緊貼時局發展」的報導。那個晚上只有一個人看起來不是那麼開心，那就是雷洛提烏斯本人。雖然並非所有人都注意到這點，但和他同桌的《明鏡周刊》同事有些人注意到好像有哪裡不對勁。

我常回想起十二月三日那天。雷洛提烏斯該是用怎樣的心情讀菲爾德斯發來的電子郵件，又是用怎樣的心情回覆那封電子郵件。當他從居住地漢堡出發前往柏林的火車上，他又是怎樣收拾好心情前往頒獎典禮會場。當接到那封電子郵件時，他的腦子裡是否曾經閃過哪些念頭？典禮前他就知道我在追查他，或許他曾希望我能放下那些事、放過他。我的幾位主管都跟他提過，我認為〈獵人的邊境〉那篇報導的內容有問題，但同時這些主管也都告訴他，他們信的人是他不是我。

「克拉斯，怎麼了？你不是剛抱回第四座最佳記者獎，怎麼看起來像有人給你丟了一顆爛番茄一樣？」一位同事問。

「都是胡安。」雷洛提烏斯答道：「他緊咬著我不放，一直在調查我。唉！他有四個孩子，現在要被開除了。」

那晚雷洛提烏斯給人的印象就是他對我的處境抱持同情態度。我做錯事以及接下來要承擔的後果，會影響到我孩子的未來，這讓他良心不安。當時同桌的人意見一致地認為，事情的發展固然令人難過，不過既然是我自己犯的錯，誰也幫不了忙。

「莫雷諾簡直亂來，竟然追查起自己的同事，而且還是像雷洛提烏斯這麼優秀的同事，真是瘋了！」當時他們那樣說確實有道理，因為等在雷洛提烏斯前面的，可是一片大好的光明前程。他正要展開比現在更輝煌的職業生涯。當時他才三十出頭，已經比多數記者還要有成就。十二月三日那晚，在場同事都篤定地認為，雷洛提烏斯即將晉升為主編。一開始可能只是暫時職位，但預料會長期擔任管理職的可能性極大。大家都相信，幾個星期後，雷洛提烏斯就會成為我的頂頭上司。

至於近年提拔雷洛提烏斯的原主編馬蒂亞斯・蓋爾（Matthias Geyer）則會在年度改組時，晉升成為《明鏡周刊》的發行人。還有最初帶雷洛提烏斯進到《明鏡周刊》的巫里希・費希特納（Ullrich Fichtner）則轉任總編輯。不用四個星期，雷洛提烏斯、蓋爾和費希特納這三個人，即將迎來他們職涯中重要的職務晉升。

也就是說，未來雷洛提烏斯不用再撰寫報導，這樣一來，他的目的就達到了。如果到目前為止都沒人發現他的報導造假，沒人揭發他幾乎所有在《明鏡周刊》發表的故事都是編造的，以後更不會有事。那些編造出來的對話、人物、場景和命運，時間一到就會被送進《明鏡周刊》的檔案室，網路上也找不到證據了。

可以確定的是：如果一切順利，雷洛提烏斯在那天晚上得到人生最後一個最佳記者獎後，他就不用再擔任記者工作了。雜誌社的主編做的是修改文章、定主題、分派寫作的人、開會、思考我們時代發生的幾個事件間的關聯性，並思考如何呈現內容才能被讀者接受。以他溫和、內斂、客氣的態度，就像他生來便適合這些職務內容一樣，《明鏡周刊》內部已經有很多人對雷洛提烏斯這位新主管懷有期待，上一任總編輯甚至在他的退職感言中明確提到這點。在三位即將晉升的同仁中，他只提到雷洛提烏斯，顯見他也覺得雷洛提烏斯特別優秀。確實，在這個到處充斥推特（Twitter）和臉書（Facebook）等社群媒體、資訊氾濫的時代，雷洛提烏斯就是那個有辦法將那些看起來毫無新聞價值的消息點石成金的人，簡直就是個神奇魔法師！如果說在未來新聞可能變得毫無價值，這種說法一點也不會威脅到雷洛提烏斯，因為他會將這些沒有價值的資訊，轉變成一篇篇人情無價的動人故事。敘利亞戰爭爆發五年後，他仍然能寫出讓《德國之聲》總編稱讚是每個中學生都該讀的文章。所有人都聽聞過敘利亞內戰，卻沒人能做到這樣。

二〇一八年十二月三日，雷洛提烏斯的一天從接到一封美國亞利桑那州來的電子郵件揭開序幕，最後在頒獎典禮上接受幾百位同業鼓掌的祝賀聲中落幕。在我心中，雷洛提烏斯既是稱霸行業中的佼佼者，也是德國新聞業歷來造假情節最嚴重的從業人員。

前　言

所有問題的解答

「我常被問到關於莫雷諾正在寫的那本書。我不能、也不願阻止他（畢竟他是沒有合約約束的自由工作者），而且我也不想這麼做。反正遲早都會有那麼一本書出現，記錄關於這個事件。既然如此，我還是比較希望由一個真正親身經歷過這次事件的人來寫，而不是隨便一個大喇叭。」

——《明鏡周刊》總編輯史岱芬・克魯斯曼（Steffen Klusmann）

「德國新聞界的大英雄」、「近幾十年來最棒的記者」、「像不定時炸彈一樣的同事」、「厲害的安達盧西亞人（*Andalucía*）」、「聖潔的莫雷諾」、「以後還有誰配給他端茶水啊！」二〇一八年耶誕節前夕，我收到的淨是些令人不快的訊息、電子郵件、推特推文，或是書信中也夾帶了令人感到不舒服的句子。我，區區莫雷諾為《明鏡周刊》寫了十幾年的稿子，不久前還在《明鏡周刊》大樓前被問是不是某個編輯叫的計程車司機。就那麼剛好是我，突然成為媒體寵兒。

不只德國新聞界，當時全球新聞界都有雷洛提烏斯事件的報導。《畫報》（*Bild*）、《每日新聞報》（*taz*）、《世界日報》（*Die Welt*）、《時代周報》（*Die Zeit*）、《法蘭克福廣訊報》（*FAZ*）、《南德日報》（*Süddeutsche Zeitung*）、《焦點周刊》（*Focus*）、德國公共電視一台（ARD）、德國國家二台（ZDF）、美國《紐約時報》（*New York Times*）、《華盛頓郵報》（*Washington Post*）、英國《衛報》（*The Guardian*）、法國《世界報》（*Le Monde*）、《紐約客周刊》（*The New Yorker*）、西班牙的《世界報》（*El Mundo*）、阿根廷的《號角報》（*Clarín*）、英國《獨立報》（*The Independent*），還有印度、中國、南非和澳大利亞的報章雜誌，也都有關於這次事件的報導。

「許多事都該歸功於莫雷諾在不疑處有疑的精神。」《明鏡周刊》如此寫道，這讓我感到氣惱。「莫雷諾在不疑處有疑的精神」，整個聽起來像是哥倫比亞作家、諾貝爾文學獎得主馬奎斯（Gabriel García Márquez）某部小說中的文筆。一般說來，《明鏡周刊》通常要在人死後才會出現這麼客氣的措辭。所以，我到底做了什麼？在《明鏡周刊》的強烈反對下，我發現了《明鏡周刊》的獲獎記者雷洛提烏斯竟然有新聞造假的情況！

二〇一八年十二月十九日《明鏡周刊》在自己的網站上發表了一篇很長的自鞭文公諸大眾，文中表明，雷洛提烏斯在該刊發表的六十幾篇報導中，絕大多數都有內容造假的情形。《明鏡周刊》堪稱德國最重要、最有名氣也最令人自豪的媒體，如今簡直是遭逢最可怕的夢魘！早在《明鏡周刊》公開這件事情的始末前，我就已經著手查驗雷洛提烏斯為其他媒體撰稿內容的真實性，同樣發現很多問題。

《南德日報周誌》（*Süddeutsche Zeitung Magazin*）、《新蘇黎世報》（*Neue Zürcher Zeitung*）、德國政論雜誌《西塞羅》（*Cicero*）、《德國金融時報》（*Financial Times Deutschland*）、德國《世界日報》、瑞士雙月刊《報導》（*Reportagen*），以及其他族繁不及備載的報章雜誌，到處都出現過雷洛提烏斯的不實報導。如果將所有的不實內容彙整在一起，簡直都可以做成一部恐怖新聞大觀了。

整體而言，雷洛提烏斯的報導裡面包含了虛假、誇大、事實錯誤、抄襲、不精確，簡直一文不值。如果他的作品是一輛車子，我安達盧西亞出身的父親大概會說，那車是我們西班牙人造的吧！

《明鏡周刊》寫道，所有這些事是「創刊七十年來的低谷」。正當德國最有影響力的雜誌陷入泥淖之際，其他報刊的同行還沒有真正搞清楚狀況，所有人不只想知道我是怎麼發現問題的，還想了解我對這件事、對《明鏡周刊》、對雷洛提烏斯、對報導內容、對德國新聞界的看法。大家追根究柢，就是想知道真相。

當大批媒體集結，準備用採訪「輾壓」某人時，我只能盡量做出不會出錯的事，那就是：保持沉默。至少在我能做到的範圍內，因此在當時的情況下，我接受訪談的對象只有一家平面媒體《南德日報》、一家電視台「三國衛星公視」（3sat）和一家網路媒體《明鏡線上》（*Spiegel Online*）。三次訪談中，我或多或少都說了相同的內容。這些內容不外乎強調我並非事件主角，提到《明鏡周刊》一開始不相信我說的話，同時希望有人能多關心雷洛提烏斯。

至今如果我遇到同行，依舊常發生同樣的場景：他們會先向我表達祝賀之意，然後表示他們理解我所做的事。而我就是反覆強調：「事情就到此為止吧！」通常他們還會繼續追問，到最後總像是只有我一個人的獨白，因為每個人都能提出好多問題。雷洛提烏斯改變了德國新聞界，也改變了我。過去我可以用開玩笑的口吻嘲笑那些遊走於謊言邊緣的媒體，如今那種輕鬆感已經完全不見了。

我希望有那麼一天，我可以大聲說出，已經把所有想說的話都寫出來了。畢竟書寫是我的工作，而且比起口說，文字更能表達我的想法。因此我試著在這本書中解答過去幾個月來我被問到的所有問題，比如：「到底發生了什麼事？」「你怎麼發現問題的？」「為什麼一開始《明鏡周刊》不相信你說的話？」「聽說有位美國女記者差點就比你早一步公開這些事情了，傳言是真的嗎？」

本書的末尾，我也會交代雷洛提烏斯如何有系統地操作這些事。我一直認為，他的文章完全適合如今這個已經不同以往的新聞界，所以他能獲得四十多個新聞獎的表揚，絕非偶然。對業界來說，他的報導就像為這個前景不明並且深陷不安情緒中的行業提出解決方案。雷洛提烏斯努力爭取任何一位讀者的目光，而他寫下的那些報導，充滿溫情、帶有撫慰人心的力量，就像是擺脫這場危機的可能出路。雷洛提烏斯的報導讓讀者來信如雪片般飛來，而且幾乎沒有任何負面批評。也就是說，讀者喜歡他寫的文章。研讀他的報導，可以學到很多新聞業的相關知識。但我認為，他能成功也道出了包含讀者、專家或非業界人士在內的許多人內心的想法。總之，讀者喜歡他寫的故事，無庸置疑。

本書還要提到一些事，那就是：為什麼我認為那些追捧我的人不該這麼做。我當然也喜歡被人稱讚，所以才會在事發幾個月後，接受西班牙媒體《國家報》（*El País*）的採訪，只為了讓我有安達盧西亞血統的母親知道，她兒子是個有用的人。然而，殘酷的真相是我並非英雄，揭發雷洛提烏斯新聞造假的事情，並沒有讓我成為記者同業的表率，反而處境堪虞。我們這行講求倫理，我是知道的。我也知道別人看待我——莫雷諾——的心態無非是：「看！英雄耶！這下好玩了！看他能威風多久！」這也是為什麼我必須在本書一開始做些說明，特別是讓讀者中的同行知道，哪些是與不是本書的目的。

這本書不是用來進行報復的。我寫這本書的目的，不是為了跟《明鏡周刊》算帳，也不是跟當時我的幾位上司算帳，更不是為了清算雷洛提烏斯個人。另一方面，這本書也不是受委託寫出來交差的業務內容。我甚至可以保證，《明鏡周刊》不會喜歡書中提到的事。就像前面已經說過的，我寫這本書是為了回答關於這次事件可能被問到的問題。對我個人而言，寫這本書的目的也在於將這次事件做一番整理後，調整自己的心態，算是給自己一個交代。我已經花夠多時間在這次事件上，已經超出我願意投入的時間。我生性坦率，遇到事情不會把它當作是針對我個人，直接反應回去會讓我覺得比較輕鬆、容易。這次事件雖然多次讓我覺得快到極限邊緣，但我也未曾感到過壓力或懷疑過自己。畢竟所有的遭遇都不是我願意發生的，也不會有人希望這些事發生在自己身上。

我認為，對讀者而言還有一個資訊很重要，那就是，《明鏡周刊》今後依舊是我重要的接案來源。事實上，我並不是《明鏡周刊》的記者，這點和許多媒體寫的有些出入。我一直是無需任何理由就可以隨時被切斷聯繫的自由記者，這在過去我已經有幾次經驗。

我只能保持一顆真誠的心，試著從各方面做出公正的報導，無論是對《明鏡周刊》、雷洛提烏斯、讀者，還是我自己。我早就意識到，獨力對抗這個國家最有影響力的媒體，需要有強大的自我防衛能力，而且得要有絕對透明的防護罩才能堅持下去。所以我才決定不再繼續沉默，包含坦然面對我自己的錯誤。

寫這本書的過程中，《明鏡周刊》未曾提供我任何資料或檔案文件，我和他們之間不存在任何合作關係。部分我提出來預計在訪談中談論的問題，需要經過他們的法務部門審核，甚至遭到駁回的命運。我也沒有任何有力的「靠山」。不過幸好，《明鏡周刊》沒有阻撓這本書的出版。

換句話說，如果有人問我出版這本書是否存在任何利益衝突，我無法用三言兩語回答這個問題，只能做出很長的回覆，也就是接下來您即將讀到的全書內容，就是我對這個問題的答案。

第 1 章

虛實的取捨

如何才能算是真正的記者？

「費希特納，我不是你的敵人。我只是那個在錯誤的時間點出現在錯誤地方的傢伙。或許，如果你是我，你可能也會做出同樣的決定。事情也可能發生在你身上，因為你和我，我們都是記者……我這麼做不是出於嫉妒、怨恨或報復，而是做該做的事。」

——節錄自我發給當時負責審閱我稿件的總編輯費希特納的電子郵件，那時《明鏡周刊》堅信雷洛提烏斯不會寫出造假的新聞。

雷洛提烏斯曾經不只一次被問到，是否願意成為《明鏡周刊》的正職記者，同樣的問題他被問過兩次。這之前他已經為《明鏡周刊》寫過幾篇報導，內容和品質之好，讓他們希望他能成為固定撰稿人。《明鏡周刊》的社會編輯部究竟是否是德國最好的新聞團隊，當然還有討論的空間。但無庸置疑的是，在那個部門裡的記者，都算得上德國新聞專業學校出身的英雄人物：亞歷山大・歐桑（Alexander Osang）、寇德・施倪本（Cordt Schnibben）、亞歷山大・斯莫渠克（Alexander Smoltczyk）、芭芭拉・蘇沛（Barbara Supp）、馬蒂亞斯・蓋爾、巫里希・費希特納、克勞斯・布林克擘伊曼（Klaus Brinkbäumer）、托馬斯・全特齡（Thomas Hüetlin）塔奇斯・余爾根（Takis Würger）、佑亨－馬汀・顧曲（Jochen-Martin Gutsch），和其他響亮的名字，每個新聞從業人員都知道這幾個名字。對許多同業來說，《明鏡周刊》的社會編輯部就像新聞界的夢幻團隊，就像在巴塞隆納足球俱樂部的名教練沛普・瓜迪奧拉（Pep Guardiola）帶領下的巴塞隆納足球隊一樣。

推拒加入這個國家最優秀記者團隊的邀約，一點也不尋常。況且還是在年紀面臨三十大關，仍然是自由撰稿人的情況下。近幾年來報紙和雜誌的發行量每下愈況，用在採訪的預算越來越少，在新聞界一片絕望聲浪中，在沒經驗的年輕記者優先被資遣的今日，《明鏡周刊》對許多人來說，就像一座希望之島。因為任何媒體都無法支付和《明鏡周刊》一樣高的薪水，也沒有哪個媒體可以提供一樣好的採訪條件。《時代周報》做不到、《南德日報》做不到、《亮點》（*Stern*）雜誌也做不到。根本沒人做得到！

社會編輯部當時的兩位負責人——蓋爾和費希特納——都曾經問過雷洛提烏斯是否願意成為《明鏡周刊》的正式雇員，可說是兩位高層都對他的工作成果非常滿意，然而雷洛提烏斯拒絕了。他表示，對於《明鏡周刊》的邀請感到榮幸，也對在這裡任職有所期待，可惜暫時無法接下這份工作。起初蓋爾和費希特納都無法理解雷洛提烏斯的反應，因為任何一位德國記者得到在《明鏡周刊》社會編輯部的工作機會，大概就算跪著也要連夜爬到漢堡來吧！蓋爾很想知道雷洛提烏斯拒絕這個工作機會的理由。

雷洛提烏斯當時一如既往地表現得很謙遜，對這個問題稍有迴避地表示，是由於他的私人因素，並事關他妹妹的隱私。他深愛的妹妹罹患了癌症，所以每天早上上班前，還有晚上下班後，雷洛提烏斯都要照顧妹妹的生活起居。由於妹妹需要比較多照護和關愛，因此現階段他無法承擔起工作上交付的責任，沒有把握能做好在《明鏡周刊》社會編輯部的工作。

不過，雷洛提烏斯也提到，如果以後情況有變，還可以再繼續討論接下這份工作的事。「當然沒問題。」這些話讓兩位主管深受感動，也只能這樣回答。

雷洛提烏斯以前從未提過有個罹癌的妹妹，之後對這件事也沒再提過隻字半語。接下來的態度也一樣客氣、內斂。從那時起，他在社會編輯部內部就流傳一個稱號：「忠厚老實的克拉斯」，此後在《明鏡周刊》內部也這麼叫雷洛提烏斯。

在那之後，雷洛提烏斯繼續以自由撰稿人的身分供稿給《明鏡周刊》。他報導的品質並沒有因為照顧罹癌妹妹而變差，相反地變得更好了。他不斷帶回讓上司讚許的最新採訪成果。各種隨之而來的獎項，也讓雷洛提烏斯走在記者之路上的步伐越來越穩。這也是為何他的主管在一段時間後，帶著嘉勉之意謹慎地又問了他一次成為《明鏡周刊》正職撰稿人的可能性，主要還是顧慮不知道他妹妹的病況是否好轉，怕冒犯到他的心情。在沒有提到細節的情況下（當然，也必然如此），雷洛提烏斯終於表示，現在是個合適的時間點，他願意成為《明鏡周刊》的固定撰稿人。費希特納和蓋爾兩位德國新聞界最具知名度的記者，為《明鏡周刊》成功簽下雷洛提烏斯這位新聞才子——曾經有同業稱他為「百年難得一見的新聞天才」。

要知道，《明鏡周刊》在德國新聞界的地位，好比巴伐利亞慕尼黑足球隊之於德國甲級足球聯賽，一直以來，《明鏡周刊》都能輕易地從其他同業把他們的當家寫手挖角過來。印刷版的《明鏡周刊》至今不會刊出實習生寫的稿件。也因此，一直給外界令人足以自豪的印象：在這裡寫稿的人，沒有還需要學習的人，只有已經能寫的人。於是，為《明鏡周刊》寫稿成為德國新聞界不言而喻的頂尖代名詞。如今新聞業界的新星雷洛提烏斯即將成為《明鏡周刊》的一分子，成為這群菁英的一員。

然而，真相是，雷洛提烏斯沒有妹妹。

自始至終的騙子

上面的故事是雷洛提烏斯當時的主管蓋爾對一群同事說起的。我之所以在本書的開頭提到這件事，是想先釐清接下來要寫的內容是關於怎樣的一個人。雷洛提烏斯並非因為周遭、或編輯部、或競爭等任何原因，被迫要在自己的文章裡面偷渡抄襲文句的人；他也不是察覺到別人不會發現問題後，才開始虛構一些內容的人；或是在報導中無中生有、捏造出一些小配角，之後才開始虛構報導的整個情節，最後甚至寫出通篇虛構的內容。完全不是這麼回事。

雷洛提烏斯就是個騙子，他不僅作為記者寫出捏造的故事，他已經說謊很久了，早在他開始為《明鏡周刊》寫稿前就開始說謊。很有可能如果他從事其他行業，還是會繼續說謊。雷洛提烏斯從來就不是真正的記者，他就是個騙子，只是偶然進到新聞業，因為他很快發現，只要有能力，很快就能在這行得到輝煌的成就。只要他能再迷人一點、再風趣些，寫出的文章不會誇張到太容易讓人察覺到不真實的情況，就有可能讓一切像電影《神鬼交鋒》（*Catch Me If You Can*）裡的天才一樣，幸運地矇混過關。可惜雷洛提烏斯也不是這樣的人。

我不知道雷洛提烏斯是不是生病了，東窗事發之後，聊到他自己時，他曾說過需要協助，說他已經看過醫生，正在接受治療，這是少數幾件我可以為他做的事。當然，心理學上對於騙子的心理機制也有些分析模型，聽起來都很類似。我曾經向一位退休的心理學教授提及此事，他告訴我，雷洛提烏斯的故事簡直「徹底侮辱了教科書上教的內容」：原則上，騙子可以做到犯罪的程度。此外，這些人有強烈展現自我的傾向，並且極度渴望被認同。那時教授邊說，我邊想著：「強烈展現自我的傾向？極度渴望被認同？」《明鏡周刊》編輯部的人應該有半數符合這樣的條件吧！本書稍後的內容中，我會再深入探討雷洛提烏斯的性格吸引我的地方，同時也是令我厭惡的部分。

雷洛提烏斯希望自己撰寫的故事讓人看到，這是可以理解的。但是雷洛提烏斯和其他許多同事最大的差異在於，即使遇上的只是一點點困難，他也不會「窮追不捨」、不願意「追根究柢」，也不尋求其他替代方案，而是直接編造內容。簡言之，他不會自找麻煩。撰寫報導的過程中，他寧願省下難度最高的那一部分，然而那一部分正是實際上需要身為記者的我們耗費心力的工作內容。當然不是所有的記者都能做到最完美，有些並非特別傑出，或有些人會有那麼幾天表現特別糟糕，但絕大部分的記者都會誠實地做該做的事，就像在其他行業的人一樣，大家都盡己所能想把事情做好。

對我來說，很重要的一點是：雷洛提烏斯的做法從來就不是記者會做的事。〈獵人的邊境〉這篇報導終結了雷洛提烏斯造假的記者生涯，在我寫下〈獵人的邊境〉這篇報導發表前後發生的事情之前，我想先從不同角度來探討一下記者的工作，以及新聞報導的各種形式。

記者的責任與工作

如果有人問我，用一種顏色代表記者這個職業，應該是什麼顏色？我的回答可能會是「灰色」，而且是平光、無法再拋光的灰色。記者的生涯大部分時間就是哪裡有災難、痛苦或麻煩，就往哪裡去，站在現場，掏出筆和紙，寫下看到的情形——他人的苦痛竟然是記者寫作的素材。這樣說來，這工作並不特別迷人。有時候我也會採訪一些過得好或運氣不錯的人，但這些內容通常比較不受讀者青睞。雖然不少人表示他們比較喜歡讀這類報導，但實際上並非如此。如果對我這說法有懷疑，大可隨便問一個線上編輯，讀者「點閱率」較高的內容是哪些類別，每個線上編輯對自己負責內容的點閱率應該都能做一番介紹，就像每個電視節目的編輯對收視率也能侃侃而談一樣。如果在一條令人震驚的新聞後接著報導正面的消息，新聞節目的收視率會有怎樣的變化呢？觀眾通常就會關掉螢幕。被大火肆虐的屋舍、溺斃的難民、激憤陳詞的獨裁者，這些內容都沒問題，但是如果連續播報兩則正面的新聞，觀眾就不見了。

身為記者的我，經常要面對遭逢災難的人。我的職責是對他們提出問題，走訪家屬、工作地點、出生地，盡可能了解這些人。很多人自然不喜歡在這種情況下接受訪問。這裡我想順便做些澄清：我可以理解每個人的反應，而且我還想建議大部分的人不要接受像我這樣的記者的訪問，因為很少有人會從訪談內容中得到好處。我指的並非那些為人情而寫文章的記者，因為他們的刊物是為人情而寫。一個真正的記者會問的，很可能都是一般人不想透露給人知道的感受和資訊。真正有頭腦的人，很少想讓人洞悉自己的事，因為這些人會像守護珍寶一樣，極度保護自己的真相。

只要想到雷洛提烏斯不斷寫出的話題事件，就必須理解，查訪真相的過程隨時可能功虧一簣，是這份工作一直要面對的壓力，這類挫折幾乎是可以預期，而且躲也躲不掉。因為深入研究之後，往往會出現和期待不一樣的結果。在拼湊真相的過程中，記者不會馬上取得所有可供證明的文件，也無法得知所有相關的對話內容。至於吹哨者，通常在第一時間也不敢說太多。這是這份工作的原則，故事越有趣，越可能功敗垂成；設計出降低有害氣體排放功能軟體的福斯汽車工程師如此，看到同事收受建商賄款的公務員也是。對這些人來說，被排擠和遭受失敗的挫折總會如影隨形。究竟該怎麼做才能避免這些情況呢？這時記者就必須確認自己說的話有說服力，必要時甚至要說些好聽話、拍馬屁，或通聯時寫些討人歡心的內容，也有些同行索性用威脅利誘並施的手段。

為了完成這本書，我當然也寫了信給雷洛提烏斯的父母。我在信中問他們，是否願意就這次事件發表看法。基於我的工作職責，我必須邀請他們進行對話，這是我工作的一部分，因為對這個幾十年來德國新聞界最大造假醜聞感興趣的讀者，一定也想知道他們的想法。但是誰會相信？難道我當真樂意和雷洛提烏斯的父母親面對面談到這些話題嗎？不！我自己也有小孩。換作是我，肯定也會非常排斥這類訪談。曾經有部電影道出了這個工作一直存在的問題：多數記者知道如何寫出真相，他們也知道怎麼寫才不會讓人覺得受到冒犯。只是，往往做不到兩者兼顧。後來，雷洛提烏斯的父母透過律師傳達拒絕接受訪談的意思，雷洛提烏斯本人也是。

如同提出具說服力的佐證資料一樣，查證過程不順利甚至失敗，都需要耗費氣力、需要克服許多困難，更需要勇氣。只不過雷洛提烏斯把這些麻煩都省下來了。許多報導在他進行資訊蒐集的前置工作時，也就是從檔案庫和網路上查找一些初步資料後，他就停下來了。更嚴重的是：雷洛提烏斯曾經寫過一篇報導，事發地點在美國明尼蘇達州弗格斯福爾斯鎮（Fergus Falls）。後來當地居民米榭兒・安德森（Michele Anderson）與友人傑克・克隆（Jake Krohn）整理出這篇報導中所有與事實不符的地方。安德森並表示，她曾在鎮公所遇到雷洛提烏斯，並主動表示願意提供當地的相關資訊，但是雷洛提烏斯當場拒絕了。「當時他正忙著拍公所裡的美國國旗。那天現場大概有十五、六位當地居民，大家都樂意接受他的訪談，每個人都想要說出自己的故事。不過他只是專注在拍他想要的照片。」安德森在之後的訪談中提到。

能夠遇到自己希望被訪問的對象，對記者來說是再理想不過的情況。當然，如果那位記者早在腦子裡鋪陳好想說的故事，那就另當別論。顯然，雷洛提烏斯不希望事實真相破壞了他已經構思好的故事。於是，事實真相到了他眼中就被「扭曲」了。

記者工作中另一個常見的困難是訪查真相過程中需要的耐心，雷洛提烏斯同樣也把這部分省下來了。自從報導文學大師埃貢・艾文・基施（Egon Erwin Kisch，一八八五～一九四八）以藝術性的語言來書寫新聞後，造成許多記者開始以「速成」調查法撰寫報導。他最知名的文集就名為《瘋狂的記者》（*Der rasende Reporter*）。每個對自己的報導認真做過調查工作的記者都知道，「快速」絕對是最不該出現的行為，最重要也最該做的事情，莫過於耐心等候。有時候花費幾個小時，單純只是為了觀察和等待事況的變化，只為了讓讀者知道事情發生的經過，有時候是耗上幾個小時、幾天甚至幾個星期，但並非每次都能有所收穫。美國記者界的傳奇人物蓋・特立斯（Gay Talese）稱此為「混熟的藝術」

（The fine art of hanging around）。

接下來是無止境的等待。即使終於進入訪談，甚至受訪對象該說的話說完了，以為就快結案時，仍然需要繼續等待。甚至在說服主角，讓他知道開口說話的重要性之後，記者也要馬上先將主角的定位拋諸腦後，放下他是主角的想法。另外，面對受訪者時，不該讓對方感覺到自己正在進行訪談，而是讓對方和你聊天，讓他對訪問的記者產生信任感。所以訪談開始時，通常不會馬上提出問題，而是試著讓受訪者自己說話。簡單地說，就是與受訪對象消磨時間，營造出如同躺臥在皮革沙發上、安心而且充滿信任的舒適感，讓受訪者放鬆地侃侃而談。

最好的訪談氛圍是讓受訪者不會以為自己正在接受訪問，就像最好的推銷話術，也要讓人在不知不覺中被說服一樣。這樣說來，好的推銷員和厲害的採訪記者簡直有異曲同工之妙。他們都極有耐心，讓人自己開口說話，營造別人對他們的信任感。唯獨不同於銷售員的是，記者並不想讓對方掏出錢來。記者想要的更多，他想要聽對方的故事和秘密。

這個職業是灰色的，有很多灰色地帶，我們寫的報導也是。這些文章本身就可能帶有矛盾、挫折和不足。在調查之後出現的只是基於事實的敘事，這些敘事永遠只能呈現接近事實的內容，對人、對事、對真相，從來無法完全公平。我以記者的眼光看待某個人生、形成某種觀點，然後寫下來。這樣的做法當然顯得傲慢，當然會失敗。僅僅因為真相從來不是一番兩瞪眼般的明確：事情的發生，從來不是非黑即白。它們是灰色的，而這就是新聞報導要寫的內容。

然而，無論一般人、讀者、編輯或出版商，大家都期待讀到黑白鮮明的內容，希望內容有強烈對比，有良善的好人和邪惡的壞人，就像雷洛提烏斯寫的故事一樣。這些故事更容易被看到，因為人們比較容易理解、消化這樣的故事，而且這樣的故事更令人著迷。就像好萊塢電影裡面踏上冒險旅程的英雄，都被塑造成幾乎沒有缺點的完人形象一樣。雷洛提烏斯將這些故事送上生產線，所以有個孩子引爆敘利亞內戰，只因為他的塗鴉觸怒了統治者，使得統治者做出激烈的反應，導致人民發起抗議活動，引發暴動，最後爆發內戰，就是這麼簡單。這樣一來，就無需理解阿薩德的內政政策、敘利亞境內的少數民族問題、伊斯蘭國（Islamic State，ＩＳ）興起的漫長歷史，還有敘利亞與美國的外交關係。反正就是一個孩子的惡作劇而已，不用知道更多。

此外，雷洛提烏斯有篇報導中，一位美國醫生從原本極力反對墮胎，突然轉變成墮胎支持者的原因，他也有辦法像電影情節一樣，做出簡單易懂又看似合理的解釋：那位醫生在同業中有個專做墮胎手術的好朋友被基督教基本教義分子殺了，那次事件徹底改變了他的看法，就是這麼突然。

事實當然不是這樣。雷洛提烏斯把人的行為或事件的本質全都套上自己構思的簡單說法。不過這樣寫出來的報導自然有它的吸引力，因為夠簡單，也夠合理。在雷洛提烏斯的宇宙中，事情都不複雜。對一個披著記者外衣的民粹主義者來說，一切都可以那麼簡單，這就是其中的訣竅。

然而，就像許多人也知道，灰色地帶背後，可能有很多不足為外人道的真相，而且都不是用簡單的道理就說得通，這也是許多人不喜歡真相的原因。有些真相自己會吸引記者前來發現它，不過這種情況其實很罕見。尋求真相的過程通常只會讓記者感到困難重重，因為真相大都讓人捉摸不定。爭論真相的癥結，或是懷疑真相是否存在，這些都是像哲學一樣歷史悠長的老問題了。永遠都有人為真理、唯心和唯物這些相對立的概念爭論不休。

公開發表的報導呈現出來的是記者眼中的真相，它可能是由許多觀感、對話、調查結果和事實組裝起來，但依舊可能是流於主觀認定的真相。每個人都可能有自己的真相，尤其是那些在讀過報導後，自覺有必要發表意見而慷慨陳詞的線上評論，更容易讓人留下掌握了唯一真相的特殊管道的印象。即便沒有，也只要捉住一點就夠了：所有的報導都有問題。那麼其中最好的、最可信的、最審慎處理的，就是那些投入許多人力、印刷出來、貼近事實的內容。

秉持良心試著當一名好記者是一場苦戰，我可以理解雷洛提烏斯為何無心於此，因為真的太耗神費力了，過程中還可能傷害到原本信任你的人，長期下來，甚至可能傷到自己。不過雷洛提烏斯可能無法意識到這部分就是了，畢竟他在這行待的時間不夠久到足以理解這一點。

記者是個精彩的職業。尤其是剛入行的頭幾年，會讓人覺得像談戀愛一樣。較有年資的記者應該都知道我說的那種感覺，那就像人被施了魔法一樣，這種神奇的感受，大半來自己開始覺察到自己寫出的文字有影響力，幾乎每個記者都會經歷這種感受。或許雷洛提烏斯也是，只是那之後一直無法從這個階段走出來。

有人才剛經歷過衝擊，記者就要直接面對他後，寫出當事人的喜劇或悲劇，那種感受必然就像站在舞台上的演員一樣，或像魔法師。說是滿足也好、驕傲也罷，總之是難以言說的感受，這就說明了為何作者在寫出好文章後會感到欣喜若狂。正是因為他們確信，他們寫出了發生在某人身上的重大事件，所以他們當然要在寫好後變得有些自大，甚至認為自己是天才！多數撰稿人應該都知道這種陶醉的感覺。但我要說，將這種感受形容為「記者的運氣」（Reporterglück）或許更為貼切，因為我認為能把報導寫得好，完全是訪查過程中的機緣巧合。

這個階段會持續一些時候，一般是幾年時間，但很少會長達十年。時間和經驗會銷磨掉對這份工作的愛，熱情和陶醉感會越來越少；工作時少了感性，卻多了理性。許多記者都知道這種感受。每個記者會自己賦予這個階段的消逝一個名稱，比如「記者的憂鬱期」，或者我也聽過所謂「記者的藍色時期」。入行幾年後，文風改變，寫報導的思慮會更周延、更謹慎，也更全面。於是寫出的文章可以更貼近事件本身，較少主觀判斷，減少出現互相矛盾的訪談內容，減少場景和行動的描寫。這樣的文章未必比較好，但是內容卻較為持平、穩重，因為隨著時間流逝，寫的人才會意識到，前面幾年寫出的報導或許迎合讀者的口味，卻傷害了事件中的人。

有些記者會隨時勢自我調整，這些人顯然不會是最笨的那一群。他們或多或少還能夠愉快地面對這個職業日漸被銷磨的愛與熱情，並與之和平共處，成為熟練而冷靜的寫作專家。雖然幾乎不會有記者一開始就立志要寫出「規規矩矩的報導」，就像不會有電影導演以拍出「規規矩矩的電影」為職業志向一樣，大家從業的目的都希望能成為大師，受到眾人欽佩，但從業越久，心境越來越從容，因為最終察覺到自己的才華不夠出色，或是缺少必要的堅持。不過，能悟出這樣的自覺，也算得上這行的專業人士了。這點和報導的可靠性並不衝突，許多人連這點都做不到呢！

另外有一類記者則是完全放棄報導這件事。他們熱衷於職位的晉升，可能成為部門負責人、總編輯，或有時出人意表地成為表現平平的作家。這些人多半會以懷舊的心情，緬懷他們當記者的那些歲月。

另一群記者則是持續糾結在報導這件事，始終無法放下它，我就是屬於這一類的記者。我從來沒有喜歡過寫作，任何一位認真的作家應該都不會說出這樣的話。幾乎每個作家都不吝於表示自己能從寫作中得到莫大的「樂趣」，而且寫作這件事對他們來說只是「信手拈來」，或說因為寫作讓我「無所畏懼」。沒有人喜歡寫作的當下，但說起寫過的內容總不免樂在其中，只是要能在談笑中提起寫過的內容前，必得先經過一番努力，這道理就像清潔打掃一樣。然而，即使是寫作本身，那種「已經寫完」的良好感受，也會在寫完後失去刺激感，任由其他情緒和感受取而代之。

唯獨能讓我和許多認識的資深記者，宛如初見般喜愛這份工作的便是訪查的過程。可以深入了解一個主題，與專家的對話像是接受私人家教一樣，與那些暖心的人共度的美好午後時光，即使在訪談三分鐘後就明白與對方的訪談內容不會出現在報導中。只要說出「我是記者」這幾個可笑的字，就能到處通行無阻，然後期待發現某個新世界，簡直是一種無價的奢侈！這些是我和許多資深記者的動力來源。從最初讓我們投入這一行的既非名利，也不是任何記者獎項，而是對這個世界感到好奇的一顆私心。知名的《南德日報》「第三版」（Seite Drei）記者彼得．薩托里厄斯（Peter Sartorius）在退休後不久跟我說：「我現在覺得要訪查後才能下筆這種事真是麻煩。」

雷洛提烏斯曾經在接受雜誌訪談時被問到他最喜歡的報導。他先是提到美國記者、新新聞主義之父湯姆．沃夫（Tom Wolfe）在一九七〇年發表於《紐約雜誌》（*New York Magazine*），一篇名為〈光芒四射的時尚：藍尼家的那場派對〉（Radical Chic: That Party at Lenny's）的文章。對記者來說，面對這類提問，無論如何都希望自己能說出讓人意料不到的答案。這樣想的話，他確實做出了完美的回答。那篇文章寫的是知名作曲家李奧納德．伯恩斯坦（Leonard Bernstein）的慶生會，當時的那場聚會把紐約藝術界的許多知名人士聚集在一起，受邀與會的還有幾名被當作樣板宣傳的黑豹黨（Black Panther）民運人士。這些人的出席才能讓與會人士有藉口宣稱，參加這場聚會不只能認識紐約最美的女人和花枝招展的知名人士，還能和「正確」的人打交道，是件「政治正確」的事。直至今日，在德國柏林仍有些活動的舉辦遵循這樣的規則。在美國，這類人被笑稱為「豪華轎車自由派人士」（limousine liberals）。但是沃夫文中那些無趣的黑豹黨人無心參加這樣一場歡鬧的派對，他們出席的目的是為了尋求政治理念的認同，使得紐約那群追逐時尚潮流的人全然不知所措。那篇文章寫得很棒。雷洛提烏斯寫道：「外界總把記者當作衣冠楚楚的惡棍，因為他們徹夜游移，時而在此，忽又在彼，觀察著、傾聽著、思緒不斷反覆琢磨，然後將圍繞著他的偏執行為譜寫成充滿諷刺的現形記。」

「衣冠楚楚的惡棍」用來形容記者還真是奇特！

最終，報導只會給讀者留下這樣的認知：要知道事件的發生經過，作為讀者就必須接受記者成為他所知的過濾器。因為讀者知道的內容是記者過濾後的結果。無論是氛圍、記者的世界觀，還是記者對事件抱持的距離，最終都會左右讀者聽聞的內容與感受。讀者只能任由記者擺布。英國廣播公司（BBC）的電視劇《新聞之爭》（*Press*）中有個女性總編輯說：「我們剩下的只有信任了。因為人們如果想要聽謠言或個人見解，隨處都撈得到。」意思是，信任和金錢可以換來更接近事實的報導。規則就是這樣。

我將在接下來的內容中說明，雷洛提烏斯如何破壞、扭曲這樣的規則。

第 2 章

事件的開端

兩個記者與一篇報導

「人總是相信自己會的，而不是自己想要的。除非是笨蛋，才會反其道而行。」

——西班牙作家卡洛斯．魯依斯．薩豐（Carlos Ruiz Zafón）

和尋常的報導工作分配一樣，〈獵人的邊境〉這篇報導始於一封電子郵件。當時我在名字聽起來還滿可愛的墨西哥小鎮皮希希亞潘（Pijijiapan），正在和計程車司機認真地進行談判。十月底的那個上午天氣炎熱，計程車司機開著一部看起來不大可靠的豐田汽車，而我希望他能載我到另一個城市，不過司機顯然想要提前慶祝耶誕節。我看到前面剛下車的日本乘客付了一百美元車資。情勢對司機有利，我並不是唯一一個想要盡快離開皮希希亞潘北上的人。一堆同行湧進這個小鎮，有攝影師、記者、整個拍攝團隊，所有人都需要計程車，所有人都是跟著難民車隊移動，而且所有人手上都有美金。我試著向眼前的司機解釋，日本遊客就是願意多付點錢，那只是民族性使然。還要跟他說，我正要去採訪鎮長，最後再補充說道，歐洲最大的新聞雜誌上可能會寫著：皮希希亞潘鎮雖然值得一遊，但可惜當地的計程車司機實在太土匪了，會把旅客當肥羊宰。我故意看了看車牌，假裝把車牌號碼背下來，計程車司機冷笑了一下。就在那時我收到郵件，是《明鏡周刊》社會編輯部副主編歐茲蘭．給澤（Özlem Gezer）發來的：

……馬蒂亞斯有篇報導希望由你和克拉斯來寫……稍後克拉斯會和你聯絡。先這樣。

歐茲蘭

我馬上回了郵件寫道：「妳可以打電話給我嗎？」作為同事，歐茲蘭就像天上掉下來的禮物。能力好、不拐彎抹角，又很風趣。在同行中備受敬重，因為她曾寫過藝術品收藏家科內留．古力特（Cornelius Gurlitt）的人物側寫專題並轟動一時。歐茲蘭和這位德國新聞界爭相採訪的對象，在二〇一三年秋季共度了整整四天時間。古力特因為一系列家族的收藏品受到注目。他的父親遺留下超過一千兩百幅收藏的畫作，就放在他位於慕尼黑史瓦賓區（Schwabing）的住所，其中包含不少在一九四五年後被認定為失蹤的畫作，也有些不知名的創作，其中更不乏知名藝術家的作品，如夏卡爾（Chagall）、畢卡索（Picasso）、迪克斯（Otto Dix）、馬諦斯（Henri Matisse）、馬克斯．貝克曼（Max Beckmann）、利伯曼（Max Liebermann）。

不久後，果然接到歐茲蘭來電。「莫雷諾，你都好吧？」她開頭就問。

「七十美元。」這時計程車司機討價還價地說。我邊用手扶著手機的外接麥克風邊說：「往鎮公所是這個方向沒錯吧？」我剛問完，計程車就發動了。歐茲蘭馬上就進入正題：「莫雷諾，哈！我們現在是一個外國人有事要傳達給另一個外國人嗎？你剛好在墨西哥吧？你可以再多待些時候，幫我們寫篇報導嗎？」

歐茲蘭的父母都是土耳其人，而我的父母來自西班牙。聽起來雖然有點荒謬，但在整個編輯部，我們兩人因為這個共同點溝通起來更加順暢。過去舉凡有關土耳其保守派正義與發展黨（AKP）支持者在北萊茵州（NRW）發生事情，或是關於義大利北部右翼的前總理貝魯斯柯尼（Silvio Berlusconi）支持者的報導，或脾氣火爆的傳奇球王馬拉度納（Diego Maradona）、屢創紀錄的瑞典球星伊布拉希莫維奇（Zlatan Ibrahimovic）等的相關新聞都是我在跑的。當時編輯部裡的人大概都想著：「哎呀！那個莫雷諾，他比較可以跟這些人、那些『南國人』說上話吧！」聽起來真有點不是滋味，但我就是有辦法跟這些人、跟那些他們口中的「南國人」聊上幾句。無論對方是西班牙人、土耳其人、葡萄牙人、羅馬尼亞人、希臘人、阿根廷人、墨西哥人、智利人。編輯部裡所謂的「南國人」，涵蓋範圍很廣。要我說，在整個《明鏡周刊》編輯部，我大概是處理黑髮色人種的新聞專家吧！

「好吧！既然是外國人交代外國人的事，」我對歐茲蘭說：「我當然要幫到底啊！」接著，歐茲蘭告訴我她對這篇報導的初步構想：我目前追蹤的移民車隊已經行進了幾個星期，幾乎要跨越整個南美洲，世界各地的新聞媒體正火熱報導著，她要我繼續跟著車隊行動。另一位同事雷洛提烏斯負責美國方面的報導，追蹤一個民兵組織，尤其是這個民兵組織認定，美國境內只要沒有這些非法移民，就能有更好的發展。

當時我受《明鏡周刊》外國事務編輯部委託，在墨西哥境內的採訪工作已經持續了幾個星期。接到電話的前幾天，我剛到過墨西哥東南部的恰帕斯州（Chiapas）。那幾天很不容易，每天清晨大概三、四點就必須起床，然後拖著沉重的腳步、跟著沉默的人群往北移動。人群裡有墨西哥人、瓜地馬拉人、宏都拉斯人。另外還有幾名記者，算不上很大陣仗的一群人。遠在華盛頓煽動仇恨的頭號人物川普提到這種情況，除了惡人入侵、國難當頭、對家鄉的攻擊這些論調外，也沒什麼好發揮的了。社群媒體充斥著川普鼓動仇恨的言論，他在推特上的激情貼文總是能在虛擬世界颳起一陣歇斯底里的旋風。

我當時的任務就是訪談車隊裡的人，了解他們在自己國家受到怎樣的折磨，才讓他們決心離開故土，踏上追尋美國夢之旅。即使明知道如果到得了美國，就算是在休士頓、鳳凰城或邁阿密這些大城市，也只能做拖地、顧小孩、採摘橘子、洗杯子、漆牆這類工作。忍耐那麼多痛苦、冒著失去生命的危險、付出許多金錢、做了很多努力，還有那漫長旅途的煎熬，為的就是這麼偉大的目標。我的報導應該讓讀者了解，到底是怎樣的「敵人」，需要讓川普派出五千二百名美國大兵鎮守在南方邊界，以抵禦只有他看得到的「攻擊」。

就算對川普來說，那幾個星期也是夠令人感到喧囂不安的。因為二〇一八年的期中選舉在即，但民調結果對他並不樂觀。網路上熱烈討論，派到邊界的士兵是否該禁止開槍。針對這點，川普特別在訪談中提到，為了國家安全，必要時仍需有所作為。包含希望戰爭發生的人在內，所有人都知道這個世界強權的作為，並不是真正為了顧及國家利益。事實上，沒人會怕這些難民。不過只是一些雜音、一些極為廉價的小手段，因為最後五千二百名海軍陸戰隊的兵力到邊境進行一趟小旅行幾個星期，就要花上高達兩億美元的軍費。華盛頓當局只要負責指揮好好萊塢的戲碼，只要訴求那些拉丁美洲非法移民造成南方邊界的動盪，再也沒有什麼其他議題更能讓川普支持者動員起來，也沒有什麼比讓川普贏得選戰，更能讓民主黨員動員起來。最後，在發布過幾次臨時特報後，華盛頓這位充滿激情的候選人代表的政黨在期中選舉中落敗了。可想而知，部分原因也要歸咎於以移民車隊作為競選議題。

歐茲蘭交付給我在墨西哥進行的任務很簡單，我只要負責了解這些拉丁美洲人為何如此渴望到北美洲，甚至願意為此一路徒步走到美國去。

「看看吧，看你能在那裡找到什麼人願意接受你的採訪，」歐茲蘭說。我大可問那些離鄉背井的人，為何他們要離開家鄉。車隊中大部分的人是在幾個星期前從宏都拉斯啟程。這個國家有全球最高的兇殺犯罪率，學校在那裡形同虛設，不幸必須在貧民區長大的年輕人，如果沒能及時逃出來，大概就只有加入當地人稱為「馬拉」（Mara）的幫派組織一途，年紀輕輕就在黑道的各種犯罪行動中死去。

當時陸陸續續約有上萬人同時踏上前往北美的旅途。我遇過一群大約有二十幾人來自瓜地馬拉、身上穿著光閃閃銀色亮片裝飾的變裝秀演員，或是從宏都拉斯首都德古西加巴（Tegucigalpa）出發，一路上爭吵不斷的一家三代，也有不少吸食毒品而神智不清的人，甚至還有幾個迷迷糊糊地在墨西哥的公路上連續幾個小時走反方向，一路只是覺得奇怪，為什麼別人都和他們逆向而行。我想這些人裡面，肯定有人願意告訴我他們的故事。

歐茲蘭告訴我，我在墨西哥採訪的同時，雷洛提烏斯則會前往美國南方邊境，可能是前往加州的聖地牙哥、德州與新墨西哥州交界的艾爾帕索（El Paso）或德州的布朗斯維爾（Brownsville）。確切地點由雷洛提烏斯自己決定，關鍵要找到不是只會咒罵難民的美國人。雷洛提烏斯要找到真的有和移民車隊接觸過，而且實際採取過反制行動的人。據歐茲蘭說，眾人在編輯部的會議中一致認為，如果能採訪到武裝的民兵組織，將是再理想不過的做法了。

故事是人造出來的，我想。只要有典型的衝突、主角人物和敵對方，就能大致呈現出故事的架構。因為故事聽起來總令人有所期待這一點，正是我喜歡故事的原因。根據我自身的經驗，這類在書桌上寫出來的報導，通常可以寫滿整本筆記，而且讓故事一開始的老哏最後有爆炸性發展。不過，在書桌前奮筆疾書或許可以對世界上發生的事極盡想像之能，但往往真正動身後，才發現事情的發展和想像的完全不一樣。所以如果有人能在兩個星期內扎扎實實地進行採訪，最後卻毫無所獲是不可能的事。

直到當時，雷洛提烏斯對我來說，還只是一個聽過的名字。我讀過幾篇他寫的文章，算不上認識。在此之前，應該頂多見過兩、三次面。一次在編輯部會議中，當時他並未發言，另一次在耶誕節的慶祝宴會上，那次他看起來也是很拘謹、低調，甚至近乎害羞。當時我對這個人沒什麼想法，有些人參加公司聚會就只是靜靜地待到深夜，結果隔天同事帶著宿醉進公司遇到，還會問他昨晚怎麼沒出現。雷洛提烏斯低調的表現，大概就屬這類人。我和雷洛提烏斯唯一一次通電話，是因為我的一篇報導。當時他負責編輯那篇文章，我受寵若驚地收到很多溢美之詞，最後那篇報導以一字不改的狀態發表。

歐茲蘭曾經對我說過編輯部期待的文章內容：要寫出具可讀性的長篇文字，讓讀者感受到我確實和故事的核心人物在一起不少時間。正因如此，目前在德國境內，幾乎沒有其他媒體有能力支持這樣的報導。歐茲蘭跟我說到這些話時，我心中想到的是雷洛提烏斯。讓我想到他的文章主要是因為兩件事：印象中，他寫的都是探討嚴肅議題、很有話題性的報導，另一篇則是他在五年前寫的、我不是很喜歡的文章。

當時那篇文章發表在保守的政論雜誌《西塞羅》。我對《西塞羅》的評價一般不太正面，因為部分文章雖然出自非常優秀的作者手筆，但我經常對內容有全然不同的觀點。那次雷洛提烏斯的報導寫的是關於古巴一個從事稅務會計師多年的人。據稱是那座島上首位真正的稅務會計師。他的業務開展得十分順利，很快就成為哈瓦那市詢問度最高、最成功的企業經營者。為了諮詢稅務問題，連擦鞋匠都要大排長龍。當時讓我感到驚訝的是：需要諮詢稅務的擦鞋匠，而且在古巴？真的嗎？不過，當時我並沒有多花時間去深究這些疑問。

當然，我也沒對任何人提起這件事。我能說什麼呢？我個人也沒認識很多古巴的擦鞋匠，另一方面，如果這位雷洛提烏斯沒有老實進行訪查就寫報導，他毀掉的可是自己的職業生命。但是，當雷洛提烏斯開始為《明鏡周刊》寫報導時，我也知道一件事：我絕不想和他共同撰寫任何文章。我是自由工作者，要終止合作很容易，而且需要來自多方的案源。但總好像有哪裡不對勁，單純就只是一種感覺而已。

現在電話另一頭的歐茲蘭可是我的主管啊！而且她提出的要求，竟然就是由我和雷洛提烏斯合寫一篇報導！

「三十美元！」這時聽到計程車司機說。這個金額當然是太多了，可是在這高溫下，我可不想繼續走下去了。我舉起拇指表示同意後，進入計程車內。電話另一頭的歐茲蘭還繼續說著：「莫雷諾，你們這篇報導預計在下下一期刊出。」

我嘗試找出讓我一個人獨力完成這篇報導的理由，可惜一時想不到非常合適的說法。我告訴歐茲蘭，和我一起到墨西哥採訪的攝影師史考特．道頓（Scott Dalton）應該有些有利採訪的管道。事實上也是如此。道頓已經有多次在美墨邊境採訪的經驗，他可以協助我找到適合採訪的對象，而且他過去也和民兵組織有過接觸。不過，我這些說法都無法成功說服歐茲蘭讓我一個人完成這篇報導。歐茲蘭的說法是，雷洛提烏斯也可以利用道頓掌握的這些資源，然後她就掛了電話。我最終還是沒能說服她。

我直屬部門的主編蓋爾第二天又打電話給我。當時我在恰帕斯州的托納拉市（Tonal）。

我再次在主觀的想法上，試圖向他提出客觀的理由。因為我在墨西哥境內的工作就快結束了，馬上就可以到美國繼續進行採訪，這樣一來，應該更能維持這篇報導的一致性。蓋爾聽了一會兒就打斷我說的話。他告訴我，他沒有時間浪費在這種個人的「虛榮心」上面。蓋爾在那通電話裡的最後結論是：「我已經決定讓雷洛提烏斯飛一趟美國了。」

在這種時刻，我當然可以讓情況持續惡化下去，但是有兩點不許我那樣做。首先，蓋爾說的並非毫無道理。在他的主觀認定上，我這隻老鳥就是對這個新人有意見。不然哪有拒絕合作的理由？另一點，對於我不想合作的唯一理由，我也很難挑明了說，只是因為我覺得雷洛提烏斯這個人有些不對勁。

第二個原因主要是我不想和直屬主管有任何衝突。他想派我去哪裡採訪，一般我是不會提出反對意見的。於是我只問了什麼時候開始。有不少記者會有不同的做法，尤其是在《明鏡周刊》裡面。有時候是因為要報導的事件不夠有說服力，有時候是因為他們對分派到的議題不感興趣，或是他們正忙著寫其他報導。當然，最主要原因是他們是正式雇員，所以可以有恃無恐地拒絕，而我只是自由撰稿人，隨時都能解除合約。編輯部無需任何理由就能決定不再分派工作給我。一旦家裡有四個嗷嗷待哺的孩子，這樣的工作合約可是很有約束力的。

我掏出手機，在搜尋引擎上輸入「雷洛提烏斯」。搜尋結果的第一頁中有一筆就是他在二〇一七年獲得歐洲新聞獎（der Europäische Presse-Preis）的報導。那篇報導題目為〈國王的孩子〉（Königskinder），寫的是關於一對敘利亞姊弟終於逃到土耳其，在那裡一邊做著苦工，一邊懷著對德國總理梅克爾（Angela Merkel）的美好想像，做著他們的德國夢。姊姊名叫阿琳（Alin），在一家小型織坊裡每天要工作十四個小時。那座織坊的老闆納瑟（Nasser）像對待動物一樣，看待像阿琳這樣的難民兒童；弟弟阿罕默德（Ahmed）則在廠房裡工作，住在廢棄物處理場裡面。

那篇報導曾經轟動一時，關於細節的大量描述每每讓人驚呼讚嘆，字裡行間都像近身觀察一樣鉅細靡遺。作為記者要獲得這麼多資訊，除此之外別無他法——那篇報導簡直就是由勤奮堆疊成的意念碑文。我可以想像，雷洛提烏斯在採訪過程中一定不斷提出問題，弟弟阿罕默德才得以說出他這麼多年來的逃亡生活，甚至可以說出他當時「在沒有任何窗戶的牲畜運送車中待了兩個小時」。我很難想像，對一個當時八、九歲的孩子該怎麼提問，才能讓他那麼精確地回答出他當時搭的是牲畜運送車？怎麼知道不是平板貨車，或是篷式貨車之類的交通工具？我從來沒想過，這會是雷洛提烏斯編造出來的畫面。我被說服了，以至於認為他是個出色的記者，甚至可能也會徹頭徹尾地調查我這個人。

我不見得喜歡他寫的東西，總覺得有點通俗劇情、情節太過老哏、太多類似尼古拉斯・史派克（Nicholas Sparks）寫的暢銷小說情節、太多「聽從你心之所嚮」的浪漫情懷。不過這些感受最終還是被壓抑下來。大概是為了效果才那樣寫的吧！如果是那樣應該也是合情合理，我想。另外，這種寫法或許也和每個人的寫作風格不同有關！尤其當人拿到這些資料時，寫作風格就更無關緊要了。真的有在土耳其血汗工廠裡做著苦工，然後想著梅克爾、做著德國夢的敘利亞難民兒童嗎？如此血汗的織坊老闆真的會接受記者的訪問嗎？就算這是有閱讀障礙的人寫出的報導，那也真是太好了！

此刻我自問，這樣想是不是對雷洛提烏斯太不公平了，蓋爾的看法可能是對的。雷洛提烏斯比我小十五歲，而且就我讀到的內容，他就是寫得比我好，這篇得到二〇一七年歐洲最佳報導獎的文章就是最好的證明。

「難道我真的只是嫉妒他嗎？」我這樣問自己。好吧！我可能就是個心胸狹窄的老男人，我覺得自己應該想辦法向他說聲道歉。光是想到如果有另一位記者對我的頂頭上司說他不想和我一起工作，那種感覺一定很不好受。於是我發了一封簡訊給蓋爾：

我覺得，既然是我搞錯了，那我就該說幾句話。你是對的，我太急於表現了，我之所以想要獨力完成這篇報導，是因為我覺得這是個很好發揮的故事，而且就我已經準備好的資料，已經差不多知道寫這篇報導的方向了。但我也必須老實說，我確實說不出合理的理由，說服您無須讓兩個人合寫這篇報導。所以我重新想了一下，應該是過去幾天每天幾個小時都在大太陽底下行動，連日下來已經影響到我的健康了……

我收到蓋爾的回覆：

好說，我已經忘了你說過什麼了。我再和克拉斯談看看，沒問題的話，再把工作內容和時間要求等資訊以電子郵件形式發給兩位。先這樣。

總之，這次一來一往的兩條簡訊都讓我有些微妙的感覺，那就是：兩人都說了真話，但又好像不完全是真實的想法。我確實曾經想要獨力寫這篇報導，裡面或許有急功心切的成分，但我卻不完全認定我想這麼做有什麼問題。而我的主管呢，他肯定沒忘記我說過的話，至少稍後發生的事就證實了這一點。幾個小時後，他發給我以下的電子郵件。過去我還不曾收過類似的電子郵件。

各位同仁，

在今天稍早通過話後，以下我想再次確認本次報導的走向。

我們想要呈現的是當前世界上面臨巨大矛盾的兩方人馬，其中一方的矛盾是長途遠征的逃難，另一方的矛盾是美國揚棄了我們對民主的理解。前面這部分由胡安負責跟著移民車隊行動採訪。最好能找到帶著兒童的女性作為報導的主角，而且主角最好來自非常糟糕、讓人難以存活的地方。當地生活之困難，讓她把移民遠征視為逃離苦難人生的唯一希望。她把希望寄託在美國，期待能在那裡過上宛若新生又自由的好日子。我們希望能徹底了解她們的一切。關於她人生經歷的所有細節、生活狀況，還有她擔心哪些事。當然，還有讓她們最終下定決心、踏上移民長征的那一刻，到底發生了什麼事。

同時了解她們隨身帶了哪些物品、她們認為重要的事，還有她們攜帶了多少現金。也要寫到她們對美國的所有想像。她們對美國這個國家的精神了解多少，還有打算抵達目的地後，如何維持生計。對川普的政策了解多少，是否曾想過政治上的變化會給她們帶來多少影響。是否想過跨越國界的問題？是否擔心邊境管制？是否知道在邊境等她們的都是些怎樣的人？

採訪對象一定要沒有正式向美國當局提出入境申請的女性，而且必須是打算在黑道協助下越過邊境的人。如果受訪者正好原本就打算以這種方式越境，那是再好不過了。

報導的第二個切入點由克拉斯來寫，主角是那些以一己之力守護美墨邊境的民兵人士。關於這號人物，我們想知道的基本上和前面那部分的主角差不多，反正就是盡可能寫出關於這個人的一切，這種人通常都是川普的支持者。當時川普宣布要在美墨邊境築起高牆時，他們一定特別激動，並且開始期待能遇上這些長途遠征的非法移民，就像卡通人物歐貝利克斯（Obelix）期待羅馬軍隊到臨後，可以好好打一仗一樣。至於克拉斯想到哪裡進行採訪，可以在他明天和胡安的攝影師電話聯絡過後再決定。

這篇報導我們預計在十一月十日發行的周刊中發表。不過考量到採訪過程可能發生意外造成延誤，所以時間上很緊迫。也就是說，全部的採訪工作最好能在十一月四日星期日那天告一段落。

接著，由克拉斯在下下個星期用一個禮拜的時間進行彙整，寫出完整的報導。我希望兩位盡可能每天聯絡一下，溝通彼此的進度，了解是否需要隨時進行任何調整，或是否還少哪部分的資料。

最後，預祝兩位工作順利。兩位目前負責的是很棒的新聞題材。胡安，前段時間你的採訪工作可能已經讓你很累了，現在有勞你再努力一下。只要你們找到對的採訪對象，我相信這篇有機會成為年度最佳報導。

馬蒂亞斯

出於很多因素，讓我覺得在讀這封郵件時有種疏離感。提前告知報導走向在過去並非不常見。但這次令我感到奇怪的不是這一點。這封郵件讀來不像是調查採訪前的討論，反而更像是告訴我劇本的走向。這封電子郵件讀來是那麼奇怪、難以理解，尤其是在《明鏡周刊》社會編輯部，這個部門的許多記者一定很難相信這樣的電子郵件出自蓋爾的手筆。

對我來說，這也是第一次有人這麼詳細告訴我希望文章怎麼寫、希望看到主角做了哪些事、應該選怎樣的人作為報導的主角，以及這個主角在面對特定事件時，該呈現出怎樣的情緒，比如對於逃難的長征充滿期待的心情。也不曾有人告訴我該在報導中給出怎樣的答案。通常的做法是，採訪前討論故事大致如何鋪陳，預想理想的發展情況，雖然故事的發展通常也可能和事先規畫的完全不一樣。我在《明鏡周刊》這麼多年來，從沒接過這樣的電子郵件，更別說是由蓋爾發出的。

這封電子郵件讓我明白，其實他根本就已經定下了故事的發展方向。這是我無法理解的。而且，還有一點我認為就連非新聞從業人員也不會喜歡：蓋爾希望由雷洛提烏斯彙整我們兩人調查到的資料後「主寫」這篇報導，這意味著雷洛提烏斯才是這篇報導的主要負責人，而且他可以決定整篇報導最終的樣貌。

最終由誰來「主寫」這篇報導當然微妙地暗示了，共同撰寫的兩位或多位記者裡面，誰是主管認為能力較好的那一個。只是，這個暗示看似微妙，卻不聰明，因為表現得太過明顯了。任誰都看得出來，能力比較好的人，有權決定如何彙整採訪到的資料，並且完成最後的編寫工作。哪些場景、劇情發展、以哪種口氣進行描述。許多由幾個記者共同完成的大篇幅報導就是這樣來的。幾位同行一起進行採訪，最後由另一人，而且是經常被冠上「神來之筆」這樣沉重稱號的那一位，負責最後彙編成稿的工作，或是改寫或裁減分量，或實際上就是將文章寫成他想要的樣子。簡言之，一個人負責努力鑽研找到真相和聽取相關人的發言，另一人則是將這些內容加以美化後呈現出來，後者可說是件錦上添花的好差事。在德國新聞界沒有因此引起更多爭端也實在不令人感到意外，不過我確實也知道有些同行，因為多人共同創作的大型報導獲得記者獎，而報導的最終版本中沒有一句是他自己寫的，得獎後受訪時，還能滔滔不絕地說著寫出得獎報導的心情。

就我理解，蓋爾的這封電子郵件明確表明他仍然介意我說過的話，並且要因此懲罰我。電郵的內容就是要讓我清楚知道他對我的看法，也就是我的能力在雷洛提烏斯之下。他果然達到想要的效果了：由雷洛提烏斯主導這篇報導，當然打擊到我，也讓我覺得難受。原因很簡單，除了我也想主導這次的報導外，其實完全沒必要指定任何人作為主要負責人。倘若是規模較大的採訪團隊，指派其中一人負責彙整資料才有意義，但這次的採訪行動只有我們兩個人，而且還要求我們兩人要每天保持電話聯絡。過去和《明鏡周刊》同事合寫報導，我已經有過多次經驗，但從來沒遇過一開始就被指派由誰主導這樣的情況。因為最終到底是誰負責彙整，根本就無關緊要了。就算彼此間說定由誰負責主導某次報導，當那篇報導真的引起關注時，反正也沒人會關心這件事。如果報導無法達到預期訴求，所有參與撰寫的人都有責任。

幾個小時後，就在我又讀了幾篇雷洛提烏斯寫的報導，發現內容了無新意，而且情節發展都有固定的規律，我和史考特會合了。接下來幾天，史考特擔任我的隨行攝影大哥。他預計跟著我拍攝幾天車隊後，再接著跟上雷洛提烏斯民兵隊的採訪行程。看到他我很開心，特別是因為過去我們已經有過多次一起工作的經驗。

史考特身形高瘦，灰髮，眼珠子是湛藍色的。他是德州人，正值五十歲，話不多，但其實很熱心，以前在南美洲工作過幾個年頭。史考特喜歡說故事，比如他跟我說過在波哥大（Bogotá）時，遇上汽車炸彈把他住處炸飛的事情。當時大毒梟巴布羅．艾斯科巴（Pablo Escobar）的恐怖勢力正席捲整個哥倫比亞。史考特不是很喜歡聊到他被哥倫比亞共產黨屬反叛勢力（FARC）綁走的那兩個星期發生的事。綁匪要求贖金，直到史考特在波哥大的幾個朋友和同事因而走上街頭抗議，史考特才在眾人驚呼中幸運獲釋。換句話說，史考特這個人見多識廣，要還有什麼能引起他興趣的事並不容易。

我注意到，當我和他談到雷洛提烏斯即將採訪民兵組織的計畫時，他的期待之情溢於言表。史考特在離開哥倫比亞後，有幾年時間主要都在拍攝美國邊境非法移民議題的相關內容。在拉丁美洲，人蛇集團成員被稱作美洲土狼（Kojoten）。史考特沒少和這些人打過交道，他也曾經隨同邊境巡警到墨西哥北部一些老早就沒有記者會去的城鎮，不過他已經很多年沒接觸過真正防範拉丁美洲人偷渡的民兵組織了。他雖然聽過這些組織，卻一直不得其門而入。「真正的民兵隊很討厭媒體，所以我很好奇，到時你同事要怎麼辦到。不過無所謂，能參與這種採訪，真是令人期待！」史考特這樣告訴我。

幾天後，史考特接到一封雷洛提烏斯發出的電子郵件，那是二〇一八年十月三十日。

嗨！史考特，我現在在亞利桑那州的鳳凰城，採訪工作以及與民兵隊取得聯繫可能需要一段時間，但很遺憾我們承擔不起支付你一整個星期的費用。所以要請你在我找到確切的採訪對象之後才能出發，那之後我們再與這些人一起行動二到三天，這樣好嗎？你可以接受嗎？

這當然不是太好的提議。不過史考特在墨西哥這段期間心情很好，他可以說是我認識的攝影師裡面最勤勞的前幾名了。這幾天的成果已經超乎他的預期，不管移民車隊的出發時間多早，也無論現場的光線狀況如何，史考特都有辦法拍到可用的照片。最近有不少同業的編輯部為了省下攝影師的費用，嘗試從某些管道取得便宜的圖片來源。如果記者本人可以兼任攝影師，對這些同業來說是更理想的情況。過去《明鏡周刊》也曾問過我是否能採行類似做法，每次都被我拒絕，不過雷洛提烏斯很喜歡那樣做。

最後史考特拍到三千多張照片。漢堡的總部應該不會後悔派他來擔任這次任務的攝影工作。那幾天真是辛苦，對我們兩人來說都是。他背著幾台相機，我推著兒童車的時間越來越長，而且車上通常還有三名熟睡的兒童。因為終於找到一個採訪對象，是個名叫阿蕾達（Aleyda）的年輕女性，二十五歲，深色及肩短髮。對於成為我的採訪對象，讓我隨行幾天近身觀察的提議，她從一開始的懷疑態度轉為好奇。坐在兒童車裡的五歲小女孩艾莉絲（Alice）是阿蕾達的女兒，另外還有兩名同行的兒童，都是阿蕾達的妹妹維琪（Vicky）的孩子。阿蕾達姊妹兩人從廣播聽到關於移民車隊的消息後，不做多想，就決定踏上前往美國那塊應許之地的長征之旅。隨著她們一同啟程的是知道有個遠親在德州的消息、大約兩百美元，還有對聖母的堅定信仰。

為了避開正午的太陽，車隊和我的採訪對象總是在清晨三點、最晚四點啟程。並且由於阿蕾達帶著孩子、推著推車，需要頻繁地停下來休息，所以我們行進的速度比多數人慢很多。我們抵達當天的目的地時，通常都是傍晚以後的事了。一些救援組織會在目的地為逃難的人群提供餐食，以及必要的醫藥援助。難民睡覺的地方，常常是在人行道上鋪紙箱了事，每當人群開始找尋睡覺的地方時，我就著手整理筆記，史考特則會把當天拍到的照片再看一遍。之後我會再找幾個採訪對象拍照，以呈現出我們途經的幾個城鎮的氛圍。那幾天，我和史考特兩人每天的睡眠時間都不會超過三、四個小時。

此後，我或雷洛提烏斯就沒有再接到過主管發來的任何指示，而我和他，誰也沒主動打電話聯絡過誰。於我，他被指派最終彙整資料寫成報導這件事，一直讓我耿耿於懷，而他，大概是想專心在鳳凰城的旅館中上網找資料，免得不小心對我說了不該說的話吧！關於這部分，我和史考特聊了不少，我們一致認為雷洛提烏斯要找到願意承認他們正在阻擋難民入境，並且同意接受採訪的對象，一定非常不容易。十一月一日雷洛提烏斯寫了一封電子郵件：

親愛的歐茲蘭，

現在已經過了一天半，但我還是沒找到適合採訪的對象。沿著邊境開車過去，整條路上都是坐在摺疊椅上看守牧場的老爺爺，不過這種情況已經存在多年，也不是我們會有興趣的議題了。就像我還在漢堡時與您在電話中提到的，還有我們的攝影大哥史考特的看法：這裡確實有幾個自發性質的邊境民兵組織，不過要在那麼短的時間內和他們接上線，恐怕有困難。這些人在山區有固定的駐紮營地或行動路線，並不是那麼容易找到，不過有些人會定期在網路上發布一些他們最近做了什麼事的消息和照片。有幾個團體，我已經在臉書上留言，也試著發電子郵件聯繫，不過至今都沒有得到任何回應……現在這裡又是一天的開始，看看吧！看今天的情況會怎樣，總之，我會做各種嘗試，但如果妳現在非得問我能否準時交稿，我真的不確定我負責的這部分到星期日是不是能順利完成。目前看來確實有困難，即使做得到，時間上也是非常、非常匆促的狀況。今天晚上我會再和妳聯絡一次，或期間隨時有任何進展也會和妳保持聯繫。

祝好！

克拉斯

這封電子郵件的內容在我看來，就好像他隨時想放棄一樣。但在漢堡總部那裡似乎沒人這樣想。當我追問是否該為現在的狀況憂心時，編輯部副主編歐茲蘭給了我以下回覆：

……克拉斯肯定會找到適合採訪的對象。放心吧！

歐茲蘭是位優秀的記者。她和雷洛提烏斯有多年合作經驗，很信任他的能力。不同於我和史考特的緊張情緒，她一點也不擔心那封電子郵件傳達的內容。之後兩天，史考特仍然沒有接到雷洛提烏斯的任何消息，於是他主動詢問。那是在二〇一八年十一月三日。

嗨！克拉斯，

你那裡怎樣？我要去和你會合、準備拍攝了嗎？

如果是的話，就說一聲，讓我知道應該什麼時候到。

謝啦！

史考特

馬上接到雷洛提烏斯的回應：

嗨！史考特！

我現在在街上，這裡收訊不好。我聯絡到一個在諾加利斯（Nogales）附近的民兵隊，裡面的人都以有趣的代號互稱，不過到現在為止，他們不願意讓我或任何人拍攝照片。昨晚我第一次和他們一起行動，還正在和他們混熟的階段，所以我不確定是否現在就能透露相關資訊。好吧，史考特，你就來一趟吧！不過我想應該明天就能比較確定情況如何了。抱歉，我現在還無法給你肯定的答案。莫雷諾那裡還需要你協助拍攝工作嗎？

祝好！

克拉斯

史考特感到很訝異，雷洛提烏斯竟然那麼快就混到民兵隊裡面，而我馬上想到的是，我負責的部分應該要寫些什麼，才能在報導中呈現對等分量。不然大家應該都會疑問，阿蕾達出現在文章中的目的是什麼吧！她的命運固然艱辛，但除此之外再無任何特別之處，這類故事已經有太多了。相反地，如果是民兵隊，光聽到就要引起轟動了。當時我和史考特兩人都確信，這個雷洛提烏斯還真「他媽的」有兩把刷子啊！

採訪的最後一天，我們運氣滿好的，某種程度上算是記者的好運吧！我們剛好遇到一位貨車司機願意提供一百五十個人次的名額，載送難民往北到三百多公里外的墨西哥中部普埃布拉（Puebla）。這對阿蕾達姊妹和她們的三個孩子來說，簡直是天大的好消息。我和史考特、還有瓜地馬拉來的一家四口，得以擠在貨車駕駛艙內。開往普埃布拉州途中，史考特捉緊時間又給雷洛提烏斯發了一封電子郵件。那是星期日上午。依原先規畫，隔天的周一他就要飛往休士頓，而我也要搭機回柏林，所以史考特必須盡快確認雷洛提烏斯那裡是否需要他前往拍攝。

嗨！克拉斯，

你那裡聽起來好像有不錯的題材可以寫出精彩的報導！莫雷諾和我這裡的工作都已經告一段落，所以如果你那裡的工作需要我，我明天就可以過去和你會合了。

謝啦！

史考特

嗨！史考特，

不久收到雷洛提烏斯的回覆如下：

你和莫雷諾還在墨西哥嗎？可惜我這裡沒什麼好消息！這裡的幾個傢伙現在都非常謹慎，他們一直擔心遇上邊境巡警和地方警察會惹上麻煩，到現在他們還不願意被拍到任何影像……我當然還是會繼續試著說服他們，搞不好我離開後，你就可以來採訪他們了。你那裡情況怎樣？會很忙嗎？還是你覺得我的提議可行？

至少現在的情況看來，我們這次可能不會一起執行任務了，期待下次合作的機會。

祝好！

克拉斯

民兵組織對外界的態度保守封閉，不願意接受媒體採訪，史考特對此一點也不意外。他雖然還是感到有些失望，但對於雷洛提烏斯可以混到民兵隊裡面，還是讓他印象深刻。才短短三、四天，雷洛提烏斯就做到了業界老鳥的史考特做不到的任務。

二十個小時後，我降落在德國的土地上，終於再見到闊別三個星期的家人，讓我欣喜不已。我還沒踏出飛機，就收到一封雷洛提烏斯發出的電子郵件。

嗨！胡安，

我剛從歐茲蘭那裡得知你才剛結束在普埃布拉州的行程，現在可能還很累……請好好休息，稿子有的是時間寫。你現在從首都起飛嗎？謝謝你的諸多努力，祝你旅途愉快！

克拉斯

人還滿好的嘛！我心想。但我還是無法抑制自己的思緒，如果今天有個大我十五歲、和我職位相當的同事，我應該不會對他說出感謝他付出的「諸多努力」之類的話吧！不過那個時間點他應該知道，再過幾個星期他就會被任命為主編，理所當然地成為我的上司。

我關掉手機電源。算了！現在都無所謂了。連續幾個星期完全沒有休假日的工作後，我終於下班了。荷蘭知名詩人作家賽斯・諾特博姆（Cees Nooteboom）曾寫過，人在長途飛行後，難免覺得自己像是「一袋白色豆子」。至今我還沒讀過比這種說法更貼切的比喻了，特別是對剛在墨西哥待過幾個星期的人來說。完全符合我現在的感受：內心除了疲憊感，還滿肚子「豆子」，然後慶幸自己終於回到德國了。雖然天空下著雨、空氣有點冷，公車司機剛才大聲對我咆哮，而且他看起來像跟車上每個乘客都有仇似的，但我終於可以回家了！

第 3 章

改變一切的文章

〈獵人的邊境〉

「（要贏得普立茲獎），你只要將自己的人生耗在一個又一個恐怖現場，寫下你看到的駭人聽聞的一切。文明世界的人會在讀到你寫的文字後，很快又忘掉這些事，然後口頭上嘉許你做過的事，再頒給你一個獎作為感謝，結果最後什麼改變也沒發生。」

——當過記者的暢銷書作家大衛・鮑爾達奇（David Baldacci）

〈獵人的邊境〉

作者：胡安．莫雷諾、克拉斯．雷洛提烏斯
二〇一八年十一月十七日發表於《明鏡周刊》

一個夜裡，成千上萬人步行穿過墨西哥高原。這些人的背上扛著沉重的背包或小孩，各自帶著不同的善意或惡意往北行進，目標是那一長條邊境。兩千公里外的美國亞利桑那州，一座將墨西哥沙漠和美國隔開的山上，六名身著迷彩裝的男人，正在這座山上虎視眈眈地等待這些他們認為的入侵者到來。

他們繫上荷彈腰帶、帶著自動步槍、穿著防彈背心，彼此以代號相稱。其中一人自稱潘恩（Pain）——取自苦痛的意思——邊抽雪茄邊說著，對付那些奔向美國的惡魔，他要像川普一樣把他們驅逐出去。另一個從魯格（Luger）手槍得到靈感，代號就叫「魯格」。他的臉上塗了幾道保護色，手上的遙控器正操控著無人機往南飛去，以偵查敵人的行動。還有三人，代號分別叫作斯巴達人（Spartan）、「鑽子」（Nailer）、鬼魅（Ghost）。這三個人左右倒反地揚起星條旗，意味國家進入緊急狀態。而第六位，壯得像熊一樣的男性，戴著軍用頭盔，腳踏軍靴，臉上頂著深棕色的落腮鬍，四十歲，作戰代號是「獵人」

（Jaeger），正用夜視鏡監視漆黑的祭壇谷（Altar Valley）一帶的動靜，說起一場一觸即發的戰爭。

獵人眼中的黑綠兩色紅外線影像延伸到索諾拉沙漠（Sonoran Desert）遠處，那是一片幾乎和德國面積一樣大的砂質地貌，到處都有響尾蛇、禿鷹、蠍子，而且「每到該死的夜裡，」據「獵人」的說法，「就會出現幾千隻『美洲土狼』」。他這裡說的可不是真的出現在北美大草原上的那些小狼群，他指的是那些將罪犯、毒品和非法勾當像疾病一樣帶到美國來的偷渡集團成員。

獵人和其他五人來這裡，就是為了阻止那些外國人的所有非法行為。他們都不是軍人，至少已經不是現役軍人，而且也都不是亞利桑那州的當地人。潘恩，五十歲，是從堪薩斯州來的油菜農。魯格，四十四歲，是密西根州的基金交易員。鑽子，五十七歲，之前是猶他州的建築工地領班。斯巴達人，六十四歲，和四十八歲的魑魅，兩人是兄弟檔。哥哥在路易斯安那州做油礦生意，弟弟則在科羅拉多州擔任副警長。只有來自加州的獵人是無業狀態。

他們將自己取的代號縫在軍服上，因為他們在這裡做的事，既沒受到任何人委託，也沒有申請任何許可，但這些他們都不在乎。

據獵人說，他們曾經在夜裡遇過無數次南方潛入的不速之客，把他們捉起來、綁起來，或甚至以鳴槍示警的方式驅逐他們。有一次，獵人說到，他們在德州艾爾帕索遇到九個手臂上有幫派刺青的瓜地馬拉男性，獵人一夥人在黑暗中一路追逐這群不速之客，直到他們崩潰投降。另一次，獵人的人在德州布朗斯維爾附近遇到三個背包裡裝滿古柯鹼的墨西哥女人。獵人一夥故意讓她們在山區挨凍兩個晚上，才把這三人交給邊境警察。還有一次，他們在亞利桑那這裡捉到一個薩爾瓦多青少年，他們讓這名少年在沒穿鞋、沒帶水的情況下，徒步穿越沙漠原路返回作為懲罰。

「我們只是想保衛自己的國土，我們不會殺任何人。」獵人說。然而現在，一整群移民車隊正向著他們駛來，裡面有的是成千上萬想要湧入美國的人，使他們不得不起而捍衛自己的國土。

獵人不惜任何代價想要守護的這條防線長達三千一百四十四公里。西起太平洋，一路延伸到大西洋；從加州沿岸，穿過亞利桑那州與新墨西哥州的峽谷，進入德州沼澤區，再到全球最大的邊境城市墨西哥蒂華納（Tijuana），經格蘭河（Rio Grande）直達墨西哥灣。這條邊界線上約有三分之一的長度以鋼鐵柱或混凝土築起一道幾公尺高的屏障，但除此之外的大部分邊界則維持開放狀態。獵人直稱目前美國面臨的是「一場存亡之戰」。說到此，他將一個彈匣裝進他的狙擊步槍中。

才幾個小時後，往南兩千公里左右，墨西哥維拉克魯斯（Veracruz）某個荒僻地方一處交流道下的加油站停車場上，一個少婦推著兒童車走向坐在卡車裡的陌生男子，向他詢問了什麼。這個女人是年方二十五歲的阿蕾達・彌亞（Aleyda Milla）。女人腳上穿著山寨版的卡駱馳便鞋（Crocs），身上穿著灰色緊身褲和上面印有英文字樣「Friends」（朋友）的T恤，手上還牽著她的五歲女兒艾莉絲。

「馬上。」貨車上的男子回答。他的鼻息還透著龍舌蘭酒的氣味。接著他以如同打開通往天堂之門般的氣勢打開後車廂的門，不到幾分鐘，人影從整個停車場的各個角落湧來，有穿著汗穢襯衣的男人、懷裡抱著幾個孩子的家庭、疲憊不堪的人。這一大群人中約有一百五十人登上貨艙，五五成行緊挨著彼此的肩膀坐在地板上。裡面的空氣十分悶熱，一個戴著洛杉磯湖人隊（L.A. Lakers）毛帽的男子問到，他能否在裡面邊來瓶冰涼的啤酒，邊看福斯體育台（Fox Sports），引來眾人一陣哄笑。

這輛卡車原本是載運水果的貨車，貨艙裡面很暗又沒有冷卻系統。也就是說，接下來的路程有三百五十公里，大約十個小時車程，貨艙裡的人都要待在這樣的環境下。在卡車行進過程中，貨艙上會有個門維持開啟狀態，並且每四十分鐘停車休息，以緩解車廂內的高溫難耐。一開始還聽得到孩子們哭鬧的聲音，車輛發動後十分鐘左右就全安靜下來了。對許多人來說，這趟在貨車車艙內的行程已經是整趟移民長征中很奢侈的享受了。

在過去五個星期，這些人已經背著沉重的背包或扛著裝滿家當的塑膠袋用上百小時的時間，走了一千五百多公里的路。這些人有時赤腳，多數時候沉默寡言，就這樣已經走過兩個國界。先要從宏都拉斯跨到瓜地馬拉，接著再從瓜地馬拉到墨西哥。途中要忍受郊區聯絡道上的熱帶高溫、跨過各種圍籬、爬過陡峭的山丘、穿過杳無人煙的山谷、橫渡寬廣的河道。夜裡就依當天抵達的地主國安排，可能睡在公園或是巴士站。旅途中以米飯和豆類為食，不少人因此生病。即便如此，這群數以萬計的人隨著移民車隊，在來自世界各地的專業攝影鏡頭前仍不斷往北移動，數過一公里又一公里地向前方邁進。

現在，在連續幾個星期步行後，這些人在漆黑的貨艙中聽著大卡車的引擎聲。只要一天時間，卡車就能載他們到墨西哥市不遠處的普埃布拉，這樣一來，他們就離目的地美國邊界更近了。

阿蕾達和司機說好讓她們搭車，帶著小女孩的年輕媽媽坐在最邊上、右側駕駛艙後方的位置。阿蕾達來自宏都拉斯一個叫約羅（Yoro）的小城市，此刻正緊緊抱著孩子，阿蕾達的妹妹維琪也帶著自己四歲和一歲的兒子──馬努埃（Manuel）和狄倫（Dylan）──坐在她身旁。阿蕾達想著一起行動彼此有照應，至少目前為止，阿蕾達也確實保護了三個孩子、自己的妹妹，還有她自己免受其他陌生男性的騷擾。這些男人出現的時機，比如當阿蕾達正努力把兒童車推上陡坡，車裡的孩子問爸爸去哪裡時，這些男人會出手幫忙推兒童車。夜裡，當阿蕾達睡在她幾個星期來隨身帶著的藍色帳篷裡面時，這些男人就會打開帳篷拉鍊，要求她們「付點代價」。這樣的事情已經發生過三次，而這三次阿蕾達都能幸運地全身而退。不過她也知道，一旦沒有了車隊，最危險的狀況還在後頭。

她知道在北方那個她要越過邊境的地方掌控在販毒集團手中，她知道這些人會跟她索要「過路費」，可能是金錢或其他更過分的要求。阿蕾達也知道，有五千多名美軍防守在邊境，她也聽過潛伏在沙漠各處的武裝民兵人士，隨時準備捕捉像她這樣的非法移民。

阿蕾達和女兒的往北之路，以及在亞利桑那州等著捉捕非法入侵者的獵人一夥，這兩批人馬最後是否會有交集尚未可知，不過很有可能的是，許多像阿蕾達這樣隨著移民車隊來到邊境的人，都想在亞利桑那州試運氣，結果遇到像獵人這樣的人。確定的是，不只在亞利桑那州，在德州、加州和新墨西哥州，也還有其他武裝並堅決防守邊境的民兵組織等著抓這些非法移民。

本文提及的阿蕾達和獵人，只是邊界兩側的兩種人。他們出生在同一塊相連土地上的不同國家，一個是富裕的北方國度，另一個是窮苦的南方國家。他們過往的人生從未有過交集，如今可能在兩國邊境發生有形或無形的碰撞。一種可能是關起大門，不讓外人進入，另一種可能是讓這些移民進入國境。乍看之下，這篇報導似乎只是描述上下兩種階層的關係，然而，實際上這裡要探討的是那些除了自己不再相信任何人的人。對兩邊的人來說，這關乎他們的憤怒、絕望和焦慮等情緒。

亞利桑那州上空迎來黎明，沙漠上空也漸漸明亮起來。鎮守在祭壇谷的幾個男人就地露天而眠，懷裡抱著步槍，只有值夜的斯巴達人和獵人通宵醒著。他們沒有聽到任何可疑聲響，倒是無人機的紅外線攝影機偵測到沙漠裡面有些動靜，依獵人看，不過是隻鹿罷了。

頂著一頭灰髮、上手臂肌肉精實，一開口會讓人大開眼界的斯巴達人倒了咖啡，聊起他的「越南料理經」。他和這裡的其他人一樣，都曾為美國打過仗，只是其他人去過阿富汗或伊拉克。他們在山上用軍用帳篷、行軍床和無線電天線搭起了營地，就好像他們還在各自曾經待過的戰地一樣。

在他們的營地外約莫百來公尺，一座以前牧場所有、現在已經沒人住的小屋旁停了兩輛輕型卡車。這裡有勤務地圖、監控螢幕、電腦等設備，此處就是他們防制入侵者的勤務指揮中心。山腳下的墨西哥沙漠幾年來經常有非法移民或他們隨身攜帶的毒品出沒，他們在方圓四十公里內架設了數個地面攝影機。依獵人的說法，這樣一來，連一隻路過的烏龜打個噴嚏他們都能知道。

他又喚來兩個人一起進行上午的巡邏工作。魯格和魑魅馬上附議加入，於是三人下山去取夜裡攝影機拍攝到的畫面。因為等到太陽高掛天空，就算在冬季，沙漠裡面也可能有四十度以上的高溫。他們爬過岩石，穿過枯槁的草叢，經過那些長得像矗立在地面上的巨大中指一樣的仙人掌。過了將近一個小時，這幾個人經過一塊像人一般高的大石塊，上面寫著：「國境終點」，另一側則用西班牙文寫著同樣句子。他們看也不看石頭上寫的字，逕直踏上墨西哥國土。這些人可以隨心所欲踏上別人家的土地，但是反過來，另一頭人這樣做，卻要冒上生命危險。

「這裡沒人會管美國人要做什麼。」魑魅表示。魯格接著說道：「從這裡到最近的城鎮，開車也要一個小時，如果要到最近的境管哨站或邊境巡邏點要將近兩個小時。有些負責邊境交界處國家公園安全的巡邏員，白天會在邊境這一側開著白色的電動車像定點公車一樣來回巡視，但這些人連一個墨西哥人都遇不到。」

「就在那裡！」獵人叫了起來。他往前走了幾步後，突然舉手指向南方。現在已經天亮了，遠處有兩個砂土色的山丘，上面有三個尖角的圖樣，他說那裡就是墨西哥營區的監測點。非常昏暗的時候，他們甚至可以用望遠鏡看到智慧型手機發出的光線。對獵人來說，販毒集團的問題早就不只是毒品而已，還牽扯上那些逃難的人。許多婦女和兒童在快要抵達邊境時，最壞的情況不是遇害被殺，就是讓人在他們的背包裡夾帶違禁品。除了這些理由外，獵人也不希望更多南方來的婦女和兒童進到美國，他稱這些人為非法人士或「啃豆子的人」（Bohnenfresser）。

夜裡，當其他人都入睡後，獵人拿起手機，從川普的臉書上看了一段影片，影片長度大約一分鐘。首先出現一個殺了兩名美國警察的光頭墨西哥人，在法庭上還能笑談自己的犯行。接著，出現在畫面上的是一群暴徒、火燒車、正在推倒柵欄的深褐膚色人群。獵人說，看著這些畫面都能感覺血液在沸騰，說完後，他又兀自大笑起來。川普臉書上為這段影片下的註解是「要就業機會，不要暴民」（Jobs Not Mobs）。

獵人隨意捲起制服上的袖子，露出手臂外側刺青的兩組詞句：「雄壯」、「威武」。他沒有停下腳步，邊往墨西哥沙漠更深處走去，邊說：「逃離家鄉，轉向其他國家求援，而不是嘗試讓自己國家變好的人，都是『懦夫』。」在這件事上面，獵人的看法和川普總統一致，因為川普曾說過，移民車隊裡面的人可不是什麼天使，而是許多壞傢伙，也不只有毒犯、殺人犯，「甚至可能還有中東人」。

這時他停下腳步，手機上開始播放第二支影片，這次的影片是川普出現在競選場合。畫面上，川普站上講台，警告美國人民那些移民車隊就像一群狼。他承諾上台後就要「捉到」這些人，並且會「加以反擊」，他並稱這將會是一場「大戲」。

獵人說，他從福斯新聞（Fox News）得知，川普派了五千二百名國民兵到這裡，但是他到現在一個士兵也沒見過。他說，並非每個愛自己國家的正直美國人都願意和他們站在一起，支持美軍受總統命令反擊入侵的難民潮，這種情況讓他很受不了。

在他們面前，羊隻的骨骸和乾涸的河床之間的沙堆中，隱約看到幾件衣物。那是一件被撕裂的紅色T恤、一條運動褲、一件花俏的牛仔褲。魯格停下腳步，用槍管挑起一件內褲。「如果他們有人能衣衫完好地到達這裡，多數人都會感謝上天。」他說：「你們覺得這是那些人蛇集團的人做的好事嗎？」

「柯林頓家族的人會犯罪嗎？」魑魅反問。這意思是：沒錯。他很確定，這些衣服是兩個女人或未成年女孩的，而且情況應該是她們付錢讓人協助她們偷渡，結果那些人反而強暴了她們。獵人像隔著齒模嚼口香糖一樣，無味地蠕動嘴巴。他摘下頭盔說：「到底都是些什麼樣的人！」

清晨從維拉克魯斯出發，載著阿蕾達、她妹妹維琪和三個孩子，以及其他一百四十五人往普埃布拉前進的大卡車，隔天晚上讓所有人在進入大城市前一個不知名的地方下車。下車後，最先映入阿蕾達眼簾的是幾輛藍色警車，原來是墨西哥聯邦警察設下的路障。這些警察來的目的不是為了逮捕難民，而是將這些人安排乘上前往臨時收容所的巴士。救援組織已經等在那裡準備提供晚餐。如同先前的每個晚上一樣，那裡的晚餐有米飯和豆子。

對獵人和川普來說——而且兩人也都明確表示——像阿蕾達這樣的人，都是入侵者、是罪犯、是無論如何沒有資格在美國生活的人。然而，許多墨西哥人接連幾個星期以衣物和水接應隨車隊而來的人群，對這些墨西哥人來說，跟隨車隊從南方來的人，都是些在自己國家飽受折磨並懷抱著美國夢的窮人。這些人到了美國，即便到了休士頓、鳳凰城或邁阿密這樣的大城市，大都也只能做地板清潔、照顧幼童、採摘柳橙、洗玻璃杯、修補牆面這樣的工作。對這些人來說，如此偉大的目標就足以讓他們甘願承受所有痛苦、冒著生命危險、花錢、各種艱辛和長途跋涉的疲累。

普埃布拉的臨時收容所就在一個足球場旁，抵達時，已經有一群天主教會的修女等著迎接阿蕾達一行人。修女們擁抱了到來的人，多數人為此感到歡喜，甚至為了被擁抱，排成了一條長長的人龍。修女們引導來人進入一座裡面已經有不少人的大會堂，裡面到處都有人躺著、許多人在睡覺、有些人在看手機、有些人還在吃著豆子餐。

阿蕾達慶幸過去的一天還算順利，她的女兒艾莉絲在她身旁睡著了。早上出發前離蒂華納還有三千二百多公里，現在剩不到三千公里了。她其實並不清楚接下來要去哪裡，還要再等人蛇通知，不過這些對她都無所謂了。對她來說，現在又離邊境更近了一點，這才是最重要的。

「以前我從來沒想過到美國這件事。」阿蕾達說。她在體育館陰暗處搭起隨身帶的藍色摺疊帳篷，再把兒童車推到帳篷邊上她隨時看得到的地方。到底是哪時候第一次出現到美國生活的想法，現在她也想不起來了。總之，這是個多數宏都拉斯窮人都曾有過的念頭。對他們來說，美國幾乎是解決所有問題的良方妙藥。某個夜裡，阿蕾達和女兒一邊躺在床上，一邊期盼著丈夫——煌（Juan）——不要再出現在這個家裡。那天他為某個兩人都想不起來的原因打了她，也有可能那個打她的理由根本就不曾存在過。

她十六歲時認識了煌。當時她在一個工地工作，這樣的情況並不常見。在這之前，阿蕾達認識的男人不是加入幫派，就是準備前往美國。加入幫派可說是在宏都拉斯唯一一個前景看好的職業，基本上加入幫派的人不會離開自己的國家，離開的反而通常是那些正派的人。

不久，煌蓋了個小房子，用他從工地偷來的材料。在煌偷走她初吻的幾個星期後，阿蕾達也搬來一起住。現在回想起來，據她說，那之後大概有一年光景，她應該是全宏都拉斯最幸福的女人了。其中當然也因為丈夫答應讓她把妹妹維琪接來一起住。

阿蕾達和妹妹兩人是由祖母撫養長大的。阿蕾達的父母迎接她出生時，都只有十五歲。在她到目前為止的人生中，只見過自己的親生父母三次，每次都是因為兩人又有孩子出生，把孩子帶回來給阿蕾達的祖母養，然後就會再度消失。

煌是個酒鬼又會打人。據阿蕾達說，他總是在喝醉後打人，每次都這樣。只要喝醉酒回到家，不用多久他就開始鬧脾氣，然後找人動手出氣。就這樣，阿蕾達忍了四年。四年，就反覆在煌清醒後為他醉酒時的魯莽行為道歉，並且保證不再犯之中度過。直到某天，阿蕾達又被打得遍體鱗傷、疼痛不已，她才醒悟到自己必須離開這個人。她甚至曾經想過，或許找人殺了他。多年來宏都拉斯第二大城聖佩德羅蘇拉（San Pedro Sula）一直被認為是全世界最危險的城市。在阿蕾達住的區域，有的是混幫派的年輕男性。只要花個幾美元，他們就願意幫阿蕾達解決問題。

阿蕾達最後沒有那樣做，而是開始想著怎樣可以不殺丈夫，又能救自己和女兒。於是，她開始存錢，同時向身邊的女性朋友打聽到去美國的方法。某天，她打了一通電話給自己的一個阿姨。這位阿姨幾年前就到美國去了，到現在還住在那裡，而且在德州聖安東尼奧（San Antonio）還有間洗衣店，當年她也是以非法途徑入境美國。阿姨答應要幫她和妹妹維琪，並承諾，只要她們在家鄉待不下去就出發，她會幫姊妹倆和三個孩子支付那筆要付給人蛇集團的費用。在那之後，約莫一個月前，阿蕾達聽到了一個移民車隊即將出發的事。

另一方面，獵人一夥、在祭壇谷的幾個男人，都確信知道隨移民車隊前來的是些怎樣的人。不過細問之下，他們對於從宏都拉斯約羅來的婦女為何要逃離家鄉，以及那些聖佩德羅蘇拉來的年輕人變成難民或變成殺人犯的原因都一無所知。他們終其一生沒到過墨西哥，甚至如果不是因為每日例行的巡邏工作，也不會到亞利桑那州的南部。就好比魑魅經常把宏都拉斯和匈牙利搞混，而魯格還知道宏都拉斯，完全是因為川普曾經爆粗口，形容那是個「鳥不生蛋的爛國家」。

時值正午，幾座山都沒在地面上留下陰影，獵人是唯一一個在帳篷中冒汗的人。之前他們將幾個攝影機綁在沙漠裡的仙人掌上，此刻他正檢視著收回來的錄影帶。一個小時後，突然聽他大叫：「該死！」他們夜裡從無人機攝影鏡頭的紅外線影像中觀測到的移動物體，原本以為是一頭鹿，沒想到竟然是個背著背包的人影！獵人傾身靠在筆記型電腦上，往鍵盤上重重敲了一拳，反覆將影像回放。那個只能看出輪廓的人影，在暗夜中飛快地越過螢幕畫面。獵人是不可能再把他追回來了。

「該死！該死！該死！」接下來的一天，獵人都不願意走出帳篷，即使其他人在帳篷外喝著自己釀的啤酒、生起營火、烤著肋排。大約過了兩個小時，獵人心情比較平靜後，才把筆電闔上。把人影誤認為是動物的情況確實可能發生，他說。但只要想到他們在這裡已經沒收過幾公斤古柯鹼，帥氣地把這些毒品沖進馬桶或倒進沙堆裡，他就能睡個好覺。「我們拯救的，」獵人說，「可是多少生命啊！」

他說，他一生中有過許多曾經是好朋友，但如今連朋友都稱不上的人。他們都認為他是極端分子，只因為他一年三百天在邊境這裡隨時等著逮人，而他想捉的人，在他們看來只是要追求更好的生活條件。「如果極端的意思是離開那張冷眼看這個國家如何繼續沉淪下去的沙發，好吧！那我就是極端分子！」獵人表示。

那麼，他到底算不算種族主義分子？

「胡扯！」獵人說。其實他並不是對其他膚色的人有意見，也無意把不是他們做的壞事都算到他們頭上。他作勢在迷彩服胸前口袋找什麼東西。接著，他突然說起自己真正的名字叫克里斯，而姓氏，他說：「不是胡扯的，」就是和德文「獵人」同一個字的「葉格」。早年他祖父從德國移民到美國。祖父名叫漢斯（Hans），出身巴伐利亞地區的一個小村子。

至於獵人自己則從未到過德國，但是自從德國開放接收難民入境以來，他開始隨時注意當地的情勢發展，「強暴、殺人、恐怖攻擊」，說到這裡，獵人的手指像彈簧刀一樣奮力彈起。「最慘的是，我們明明想幫助他們，他們卻想扭斷我們的脖子！」獵人忿忿不平地說。代號獵人的葉格這會兒仍不時拉扯著胸前的口袋，就好像那裡藏了什麼秘密，也像是在為他的憤怒做解釋。他開始降低說話的音量，因為接下來他要告訴我們，他如何變成今天這個人。

他說，他其實從來不排斥外國人，甚至在加州時，他有一半的青少年時期是和許多外國人一起度過的。他在位處舊金山和洛杉磯之間的弗雷斯諾（Fresno）長大。他的父親在那裡經營一家木作工坊，他的母親是家庭主婦。父母兩人都是把票投給共和黨的忠貞支持者。一九八四年雷根（Ronald Reagan）因選舉造勢活動來到聖地牙哥時，兩人還特地穿上做禮拜的正式服裝，往南開車幾百公里去參加。那次雷根在成千上萬支持群眾前宣告：「我們的邊境已經失控了，這是擺在眼前的事實，沒有任何一個國家發生這種事情，還能過上安靜的好日子。」

獵人說，當年他只有六歲，他之所以能記住那些句子，完全是因為幾年來，他父親不斷重複提起這件事。獵人表示，他父親是個堅信規範、自我防衛權，以及「拒不退讓法」（Stand Your Ground）的人，基於這幾項法條，美國人得以向非法入侵他們土地的人開槍。獵人強調，他自己還是相信慈善事業和幫助弱者這些信念。

十五歲時，他會購買食物券給在同所中學的墨西哥同學，而且是每天都這樣做。二十歲時，他和一個名叫安德莉亞（Andrea）的女孩結婚，迎接兩人的女兒誕生，並為女兒取名作寶拉（Paula）。他的父親在他二十六歲時去世，於是他接收了父親留下的木作工坊，雇用三個哥倫比亞年輕人。這三個人來自哥倫比亞大城麥德林（Medellín）附近的一個小村莊，為了躲避該國的毒梟內戰才逃到美國。那時九一一事件才剛發生不久，這幾個男人幾乎不會說英文，獵人對他們一無所知，即便如此，他還是覺得應該給他們三人自力謀生的機會。

實際上，三人的表現似乎也沒讓獵人失望，他們都能做好交辦的工作。每個周末，獵人夫婦會邀請三人到家中作客用餐。接著，金融風暴來襲，美國多家銀行倒閉，獵人向銀行申請通過的房貸突然下不來了，可以說一天之內，他失去一切：無論是房子、工廠，或者，像獵人自己說的，還有他的家庭。

於是為了還債，他和美軍簽約，這樣至少可以償付一半的債務。這都是九年前的事了，他娓娓道來。當時，他和幾個同樣有負債的人飛往阿富汗，為美國打擊恐怖分子。當加州家裡的一切分崩離析時，他正在阿富汗巴格蘭（Bagram）的美軍基地服役。每年他飛回美國兩次，就只為了和他老婆打財產分配的官司。當他在戰地想念著麥當勞的美味，無盡地等候那些從來沒露過面的塔利班（Taliban）組織分子時，他遠在美國、還沒有十三歲的女兒寶拉，卻已經沉迷於毒品。

一開始她只是吸食大麻，然後是古柯鹼，接著是俗稱冰毒的甲基安非他命。如今他的女兒已經二十歲了，海洛因成癮，獵人提到。接著他從胸前口袋取出一張小小的照片，照片中的女人皮膚粗糙，眼神呆滯，要說像是鬼魅般的臉也不為過。其實他女兒才正值他一半的歲數，獵人說：「但有時看起來就像我媽。」他固定每個月到醫院探視她一次。當時他前妻決意離婚，為了女兒，他只好從阿富汗返國。回到美國後，他急切地追問到底是誰賣給她毒品，他不知道一個青少年能從誰那裡取得這些毒品。沒想到女兒告訴他的答案，竟然是那三個他曾經提供工作，給過機會，還定期讓他們到家裡吃飯的哥倫比亞青年。

獵人說，他到那時才有點理解。之後他不是從福斯新聞台，而是從美國有線電視網的報導中得知，預估今年（二〇一八）就有超過四十萬非法移民越境進入美國。這裡面一部分人挾帶進入美國的毒品價值，平均每年就超過六百億美元。而去年（二〇一七）一整年，在美國境內因為吸食毒品喪命的有七萬多人，創下有史以來的新高紀錄。

他到這時才明白，並非所有人、也不能因為是窮人，就讓他們進到家門來。如今獵人自己也落入窮困的處境，而且沒人為他伸出援手。鑽子、潘恩、魑魅、魯格或斯巴達人這幾個，不是他在武器展覽會上遇到的，就是在網路或臉書上共和黨支持者群聚的社團認識的。他們都對相同的事情感到義憤填膺，而且像他們這樣隨時準備好進入戰鬥狀態的男人，現在可是遍布這條邊境沿線。他們都不想繼續守在興都庫什山、穿梭在牧羊人間，捍衛自己的國土，而想踏踏實實在自己國家的邊界上保衛家園。他們都相信川普，而且不願意美國再被外國人毒害，所以他們來到這裡固守自己的崗位。因此，獵人說，「所有想闖進來的人，都該相信我們的決心。」

在普埃布拉的難民營，孩子都睡著後，阿蕾達的妹妹維琪拉開藍色帳篷的拉鍊。「我和聖安東尼奧那邊聯絡過了，可以出發了。」她說。她們的阿姨和她們聯絡。阿姨已經打點好人蛇集團那部分，對方剛給了指示，告知後續如何進行。阿蕾達一聽馬上醒過來問：「哪裡？」

「馬塔摩洛斯（Matamoros）。」維琪答道。

阿蕾達知道關於馬塔摩洛斯的一切。這個城市就在邊界上，充滿了傳奇，於是連城市名聽起來也像某種承諾。她聽宏都拉斯的朋友提過這個城市，在隨移民車隊移動的這段日子裡，更是不絕於耳。這城市的另一邊就是德州的布朗斯維爾，大部分非法移民會在這裡嘗試跨越邊境。阿蕾達還聽說，格蘭河那裡相對平坦，另一頭岸上是斜坡。雖然到處都有邊境官，但如果十幾、二十人團體行動同時渡河，或許還有機會闖關成功。阿姨跟人蛇集團的人約定分期付款。當阿蕾達和維琪給她發來有照片的證明訊息，並告知她們平安抵達目的地時，五個人頭總共三萬美元的金額才會全數到位。

隔天早上，阿蕾達和妹妹就出發前往墨西哥首府墨西哥市。三個孩子坐在兒童車上，背著各自的小背包。那個已經陪伴阿蕾達從宏都拉斯到瓜地馬拉再到墨西哥，遠征超過一千六百公里之遙的藍色帳篷，就此和移民車隊一起留在普埃布拉市。接下來十天，她們要行進的方向如今已經很明確了。她們還需要走過三個城市。她們先搭卡車或巴士到墨西哥東北大城蒙特雷市（Monterrey），然後繼續前往知名暴力武裝集團「洛斯哲塔斯」（Los Zetas）發跡的新利昂州（Nuevo León），越過據傳時有被斬首的屍體橫陳的四十號快速道路，抵達雷諾薩市（Reynosa）。接著，或許在第八或第九天，她們就可以抵達馬塔摩洛斯市了。

時間來到十一月十三日晚上，他們離開普埃布拉和車隊、捨棄帳篷後，已經過了十天。她發出一則手機簡訊，上面只寫了一個字：「Estoy」（我到了）。

亞利桑那迎來一個寒冷的夜晚。隨第一批移民車隊往北移動的人，正慢慢化整為零行動。美國的選戰剛結束，此刻葉格匍匐在一處沙漠中的山丘上，舉著他的狙擊步槍，正瞄準一團在黑暗中緩緩行動的黑影。他無法從望遠鏡中看出那團黑影是什麼，或許是一隻鹿或一頭美洲獅，但也有可能又是一個背著背包的人。幾名同夥正在山谷中用夜視鏡監視著。葉格把所有人都叫醒，而且要他們提高戒備。他一點也不希望再有任何非法分子從他們身邊溜過去。

那是美國國會選舉後的第二天。白天葉格從廣播聽到，川普選前派到邊境的五千二百名美軍如果遇上移民車隊不能使用武器、不准對任何人開槍。他還聽說，邊境後方的國民兵不會為防範重刑犯修築高牆或監獄，而是要為舟車勞頓的人搭起帳篷營地。葉格不得不回想起川普說的話：「抓到這些人並反擊」（Fangen und zurückschlagen）。葉格一邊複述著這段話，一邊緩緩把槍舉起來。他不知道山谷下的到底是動物還是人。

或許是他堅信，他現在應該做那些川普的軍隊不能做的事。也或許只是他還不願意相信，川普在選戰中說的話不過都是一場秀。葉格在黑暗中瞇起眼睛，把槍荷在肩上。他無法瞄準目標，什麼也看不到了，然後他扣下扳機……

第 4 章

登場時刻

真相和謊言的界線

「寫得好就是寫出真相。」

——海明威（Ernest Hemingway）

我想，我會被雷洛提烏斯整死。

嗨，胡安，

希望你順利飛抵國門了。我人還在亞利桑那州，不過已經把採訪筆記裡的內容整理過一遍。附件檔案中我先把初稿寄給你，好讓你對整個報導走向和段落安排有個大致輪廓。我對整篇報導的內容規畫是美國佬－移民車隊－美國佬－移民車隊－美國佬－移民車隊，也就是全文有三大段的發生地在墨西哥。你看一下內容吧，我想這樣安排滿好的。

祝好！

克拉斯

我抵達柏林半天後接到這封電子郵件。我都還沒整理好行李，他就已經寫完了？而且他還在採訪現場！何況離約定的交稿期限還有一個星期！到底有哪個記者會在截稿前一個星期的時間就交稿？在任何職位上，有誰會在期限前交差？這麼說來，雷洛提烏斯不僅表現傑出、受歡迎，而且寫起稿來得心應手，寫稿速度更是不可思議的快！我打開郵件的附檔。整篇文章呈現在眼前。不同於我的做法，雷洛提烏斯已經下了標題〈登場時刻〉。他寫稿的方式和我很不一樣，我還從來沒這樣寫過文章。

兩位記者共同寫一篇報導，彼此沒有通過電話，甚至至少為討論報導的粗略走向也沒進行過任何溝通，這樣的做法非常罕見。他無法知道我到底採訪到什麼。我負責那部分中心人物的名字，他或許可以從編輯部得知，但是細節全然不知道，更別說電子郵件中的用詞「你看一下內容吧」，聽起來完全沒有要討論報導的架構安排的意思。就好像我們兩人早就知道整篇文章的架構，因為他早就決定好了。這就是雷洛提烏斯對「共同撰稿」的定義，而我們的主管也清楚表明立場了。

我決定先將〈登場時刻〉擱置一旁，暫時不去讀它。畢竟那是我休假日的第一天，在這之前我追著移民車隊跑了長達幾乎一整個月的時間，一旦開始讀那篇文章，我勢必要馬上著手調整我那部分的內容。如此一來，我又得先對我掌握的資料有個整體概念，光這件事就要花上幾天工夫。在這點上，雷洛提烏斯似乎也做得比我快。

第二天早上，我坐到家裡那張擺在客廳的書桌前，打開記事本，同時聽取我在採訪過程的錄音。長時間的採訪就像獵人在進行突襲。採訪過程中，記者試著獲取所有資訊，嘗試挖掘所有遠方讀者可能有興趣的內容。此外，採訪過程中還可能問一些自己知道不會寫進文章裡面的訪談內容。但撰稿過程中，寫稿的人往往不知道文章會朝哪個方向發展。很多時候，文章內容的走勢會超出預期，不過這也要寫完後才能知道。採訪時，我們都怕錯過或忽略些什麼細節。即使從事這個工作幾年後，或許可以用比較輕鬆的心態面對，或是能夠善用高明的想像力熟練地彌補某些遺漏的場景，但是那種寫得不夠好的感覺，永遠揮之不去。

回到家裡，在自己的書桌前，情況正好相反。曾經有人告訴過我，書寫就是捨棄的過程，無論是採訪錄音或是寫得不完整的筆記，記者得先看過所有訪查得到的資料再進行取捨。有時候需要時間、氣力去克服，因為有些資料真的要耗費很多心力才能取得。總是有不同的故事可以說，而記者要做的，就是要從不同觀點、不同場景中進行取捨。於是，採訪獵人或訪查資料的蒐集者在書桌前就成為鑽石揀選者，一心一意只想找出那顆最美麗的石頭。採訪過程中，記者往往不會不知道幾個星期後什麼會成為鑽石，什麼會變成無用的玻璃。撰寫報導的過程則是，一旦掌握部分資訊，就會讓人開始思考整篇報導的內容，也就是場景、中心人物和事件發展過程，那也是會不斷念叨自己是蠢蛋的時期，氣惱自己採訪過程中，怎麼剛好忘了問能讓整篇報導讀來更順暢的某個問題。雷洛提烏斯就不會面臨這樣的問題，因為他可以按照客戶的需求製造出迎合客戶口味的鑽石。

當時我和史考特都沒想到，雷洛提烏斯為漢堡總部的同事說的故事不只一個，而是兩個：一篇是要刊在周刊上的報導，另一個則是為辦公室「製造」，專供茶水間閒聊的話題。

雷洛提烏斯過往的報導總是很有可看性，內容充滿誇張的命運和主角，但那些他所「製造出來的情節」，令人驚異的程度也不遑多讓。然而本質上，那些內容說的都是同一件事，只是以不同版本說出同一個重點，目的在用以表明他是如何以堅持、毅力和聰明才智，才得到令人欽羨的採訪運氣。

雷洛提烏斯提過，他曾經在某個德裔美國聯邦調查局（ＦＢＩ）女性探員家門口等了十幾天，因為那名探員的結婚對象是伊斯蘭國男性。最後，他的毅力果然讓他成為全球唯一個進到聯邦調查局探員家中採訪的記者。或者，他用了一年半的時間多次出差查訪，只為了找出因為個人行為引爆敘利亞內戰的那個男孩。至於〈最後的證人〉那篇報導中，自願見證死刑執法過程的美國女人，據雷洛提烏斯自己的說法，他某次訪查過程中不斷受挫，然後就在德州亨茨維爾（Huntsville）監獄入口偶遇這個採訪對象。

從編輯的角度來看，雷洛提烏斯讓記者這個行業擺脫不被信任的疑慮。這也說明了為何歐茲蘭認為，他可以順利在邊境找到「移民獵人」（Migrantenjäger）。對於雷洛提烏斯的成果，他自己雖然不斷謙稱只是運氣好，不過在他的電子郵件中，或是與同事一起午餐或會議時的發言中，他也總不忘提到自己有多努力、付出多少心血和耐心，才能挖掘到那些不為人知的報導內容。藉此不斷表明，好運氣是人努力出來的，兩者間有某種因果關係。比如，他從亞利桑那採訪回來後，有位新來的同事邀請他參加就職餐聚，被他拒絕了。「我在採訪民兵隊期間感冒了。沙漠裡的夜晚真是刺骨的冷呀！」雷洛提烏斯說。這裡指的是，那幾個他在美墨邊境的夜晚。

對於去採訪回來的人，同事間常會問起採訪經歷。眾人尤其期待能聽到報導中不會寫出的內容。對此，雷洛提烏斯也會編造出一些故事。比如，關於〈獵人的邊境〉這篇報導的採訪，他提到過「會射出針刺的仙人掌」：和他一起在亞利桑那採訪的攝影師某次走近仙人掌時，被仙人掌射出的針刺射中，傷勢嚴重到讓他無法繼續工作。當時雷洛提烏斯還為此不得不呼叫國家公園巡邏員前來緊急救援。國家公園巡邏員抵達他們的所在位置後，用一把特殊的鉗子才能把刺進可憐攝影師皮肉中的針刺拔出來。

聽起來真是個吸引人的故事，可惜是虛構的。在佛利的亞利桑那邊境巡查隊經常出沒的索諾拉沙漠確實有一種仙人掌名為「跳躍仙人掌」（Jumping Cholla）。據說這種仙人掌能發射針刺。不過，這頂多只能當作鄉野奇談。事實是，只要有人輕輕碰到這種植物，就會讓那部分的仙人掌枝幹脫落。所以如果有人拂過這種仙人掌，接觸到的部位幾秒之內就會布滿難以拔除的仙人掌針刺。但整體而言，這是一種「愛好和平」的仙人掌。它們不會主動發射針刺，而所謂的「攻擊」，必是有人先碰觸到它們。雷洛提烏斯在亞利桑那期間並沒有隨行的攝影師，國家公園巡邏員沒有需要救助的人，當然也就不會用到什麼特殊的鉗子。厲害的說謊高手反而會讓人以為他很少說謊；然而即使像雷洛提烏斯這麼厲害的說謊高手，也難免偶爾說話要加油添醋一番。畢竟已經在沙漠中和幾個武裝粗漢一起行動兩個星期，總不可能回到編輯部什麼都說不出來吧！

在我把手邊的採訪資料整理過一遍，對我採訪的主角有較為清楚的概念後，我將雷洛提烏斯的初稿列印出來。開始閱讀前，我注意到一個斜體字樣的說明段落，那是某種類似導演「劇情指示」的說明文字：

阿蕾達和艾莉絲正在維拉克魯斯或是普埃布拉，或也可能已經抵達墨西哥市。她們已經脫離移民車隊，將自己的命運完全交到人蛇集團手中。她們或許會試著從德州的布朗斯維爾入境，也可能是從任何她們想得到的其他地方。在某處，你看著她們懷著不安、害怕或是有把握的心情向前方走去。

在那個時間點，雷洛提烏斯對我的採訪過程所經歷的事一無所知。我曾經在給一位主管的電子郵件中提到幾個採訪對象的名字和一些細節，這也是他能知道的範圍了。我當時在電子郵件中提過，報導中的核心人物可能會試著在德州越境。但雷洛提烏斯卻要我寫下阿蕾達和艾莉絲「將自己的命運完全交到人蛇集團手中」。是啊！到底是怎樣的人蛇集團，我想著。阿蕾達雖然告訴過我，她們到邊界後可能的行動計畫、可能停留的站點、可能越境的地點，不過我既不認識協助她們的人蛇集團分子，而且阿蕾達一行人和這些人蛇集團的人會合時，我也不會在場。以走私偷渡為業的人，無論在墨西哥或美國都無法安穩生活，所以他們理所當然不會想和記者有任何聯繫。很少有從事非法行為的人會喜歡和記者打交道。我手上拿著他寄來的初稿，心裡疑惑著：這個雷洛提烏斯到底在說些什麼？接著，我讀到葉格的祖父名叫漢斯、來自德國巴伐利亞地區，讀到他令人傷感的覺醒故事，敘述著好心的葉格如何變成專門捕捉拉丁美洲非法偷渡客的人——因為他信任三個哥倫比亞人，給他們工作機會，結果最後讓自己的女兒染上毒癮。

我放下正在讀的文章，心裡想著：故事中的幾個粗漢現在大概躺在亞利桑那沙漠上捧腹大笑了吧！而且已經笑了好幾天！他們傍著營火邊喝自己釀的啤酒，不發一語地互望著，突然間有人發聲問道：「那本德國雜誌有幾百萬讀者來著？」引來其他人一陣哄笑。

對我來說，這幾個取了充滿想像力代號的獵人、魯格、潘恩、斯巴達人和魑魅等人，也同樣扮演了三天說故事大哥哥的角色，而且把我這年輕同事雷洛提烏斯騙得團團轉。雷洛提烏斯的筆記上寫了多少胡說八道，他們就要想出多少胡言亂語。除此之外，我別無其他解釋。

事到如今，就算我想批評也不知從何說起了。這整個報導的內容都讓我覺得不對勁。為何報導中的幾個人會接連坦承自己的犯罪行為？他們都有正當職業這點可信嗎？如果他們都有正當職業，為何能在邊境逗留這麼長的時間？畢竟美國勞工一年有多少休假日是眾所皆知的事實。而且，這篇報導中出現的民兵組織成員真的會那樣輕易再把捉到的人放回沙漠裡面，讓他們自生自滅嗎？我曾多次在夏季到過美國南部，那可是會要人命的氣候啊！不過，我最氣惱的還是那些條理不明的誇張內容和缺乏可信度的陳述。

一開始我採取按兵不動的策略，沒有馬上回覆雷洛提烏斯的電子郵件。我們才剛開始進行討論，合寫的文章是這樣慢慢溝通出來的，我們還有充裕的時間可以針對我提出的反對意見修改文章內容。照理說，雷洛提烏斯應該等拿到我寫的這部分內容後，整合成一篇報導，然後以這樣的初稿為基礎進行討論，甚至在有疑義的地方互相爭辯。

但是，在我連續兩晚開夜車趕稿，終於寄出我這部分的內容時，馬上收到雷洛提烏斯的回覆。他不滿意我寫的文章。我想，至少這點上我們兩人的看法一致：互相覺得對方寫的內容很糟糕。

胡安，你好，

請再好好順過你寫的部分。我總不能自作主張改掉你寫的內容。整個敘事應該更緊湊點，像說故事一樣，人物的描寫應該更清晰些、地點要更明確、場景也要交代得更清楚。你這樣寫讓人無法理解移民車隊內部的運作。報導性的內容太多了，拜託全部都再寫得更具體一點。附件檔案中是我對文章內容的幾點意見。

祝好！

克拉斯

我讀了附檔中的意見，其中有不少內容用詞頗不客氣。無論是我報導的角度、不夠貼近現場，或是我對主要採訪對象保持距離的書寫方式，都讓雷洛提烏斯不滿意。依他電子郵件中寫的「報導性的內容太多」，意思是說，我用了太多文句說明和爬梳事實的條理。這種寫法當然會減少文章的故事性。雷洛提烏斯期待的敘事風格是故事發展順暢、目標明確、更戲劇性、能引人入勝，減少對關聯性、想法和說明性質的陳述，同時著墨更多在對場景和人物的描寫上。這些期待都可以理解，但那並非我採訪調查得出的結論。他希望我的文字盡可能貼近我寫的人物。然而，如果走到這一步，當執筆的人開始寫出主角的所思所感，當筆下人物的內心世界都呈現在讀者面前，執筆的人就不再是報導者，而是站在全知型的敘事者或是代言人的角度，這一點正好是我介意的地方。因為在我的認知裡，這是新聞專業和文學的界線所在。如果真的想跨過那條線，實際上非常簡單。我只要記得問阿蕾達她在某個特定時刻在想些什麼，就能將這些內容寫進文章裡，在訪談過程中，我甚至常用這種問話方式。但是根據經驗，一旦我那樣做了，反而容易錯過幾天後我寫報導時真正需要的材料。就以阿蕾達這個例子來說，如果我在錯誤的時間點問這類問題，可能反而錯失了得知她對某種情況會採取什麼應對方法的機會，因為我很容易因此疏於記錄或忽略更多可能影響到報導內容的細節。

關於文學和新聞報導界線的爭論已經延燒好幾年、甚至好幾十年：敘事性的報導，或是文學性的新聞內容，到底還算不算是專業的新聞？比「非詩意的真相」還要真實的「詩意真相」是否存在？針對後面這個問題，我的回答是：「不、不可能。」因為記者就是要寫下真相。就是這樣，句號。引述發言不能是虛構出來的，採訪對象是幾個人就是幾個人，不能把這些人表達的意見總結成一個人說的話。如果一場示威遊行有三百人到場，報導時就不能為了讓內容更聳動而改寫成三千人。這就像小孩子一樣，到了一定年紀，他們就很清楚什麼是對的、什麼是錯的。身為記者也該明白這個道理。特別是那些有多年學術背景的同行，如何還能寫出實際上沒有發生的事呢！相關的論辯或是相關的關鍵詞都年代久遠了，如今雷洛提烏斯再次點燃這把火。對我來說，新聞專業的基礎就是建立在非虛構並且禁得起驗證的事實真相上。或者，以《明鏡周刊》風格的說法就是：「有什麼，說什麼。」（Sagen, was ist.）文學就不一樣了，文學可以配合情境進行描述。雷洛提烏斯似乎不想完全理解這其中的差異，就像他對我寫的某段文字所做的評語：

「讓故事繼續發展下去就好，搭上巴士、接著和人蛇集團的人一起上車……要像一部好電影，別像一部爛戲。」

我明白他要什麼。敘事的靈活性、緊湊的節奏、能引起情緒反應，以及所有湯姆．沃夫式大膽的寫作風格。但是沃夫和其他成功記者都是非常厲害的觀察者，而且他們即便有上天賜予的天賦，對於事件也始終以嚴謹的態度進行研究訪查。但我不屬於這類天才型人物。雷洛提烏斯想要的是一部動作片。他恨不得人蛇集團的人和阿蕾達一行都陷入危險，而且越大的險境越好。我當然也希望有這類情況發生時，我就在現場、就在那些人蛇集團的人馬和阿蕾達身邊。但就像前面提過的，這些人都不喜歡面對媒體。當然這也並非不可能，只是要在這麼短的時間內做到的難度，大概就像要在短短幾天內，順利混進某個正經執行任務的美國民兵組織一樣困難吧！不過，可以確定的一點是：如果我真的看到我的採訪對象阿蕾達上了人蛇集團的車，往邊境的方向前進，我肯定不會忘記在我負責的那部分報導內容中提到這件事。既然如此，下達這些「劇情指示」的目的是為了什麼呢？

我把整份報導中雷洛提烏斯負責的那部分讀過三遍，反覆核對電子郵件和簡訊的時間。大致了解雷洛提烏斯當時的採訪應該為期兩天，或者最多三天。那幾個男人說的話，我讀越多次，越感到不可思議，他們竟然願意對一位記者述說這麼多特別的狀況。這讓我想起那篇在《西塞羅》上看過的文章，回憶起當時不好的感覺。於是我知道，現在這篇文章面臨的兩種可能處境：一個是糟了，另一個是非常糟！

所以，要不我給雷洛提烏斯寫封電子郵件，坦然告訴他讓我感到為難以及我覺得有問題的地方。而且，這封電子郵件還要把副本發給蓋爾，因為當初是他決定讓我和雷洛提烏斯「合寫」這篇報導。也就是說，蓋爾必須決定他到底要相信誰的說法。這當然不是好方法，不過更糟的做法是依雷洛提烏斯的要求改寫文章內容、閉上我的嘴巴，然後接下來幾個星期，我就要在嘗試找回自己的新聞良心中度過。哦！當然還要思考怎麼重新挺直我的腰桿！

再度熬夜工作後，我決定寫出以下的長篇電子郵件。當時的時間點是那篇報導公開前四天的二〇一八年十一月十三日。

嗨，克拉斯，

謝謝你的意見。

先說一件事以免我忘記：誠心恭喜！此次和我一起在墨西哥工作的休士頓攝影師史考特．道頓是個經驗豐富的行家。對於美墨邊境議題，他雖然有超過二十年的拍攝經驗，也舉行過相關的攝影展，至今還無法實地參與任何民兵組織執勤時的隨行拍攝工作，你竟然可以在三天內辦到，真是太令人佩服了！

此外，由於你前次通聯的用詞夠直接，可以的話，接下來我也將順此進行回覆……

如果我沒讀錯的話，你寫的那部分完全沒有個人評價、看法，最重要的是沒有批判性觀點。你筆下的人物所提出的（並且客觀上來說是錯誤的）數據，實則是你提出的，而且，對於角色的故事中不合理的地方，也沒有提出質疑（真難想像，二〇〇四年還有人因為毒品暴力問題要從哥倫比亞麥德林出逃。據悉，麥德林的販毒集團早就在一九九〇年代中期就被擊垮了，而且二〇〇四年還是近幾十年來當地犯罪率最低的一年）。至於在沙漠中發現的女性衣物暗示發生過強暴事件，簡直是胡扯！沒錯！特別是在墨西哥，強暴事件不斷發生，不過那是在人蛇集團成員把這些逃亡的難民帶過邊境前（而且通常與擄人勒贖案件有關）。如果人都進到美國境內，擔心被那些邊境巡警的無人機或紅外線顯像儀拍到都來不及了，他們才不會做這些蠢事浪費時間。如果真的是在美國境內發生強暴，那也會是在人蛇集團的房子內，而不是在他們躲避邊境警察的期間。

我不解的還有，為何你報導內容中的幾個男人會決定聚在亞利桑那州的土桑市（Tucson），他們明明都不是那附近的人。十年前那一帶還是難民車隊喜歡聚集的地方（起點是當時墨西哥的諾加利斯市或整個索諾拉州），但現在大部分的難民都不會走這條路線了。這期間雖然偶爾會有零星難民過來這裡，不過從二〇一〇年年底開始，那附近早就不是熱門路線。主要是因為那一帶增建天然氣管線，相對提升了當地邊境巡警的駐防人力。

你筆下的主角提過，去年在邊境逮捕到四十萬名非法分子。確實CNN新聞也報導過這部分內容，雖然海關和邊境巡警提出的確切數據是三十萬三千人，不過那也沒關係。還有，那傢伙誇張地提到山谷裡每晚都有「上千隻『美洲土狼』」般的偷渡分子這麼荒謬的內容也算了。雖然我大概知道這些數字應該不是獵人說的，但你在內文中為何沒有提及這個數值（被制止的非法入境者數量）已經是十五年來的最低數字？邊境偷渡的人數從本世紀一開始創下高峰後，至今已經下降超過八〇％。過去幾個月雖然又略有增加，不過比起以前真的已經大幅減少了。只能說，那幾個傢伙的巡防經歷似乎晚了十五年，而且他們顯然撒了謊。在德州布朗斯維爾，約半數非法入境者都被緝捕歸案了（去年約有十五萬人次）。那裡隨處可見邊境警察，地面都裝有感應器，到處都有無人偵測機和攝影鏡頭。那五個大老粗是無法在邊境警察面前把幾個挾帶古柯鹼的婦女藏起來好幾天的。我剛和史考特通過電話。他曾經有幾次和邊境巡警一起行動的經驗，也認識一些人蛇集團的人和邊境官員。如果說到有好幾個人帶著毒品在沙漠裡面待上幾天？他的回答是：「門都沒有！」這點他可以向你保證，不可能發生。

而且，從你文章中讀到的是，山上那幾個男人對非法移民一點概念也沒有。他們不僅不清楚其中的運作方式、只想在錯誤的地點守株待兔，還會誤認不是線索的線索。而且，雖然也不見得是他們的問題，他們卻堅信那些逃亡的拉丁美洲人會害怕這五個穿迷彩褲的傻瓜。拜託！在宏都拉斯都可能發生一行人中的父親等紅燈時不小心雙眼對上不該看的人，結果全家被槍殺的事件了。

我還是很希望我們兩人都能有共識，那幾個人就是混蛋（即使對方是拉丁美洲人，但是讓沒有帶水的人走進沙漠，簡直就是蓄意謀殺）。雖然我理解你這樣寫的目的，應該是想讓讀者自己去面對這些疑點，但那也不代表我們在處理已經是客觀上錯誤的內容時，可以毫不加以評論和確認就全盤接收。

這是我無法滿足你要求的原因，即使你已經明確提出你期待這篇文章的方向。所以我這部分仍然會用較燒腦的方式來寫，以導正你筆下那幾個人物帶來的一些問題。

你不能對我寫的內容逐行下如此詳細的「劇情指示」。因為對我所見到的情況，你毫無所知，只能用想像的，但如果文章內容盡皆照著人想的方向發展，那就是虛構，不然就是這篇文章有問題。像你的主角那樣，因為有個染上毒癮的女兒帶來空前轉變且動機單純的覺醒經驗，這我也寫不出來。太厲害了，真的！我的主角人物前往美國的目的只是為了尋求更好的未來，而且她的丈夫是個家暴慣犯（據她說，在以前歐巴馬執政的時候，這點正好也足以構成申請庇護、讓她在美國留下來的理由，關於這一點我也會在我負責的部分寫到）。我可以也會把她的故事寫得更戲劇性一點，但事實真相是，有四天時間，我幾乎是全天候跟她在一起，即便如此，我仍然無法確定她是否跟我說了真話。她絕對不是逆來順受、好欺負的小女人，我也不會為了讓文章更有可看性，而把她寫成這樣的形象，這是我很難提出簡單又明確說法的原因。因為事實真相從來就不明確，也不是那麼簡單就能夠交代清楚。

總而言之，如果我沒有完全照你的「劇情指示」來寫，你也不必生氣。好吧，如果非得精確地說，我寫的內容應該會完全不符合你的要求。那就看看蓋爾怎麼說好了。

再次感謝你那麼直接地提出意見。

順心！

胡安

我將修改過的文章作為這封電子郵件的附件檔案寄出。這份修改過的文檔少了很多描述性的內容，但有更多歸納事理的陳述和更多可供檢驗的事實。發出時，我將蓋爾作為副本收信人。面對《明鏡周刊》的正式雇員，我一點也不喜歡把關係搞成這樣。他已經進入編輯部了，而我還沒有。雷洛提烏斯每天中午和同事一起用餐、參加會議、參加慶生會、現身各種慶祝場合、知道辦公室裡面的流言蜚語。反觀我自己，整個二〇一八年還沒參加過一次編輯會議。雖然已經在《明鏡周刊》工作十二年，卻沒有參加過一次固定在星期一召開的編輯周會。

那夜，我和我的「良心」都睡不好。隔天的十一月十四日，也就是在截稿的前一天，我收到雷洛提烏斯的回覆。那是我在新聞界的從業生涯中永難忘懷的一刻。

嗨，胡安，

昨天一整天直到夜裡我都在處理你的文章。這次的內容又比預期多了一倍的長度，加入了一些內容、更多情節描寫，也更有故事性。對我來說，現在的內容存在更多問號，因為我既不在場，卻必須把它和我負責的部分濃縮成一篇報導。拜託把整篇文章再仔細看過，做些補充、修正和潤飾。因為我似乎必須縮減很多內容，這樣一來可能會誤刪重要的細節……既然已經有劇情指示確定文章的發展方向，當然就要在文中相應位置寫上意見。

祝好！

克拉斯

我告訴他，他的文章內容在我看來充滿錯誤，那幾乎是我對同事說得出口的最有敵意的話了。結果他的回信中，竟然要求我再幫忙看過他「彙整」的結果？「彙整」這個詞在新聞性文章中可說是很嚴重的用詞了。這下我完全無法理解，為什麼他不直接用他掌握的真相，指責我沒把我的工作做好呢？可能的原因是，依蓋爾的指示，由他主導這次合寫的報導。他最後一個句子更清楚點出這個立場，像在提醒我：「既然已經確定文章的發展方向，當然就要在文中相應位置寫上意見。」在我目前為止的人生處理過的文章中，或是在《明鏡周刊》甚至其他地方工作的人裡面，沒有任何人膽敢用到「劇情指示」這幾個字。雖然我不敢保證，但至少在社會編輯部，我可以很快舉出五、六個記者的名字，如果這些人看到我按「劇情指示」來寫報導，肯定會對我的做法嗤之以鼻。我當時還不知道的是，雷洛提烏斯在新版本中竟然還添加了一個場景——最後開槍那一幕。

「×的！」我忍不住在客廳大吼，聲音之大讓我老婆從房間裡跑出來問到底發生了什麼事。「你自己看！」我邊說邊把筆電的螢幕轉向她。接著她大聲讀出：「……葉格匍匐在一處沙漠中的山丘上，舉著他的狙擊步槍，正瞄準一團在黑暗中緩緩行動的黑影。他無法從望遠鏡中看出那團黑影是什麼，或許是一隻鹿或一頭美洲獅，但也有可能又是一個背著背包的人……或許是他堅信，他現在應該做那些川普的軍隊不能做的事。也或許只是他還不願意相信，川普在選戰中說的話不過都是一場秀。葉格在黑暗中瞇起眼睛，把槍荷在肩上。他無法瞄準目標，什麼也看不到了，然後他扣下扳機……」

「有人開槍時，他在現場？結果竟然只是看著事情發生，什麼也沒做？」我老婆不可置信地說著。

「讀起來是這樣啊！他只是看著那個人對另外的人開槍。」我也無法理解。同樣無法理解的是，雷洛提烏斯在他前一版本的文章中並沒有提到這部分的內容。

「而且那些人做這些事的時候，竟然還讓記者在旁邊看？」我老婆再度提出疑問。

該怎麼解釋這種情況？

第一種可能：不知道。誰知道這麼一個曾經當過兵、甚至可能有創傷後症候群的激進分子會做出什麼事來，或許那傢伙自己也嚇呆了。雷洛提烏斯作為記者，當然要把這一切寫下來。為什麼那幾個人會允許他將這些事情公諸於世？照理說，那些人對媒體應該都很防備，所以當初才會拒絕讓攝影師同行吧？結果，他們竟然在雷洛提烏斯在現場的時候開槍？而且是對著還沒確認身分的目標物開槍？警察、軍人或其他因為職業因素佩槍的人都知道，獵人的那一槍有多不尋常。專業人士在沒有確知目標物的情況下是不會輕易開槍的，但業餘玩家或是喪心病狂的殺手就可能這麼做。不過文中的葉格看來既不是業餘玩家，也不像精神有問題的殺手。

第二種可能：事實上沒發生開槍這件事。不過這應該不可能。沒有人會編出這樣的情節，因為葉格可是在一位記者面前做出犯罪行為。這和美化訪談的對話內容或是稍微修飾一段情節，讓內容看起來更戲劇性是完全不同的情況，我怎麼想這些都不可能。我老婆也認為不可能，雖然她覺得就這樣寫下來公諸於世有道德上的問題——一個記者在可能殺人的人身旁，竟然無所作為？

另一方面，做法上讓我不解的是：有哪個記者在現場看到這些事情發生，卻到第二版本才寫出來？這種事情怎麼可能在寫第一版的時候忘記了呢？

我在文章裡面的修訂內容，包含說明、疑問和事實真相，當然在第二版中都被雷洛提烏斯刪掉了。現在文章呈現的又是一個沒有新聞批判性內容的短篇敘事版本。阿蕾達又變成了單純的受害者，而葉格和其他同夥則是無腦的諷刺漫畫形象。這樣對比鮮明的寫法，當然有其優點：讓文章更具可讀性。

第 5 章

「一開始我們什麼都不信」

處理真相的方法

「人生並非如此，實際上完全不同。」

——德國記者作家圖霍爾斯基（Kurt Tucholsky）之妻及其書信集發行人，瑪麗．圖霍爾斯基（Mary Tucholsky）

周刊的發行如常進行，這裡是指資料查核員會打電話來確認事實真相。在正式編制上，資料查核部不屬於社會編輯部，即使這兩個部門的辦公室在同一樓層，每次耶誕節宴會和部門旅遊也都一起舉行，但蓋爾並不是資料查核部的主管。正因為《明鏡周刊》的資產和權力關係如此複雜，總編輯下有編輯群，而資料查核部直屬執行長，這個部門不屬於編輯部的一部分。這樣做的目的是為了讓真相查核單位盡可能客觀中立地檢驗記者寫出的內容。

社會編輯部在《明鏡周刊》是個比較特別的部門。因應日漸萎縮的發行量，由當時的總編輯施岱方・奧斯特（Stefan Aust）發起，成立於二〇〇一年。奧斯特非常看重「目擊證人」這件事，他認為記者報導的內容應該是自己親眼所見。《明鏡周刊》於一九四九年訂下的社規也指出：「《明鏡周刊》應以故事（Story）的形式將新聞內容傳達給讀者。亦即，所報導的事件應呈現出行動（劇情），讓讀者有身歷其境的感受。」

這種風格上的差異而非議題上的不同，使得社會編輯部成為跨議題部門，也是社會編輯部與《明鏡周刊》其他編輯單位最大的區別。同樣的議題，在社會編輯部就會以不同方式來寫。也就是多以依循《明鏡周刊》社規「讓讀者有身歷其境感受」的報導方式，這樣寫出來的報導才符合社會編輯部的需求。在這個分類下的文章，也能刊登在雜誌中的其他版面。舉例而言，〈獵人的邊境〉這篇報導也能出現在國際組的版面中。或比如，我寫過一篇關於巴西傳奇球星小羅納度（Ronaldinho）的長文，那篇報導放到體育版也毫無違和感。

也因此，負責處理社會編輯部報導內容的資料查核員，對於個別領域也不像資料查核部的專員那麼專業，這位資料查核員就像初步檢驗這些資料的記者一樣，都屬於通才型的人。有許多報導寫過這位資料查核員，使得他受到不少批評。雖然我認識他幾年了，也認為他犯了些錯，但幾乎找不到更有經驗的人來做這件事了。

如果要說真話，《明鏡周刊》有部紀錄片的廣告台詞稱：「一開始我們什麼都不信」，完全不適用於這位社會編輯部的資料查核員。不過，負責查核我報導內容的其他幾位資料查核員也不符合這種資格。無法合乎標準是理所當然的，畢竟資料查核部不是專門負責執行調查的單位，他們要做的就是把記者文章裡無心的錯誤找出來而已。也就是說，如果記者告訴資料查核員，摩洛哥市集遇到某個女孩身穿紅色上衣，他就必須相信這個陳述，因為他無法進行實地考察。記者和資料查核員之間本就是不該互相猜疑，反倒應該以信任為基礎；記者和資料查核員應視為一個團隊，兩者協力讓報導盡量不出現錯誤內容。

我不認同一般人對資料查核員的批評，不過這部分之後再來談，這裡可以稍微提到的是：《明鏡周刊》內部就有資料審核部門。畢竟要維持這樣一個部門所費不貲，許多媒體早就裁撤掉資料審核部門。相較之下，更多公司情願把錢花在法務部門上。因為法務部門會幫公司擬定合約，上面載明由作者自行負責真相的求證工作。這就好比汽車製造商裁撤掉品管部門，然後發個電子郵件給所有工程師，要求他們以後都不准出錯一樣。不過，讀到這裡，在氣憤地說「怎麼可以這樣」前，容我再補充一點：據我所知，目前德國境內沒有任何一個線上新聞網或是報紙會有系統地對每則發布的報導內容進行真相查核工作。不過，一篇報導是否真的正確無誤，一般讀者似乎也不是那麼看重。尤其是當這些報導內容都可以無償閱讀時。

每次聽到負責審核資料的同事聲音時，我總是很高興。比如聽到：「裡面沒什麼需要我再確認的啊！」這樣的回應對我來說很重要。依雷洛提烏斯的要求，在合寫的報導中，我應該集中在寫阿蕾達，反正幾乎沒有任何資料可供資料查核員進行驗證。於是資料查核員會要求我說明，那些逃難的人要怎麼付款給人蛇集團，以及我如何得知在報導中提及的金額。我從阿蕾達和移民車隊裡面的其他人獲得這些資訊，事實看來，這些資訊似乎也並非秘密。此外，我還提到《紐約時報》曾經有篇報導也有過類似內容，裡面提及的金額和我報導中寫的相去不遠。之後資料查核員會針對我說的內容再進行確認，只消一通電話就可解決，這樣的通話過程不需要很長的時間。我想，針對雷洛提烏斯負責的內容提出問題的通話，應該也不會需要很久的時間。因為基本上，可供驗證的資料太少了。

接下來的兩個小時倒是發生了兩件關鍵的事情，不過當時我並未意會到這兩件事的意義。要到後來類似法羅在十二月三日提到「就像那個故事當初是整整齊齊地打包好了，還繫上一個精美的蝴蝶結才送到你面前一樣」那樣的時機到來，我才有所察覺。那兩件事是：我的主管蓋爾打電話給我，還有文書處寄給我編校完的文檔。所謂編校完畢的文檔，就是可以看到整篇報導連同相關照片最終呈現在紙本上的樣子。

蓋爾很生氣，而且他對此也毫不掩飾。他不高興我發給雷洛提烏斯的電子郵件中寫的內容，更不高興我在其中的用詞。此外，我讓他最反感的，應該就是我一開始拒絕和雷洛提烏斯合寫報導這件事了，蓋爾對此耿耿於懷。蓋爾把我找來，和我一起確認了幾個我負責的段落。他指出其中一處表示，內容在時間順序上缺乏說服力。那部分的行程從清晨出發，沒幾個小時就迎來日落。讀來有點怪。但是我也沒多做解釋，沒有告訴他是因為雷洛提烏斯大幅刪減了整個段落，才使得文章中提到恰帕斯州的那一天讀來似乎只有五個小時。「這部分真不該有錯。」蓋爾說。我在《明鏡周刊》這麼多年，偏巧這次他才第一次提醒我：要在社會編輯部擔任記者，就必須確實進行採訪調查。他針對這篇合寫的報導提醒我這件事，事後想來，不免感到諷刺。不過，當下的情況可讓人笑不出來。

電話中和蓋爾談過幾分鐘後，確認已經無法說服他了。他完全不接受我對雷洛提烏斯寫的內容提出的一些意見。此前沒有，這次對話也沒有。他只說了：「關於你對克拉斯的態度問題，我們明天再談吧！」

明天是星期四，他比較有空。不過這也是讓我知道，這篇文章到時候印出來會是什麼樣子。在其他編輯部的星期四總是充滿了截稿前的緊張氣氛。但是在社會編輯部，星期三就會確認所有要交印的稿件內容，到了星期四，部門內的氣氛就像風暴過後一樣平靜。理論上，要在星期四趕出一篇報導，或是重寫一篇取代已經交出去的稿件，也是有可能的，但只會給人留下「你瘋了吧？」的印象。

我和氣炸的上司通話才剛結束，就接到完成版面編排的文檔。這是我初次見到發行後整篇報導呈現在雜誌上的樣子。這篇報導即將出現在二〇一八年十一月十七日發行，年度第四十七期的《明鏡周刊》第五十四到六十頁。當期封面故事的標題是〈無痛人生：如何避免背、肩、膝部的手術〉（Leben ohne Schmerz – Rücken, Schulter, Knie – wie sich Operationen vermeiden lassen）。選這類有關肢體傷痛的內容作為封面標題，通常可以賣得不錯。

我和雷洛提烏斯合寫的那篇報導以一張四個穿迷彩裝男人的照片作為開場。光線昏暗，應該是日出或日落時分拍的。其中一個人還把幾枝灌木夾在帽子上作為偽裝。我猜是迷迭香的枝幹，不過看得不是很清楚。這個人手荷步槍，姿態上看起來像是正在對著麥克風講話。他旁邊、背景稍有模糊的地方，站著另一人，同樣也帶了武器、全副武裝、上唇掛了鬍子。照片中的第三個人，扶手倚靠在輕型卡車邊。前景則有蹲跪在地的第四個人，動作看來像是在翻找面前袋子裡面的東西。這篇報導的標題和引文是：

獵人的邊境——來自宏都拉斯的阿蕾達與五歲女兒艾莉絲橫越墨西哥逃往美國的長途遠征。美國人葉格和幾個武裝民兵在邊境的亞利桑那州守候，意欲防止此類非法移民入境。對兩方人馬來說，他們都沒有退路……

撰稿人：胡安．莫雷諾、克拉斯．雷洛提烏斯。

以往看到版面編排的時候，都會覺得不錯。那種感覺就像目標在眼前，在所有忙碌後終於要完成任務了，這次我卻沒有這樣的感受。我繼續滾動畫面想要往下看其他附圖。第五十六頁是阿蕾達的照片。照片中她正推著兒童車，兒童車裡面是裹著一條深色毯子的艾莉絲。第五十七頁的照片裡面是一個落腮鬍男人，一樣穿著迷彩裝，正從望遠鏡遠望，所以看不到他的臉。圖說寫著：「失業的葉格在邊境值勤：『不好了、不好了、不好了！』」後面這些話，是後來葉格檢視監控攝影畫面時，發現原來誤以為是一頭鹿的影像，其實是個人影時發出的驚呼。第五十八頁的照片中有個人在車裡面，看得到他的臉，並有著落腮鬍及雙臂上的刺青。圖說寫著：「建築工鑽子於亞利桑那民兵隊的輕型卡車內：捕捉和反擊。」接著，第五十九頁，是阿蕾達坐在卡車上；而在第六十頁則是克里斯・葉格，故事的主角。健壯的體格、落腮鬍、整套迷彩武裝配備，站在野地，周遭都是開著花朵的灌木叢。照片下方的圖說：「退伍軍人獵人在祭壇谷的巡查行動：『不法分子都該相信，我們是來真的！』」

我把整個檔案很快看過一遍。第五十八頁中輕型卡車上有著落腮鬍的男人，為何讓我感覺似曾相識？他穿著綠色T恤、頭上一頂軍裝樣式的帶簷帽，表情和姿勢看起來像在和副駕座上的人說話。樣子看起來魯莽無懼、淺色眼珠、棕髮、沒有修整的鬍子。我應該看過這張臉，只是一時想不起來到底在哪裡看過。我再回看這篇報導的第一頁。照片右側蹲跪在地翻找袋中物品的人也是同一個傢伙。雖然幾乎看不到全臉，但無疑是同一個落腮鬍。篇首照片中那位就是曾經做過建築工的鑽子。

我關上電腦。前幾天我睡太少了，最早的夜裡我寫了第一個版本，然後第二個版本，最後還要想著給雷洛提烏斯那封電子郵件可能帶來的後果。至於和蓋爾的電話，至少又更確定了這些事情的關聯性。總之，依我想，不會有什麼好結果。

我把這篇版面編排的結果寄給在採訪行程最後幾天和我一起行動的攝影師史考特。這之前我已經和史考特通過幾次電話，也跟他說了這次合寫文章中的幾個問題。我想聽聽他的看法。

嗨，史考特！

寄來這次報導的版面編排。雖然我還有些疑惑未解……據說，這幾張照片是幾天前在祭壇谷拍的。花兒還滿漂亮的嘛！

祝好！

胡安

據說，在雷洛提烏斯拒絕史考特擔任他的隨行攝影師後，有另一個攝影師前往協助採訪工作，因為民兵隊的人認識這位攝影師，也同意讓他拍攝。不過後來這個消息被證實不是真的，我有疑問的那幾張照片都不是最近拍的。而史考特竟然為此沒得到這次工作機會，讓他特別不高興。

爛透了！我竟無法擔任這次的攝影工作，真是生氣！你知道後來他們用誰當這次的攝影師嗎？唉！那個版面編排看起來還不錯，他們不如多放幾張我們美國美女的照片算了！隨便啦！

我馬上回了電郵。

我不清楚是哪位攝影師。我打聽一下應該可以知道……克拉斯提供的照片中，最後一張裡面的那個人甚至還曾經想射殺一個非法移民……這部分內容就寫在報導的結尾……真令人難以置信！光是想到如果是執法單位讀到這些內容的話……

祝好！

胡安

過沒幾分鐘後收到的回覆，差點讓我從椅子上摔下來：

最後一張照片裡面那個開車的傢伙，跟我之前提過的紀錄片《無主之地》裡面出現的是同一個人。

原來如此！那就說得通了！所以我才覺得那張臉好像在哪裡見過。和史考特在墨西哥時，他跟我提起一部紀錄片，還說如果我要寫有關民兵組織的報導，一定要看過那部紀錄片。那是美國導演馬修．海涅曼（Matthew Heineman）在二〇一五年拍的紀錄片，該片還曾入圍奧斯卡最佳紀錄片獎。在墨西哥的機場候機時，我一度迫不及待想看《無主之地》

的宣傳預告片，結果因為無線網路訊號太差而沒有成功。

確實，在我看到的一小段宣傳片中，開頭不久就可以看到我們報導中的這個人。依宣傳片中的設定，這位仁兄和另外幾個人正在監視美墨邊境的情況。這部分和我們文中的描述差不多，不同的是，紀錄片中他好像是那個民兵組織的領導人物，但在我們的文章裡面，他只是個小角色，代號鑽子，五十七歲，「之前在猶他州的建築工地工作過」。

既然這個人曾經出現在全球聞名的紀錄片裡面，現在為何又拒絕史考特的拍攝？既然當時雷洛提烏斯在電郵中提到，他會繼續努力說服民兵組織的人接受史考特前來進行拍攝，那他為什麼不提佛利和他的民兵組織「亞利桑那邊境巡查隊」的名字？

於是接下來幾個星期，我腦中反覆出現思考的拉鋸：我一方面確信自己不會搞錯。另一方面卻又覺得，應該是自己誤會了。然而，各種線索和疑點越來越多。無論我怎麼想，結果都指向同個方向，卻又始終得不到結論。每次只要我想到雷洛提烏斯造假，接著馬上就會想到：不可能呀！完全不可能！沒有人會這樣憑空揑造吧！沒有人敢這樣做的！而在知道諸多真相之後的現在，這一連串線索擺在一起似乎很合理，好像必然這樣或那樣。但在當時不是。

我沒天真到那種地步。我可以想像，為了報導，記者可能把事情加以美化、誇大，甚至扯謊。如果觀察到的某些事物擺進來會在整個故事中顯得突兀而不合適，可能會被直接忽略、捨棄不用。任何情況都可能給人不同的解讀。與自身觀點相牴觸的真相或調查結果，可能會被忽略或錯誤詮釋，這其中有太多灰色地帶、許多轉圜的空間、許多不同的真相。但是，知道得比別人多就濫用這些掌握的所知，便是拙劣的新聞工作者。當然有很多因素引誘人這麼做，畢竟在這裡或那裡誇大一點，就能讓整篇報導更引人注意；一旦寫出來的內容有更多人討論，寫出這篇報導的人多少也會跟著受到更多關注。

但這篇報導裡面沒有這些灰色地帶。我蒐集到的內容既沒有模糊空間，也不允許那麼多自以為是的解釋。我甚至懷疑，佛利是否會拒絕史考特的拍攝。所以我認為，雷洛提烏斯不會說謊。為什麼呢？因為這樣做露出馬腳的風險太高了，沒有人敢扯這麼大的謊。於是我想起馬奎斯用過一組詞稱「上帝的卵蛋」。我想，膽敢這樣編故事的人，應該要有如「上帝的卵蛋」般的膽量吧！我不信雷洛提烏斯有那個膽子。

對我來說，這都該有個解釋，而且必須是個合理的解釋，而我唯一能想到的應該是我忽略了什麼。可能是某個能解釋一切的訊息，或如同雷洛提烏斯在電郵中提過的，只因為他把內容「濃縮」了。而其實在過程中，我越來越傾向於相信是後者。可能是這次他為〈獵人的邊境〉這篇報導蒐集到的資料不像以前那麼豐富、那麼有戲劇性，因此他努力想讓內容更有可看性。或根本是他的採訪對象騙了他，他也察覺到了，但他拉不下臉向編輯部和我承認。也有可能是那個代號獵人的人真的扣下扳機，但射擊對象擺明不是人。所以這篇報導末尾才會留下開放式的結局。直到這時候，我都沒想到這竟是一場有系統的大騙局，以為雷洛提烏斯只是寫得誇張了點。

不過，至少當下我已經知道自己該做的事：找出所有關於鑽子的資料。於是，我坐到電腦前。沒想到事情比我想的還要簡單。原來這位鑽子的本名叫提姆．佛利，網路上就能找到很多關於他的資料，無論是文字報導或YouTube影片，應有盡有。只要輸入「民兵」、「亞利桑那」這些關鍵字，佛利的名字往往就出現在搜尋頁面的前面幾筆資料中。而且我也很快找到他成立的民兵組織亞利桑那邊境巡查隊。我不解的只有一點：為何在《明鏡周刊》的這篇報導中，絕口不提佛利的名字，畢竟這個名字已經出現在許多報章雜誌上。甚至連《明鏡電視新聞雜誌》（*Spiegel TV*）節目都採訪過他。雷洛提烏斯和我所屬的編輯部卻非得故作神秘地給他一個代號，報導中也沒提到他民兵組織的名稱。

我接下來採取的行動，也不用太多聰明才智就能辦到。我想著，如果在搜尋引擎上輸入「克里斯．葉格」和「民兵」作為關鍵字呢？結果找到一篇由美國臥底記者沙恩．鮑爾（Shane Bauer）撰寫的報導，標題是：〈我滲透到邊境民兵組織的所見所聞〉（Ich infiltrierte eine Grenzmiliz. Hier ist, was ich sah）。該報導發表在美國知名雜誌《瓊斯媽媽》（*Mother Jones*），以頗長的內容詳盡地記錄了不對外公開的民兵組織內部的情況。鮑爾寫下他用幾個月時間與民兵組織接觸的過程：他先在自己的臉書頁面連續發表了幾篇右翼陰謀論的貼文，並不斷在相關網頁發表讚頌這類思想的評論。直到有一天，他收到加入一個臉書粉絲團的邀請，那裡面才有他真正要找的人出沒。這意味著他離目標越來越近了。接下來，他參加這群人的聚會、買了一整套迷彩裝備、為了學會怎麼使用武器，還參加了射擊訓練課程，就這樣混進去了。那是一篇很精彩的報導，敘事平穩、主旨明確又能挖掘出鮮為人知的內容。

鮑爾的敘事口吻非常專業，這點又讓整篇報導更具可讀性。內文中還有些段落加進了人員間的對話。此外，他還公布了幾段和這些對話內容相關的影像紀錄，使得這篇報導更加令人印象深刻。鮑爾拍下了所有對話，讓讀者在看影片的同時可以對照著文字閱讀。開始觀看影片不久，就出現一位名叫克里斯・葉格的人。他的祖先來自德國，以追捕非法移民為志。問題是，這些影片中出現的「葉格」和這次《明鏡周刊》報導中的「葉格」，完全是不同人啊！影片中的人很年輕、大概才二十歲左右，身形偏瘦。這次《明鏡周刊》報導中的「葉格」已經超過四十歲，落腮鬍，而且體格健壯。影片中也出現雷洛提烏斯在文中提到的另外幾個人，不過內容細節完全對不上來。

接著，我拿起話筒，撥了通電話到美國的《瓊斯媽媽》雜誌社。從雜誌社問到鮑爾的手機號碼後，我試著撥過去，不過沒人接。於是我先後給他發了手機簡訊和電子郵件，沒過多久就和他通上電話。

果不其然，鮑爾和預想的一樣，對美國民兵組織非常了解。他向我說明，大部分的民兵組織對外都很封閉，唯獨佛利創辦的「亞利桑那邊境巡查隊」是個例外。外界可以輕易和這個組織取得聯繫，也因此在相關組織中不太受到重視。我向他請教，他當初是如何拍到那些民兵組織的人，甚至還能做成影片。鮑爾告訴我，他滲透進去的民兵組織「百分之三人」（Three Percenters）要求成員須隨時在身上配戴迷你攝影機，這是為了預防在遭到人權組織指控他們虐待抓到的非法移民時，可以提出有力證明。這個民兵組織的所有成員都受到嚴密監控，並嚴守法律的那條線。至少在輿論的認知裡也是如此。

「這個『百分之三人』組織會常常對著人開槍嗎？」我問道。鮑爾似乎沒聽懂我的問題。

「葉格和其他人呢？他們常開槍嗎？據我同事寫的，他帶領的民兵隊會開槍射擊。」

「你是說在靶場的射擊練習嗎？」

「不，我說的是巡守時看到暗處有不知名物體移動就開槍的情況。」

「真的假的！報導中這樣寫？」

「沒錯。」

「哇賽！」

「你這『哇賽』是表示不敢相信？還是『哇賽！不可能發生這樣的事情！』」

「喔！我和這些人混在一起的時間還算長，可從來沒看過有誰開槍啊！再說開槍這件事可是嚴格禁止的。而且這還是在那些人都不知道我是記者的情況下觀察到的情形。當然啦，也不能排除可能是在其他行動中有人開槍。只是可能性真的很低啦！」鮑爾說。

「所以你認為不可能嗎？」

「民兵組織中確實有些人想推翻政府，所以也沒什麼事是不可能發生的，但聽起來還是太、太奇怪了！」

據鮑爾的說法，「百分之三人」這個組織是以歷史事件命名的。因為當年只有百分之三的美國人起來反抗英國人的統治。只不過在當年，全國人民中只要有百分之三的人是愛國分子就足以實現讓美國獨立的夢想。

「那出現在報導中的克里斯・葉格是個怎樣的人？」我問。

「是個二十歲出頭、骨子裡都是右翼思想的年輕人。他的祖先是德國移民，這點讓他很驕傲。」

我想再確認一下，於是追問道：「所以這位克里斯・葉格在現實中真的不是四十幾歲，還有個女兒？」

「不是、確定不是。我那篇報導中的克里斯・葉格是個年輕人，據我所知，他也沒小孩。」

後來我們又聊了一下。鮑爾是個隨和的人。他沒有說得很絕對，但也告訴我，如果說有人加入「百分之三人」，又出現在佛利的「亞利桑那邊境巡查隊」裡面，這點會讓他感覺比較奇怪。畢竟這些組織都不會喜歡這樣的情形發生。他邊說，我邊用筆記錄下來。那次通話持續了一個小時之久，鮑爾最後在有點激動的情緒下掛斷電話。

之後我把通話過程中做的筆記看過幾遍，也上網確認過一些資料後，決定把這些情形告知審核資料的同事。我不想要再扛著抹黑同事這頂黑鍋，反正蓋爾對這次的事情也夠生氣的了。負責審核資料的部門應該都知道這些事情。一整天忙下來，不知不覺中，天色已晚了。

寄件人：胡安・莫雷諾

日期：二〇一八年十一月十四日　歐洲中部時間 23:08:39

嗨，×××，

以下電郵內容尚請保密。

我已看過即將出刊那篇報導的版面編排，對於內容感到非常驚訝。照片中坐在車子裡的人名叫提姆．佛利，他是「亞利桑那邊境巡查隊」的發起人，二〇一五年多次獲獎的紀錄片《無主之地》中的主角。此人的名字也曾出現在《明鏡電視新聞雜誌》節目、總部設在柏林的報紙《每日鏡報》（*Tagesspiegel*）、全天候不停放送的新聞台N-TV、《華盛頓郵報》、美國廣播電視台（ABC）、《赫芬頓郵報》（*HuffPost*）、《連線月刊》（*Wired*）等各大媒體。只要有關他的報導，都會連帶提到他成立的「亞利桑那邊境巡查隊」這個組織的名稱，唯獨我們這篇報導沒有。

至於我們的文章裡提到的另外五位民兵裡面，也有四位出現在二〇一六年底發表的報導中。當時是發表在《瓊斯媽媽》雜誌上，撰稿人是知名的臥底記者沙恩．鮑爾。重點是，據那篇報導的內容，要混進民兵組織是非常不容易的事，而我們的人員竟然在兩天內就做到了。

更別說我們的報導中，代號魑魅、潘恩、斯巴達人，以及文中的領袖人物獵人，都是另一個民兵組織百分之三人的成員……

在鮑爾的報導中，獵人來自科羅拉多州，我們報導中同一個人的出身是加州；鮑爾的報導中，另一位同樣來自科羅拉多州的潘恩，我們的報導寫的卻是來自堪薩斯州。

在鮑爾報導中的獵人會說些德語，並對自己身上有德國血統感到很自豪。其他人也因此帶著不無欽羨的口氣稱他是納粹分子，然後一夥人拿奧斯威辛集中營（KZ Auschwitz）和猶太人開玩笑。我們的報導中完全沒提到這些，而是寫了直到二〇〇九年，他在加州經營木作工坊。那時他好心雇用了幾個拉丁美洲人，多年來每個周末都邀這些異鄉客到家裡用餐。後來他成為民兵，是因為得知自己當時年方十二歲的女兒，長期從那三個他雇用的拉丁美洲人那裡取得毒品並染上毒癮。

對了，還有一點：佛利在每次受訪時都會強調，他們不會對著人開槍。這一點也明明白白列在他們的組織綱領上。對比我們的報導中的最後一幕：撰稿人和報導的主角都不確定，在暗處移動的不明物體那到底是不是人……

見信後請與我電話聯繫。

祝好！

胡安

嚴格來說，我發出的電郵內容裡面並未提出證據，甚至也沒有提出具體疑問。一個人可以是納粹分子、有德國血統，經營的木作工坊還雇用了哥倫比亞來的非法之徒，這幾點並不衝突，只是這樣的巧合比較罕見。但為什麼我們的報導中不提佛利的真實姓名呢？我的這封電郵融合了指控、求救意圖和最終不如讓事態升級這些想法。我想或許資料查核員可以用我提供的調查內容和雷洛提烏斯確認，深入了解確切情況。我之所以請對方保密這封電郵的內容，主要是因為我不想被當成是和主管有了衝突才惡意中傷共同作者的人。我提供的那些爭議內容，如果說是資料查核員自己查到的也不為過。但無論如何，目前的情況發展已經等同我正式向〈獵人的邊境〉這篇報導的內容宣戰了。

剛把電子郵件發出去，我馬上繼續瀏覽網頁。如果在《明鏡周刊》這篇報導中，留著落腮鬍的男人不是代號獵人的葉格，那會是誰呢？由於我在公司內部沒有使用圖資庫的權限，唯一可以做的就是在網路上搜尋那張照片：輸入關鍵字、瀏覽每一筆搜尋結果、再輸入關鍵字、再逐筆瀏覽搜尋到的結果……最後，我依舊沒有找到照片中那個人的名字，但至少找到拍照的地點是在「祭壇谷」，位在亞利桑那州的一處谷地。只是，這個資訊未必正確。

我馬上察覺到，我現在做的事何止大海撈針！我在電腦螢幕前耗了幾個小時，腦子裡出現應該搜尋的關鍵字越來越多。剛開始可能還只是「亞利桑那州的美軍」（當地有七個美軍基地，而且那裡的美軍個個都很熱衷把自拍照發布到網路上）。由於使用這組關鍵字沒有什麼收穫，所以我又試了另一組關鍵字「民兵、亞利桑那、祭壇谷」，一樣沒找到。一連串搜尋未果讓我陷入沮喪，就在幾乎放棄時，想著乾脆輸入照片上這個人的形容詞「身材健壯、落腮鬍、戴帽、持槍、四周有花」。

不久我真的找到一個在美軍服過役，名叫克里斯．葉格的人。據稱，二〇〇八年時，他在巴格達的軍階是下士。只是這位葉格先生和我們報導中的葉格看起來完全是不同人。接著我還在一段YouTube影片中找到和我們報導中出現過幾乎一樣的句子：「如果激進分子的意思是離開沙發為國家做點事，那我就是激進分子！」這是佛利在一次電視訪談中說過的句子。在報導中，雷洛提烏斯負責的那部分內容裡面的葉格竟用了幾乎相同的字句。難道是雷洛提烏斯抄襲了那段話嗎？不會吧！我想，他應該沒那個意圖，或許那只是在說到右派時常見到的一句話而已。類似「只有在最後一棵樹倒下、抓到最後一條魚、最後一條河流遭到汙染，人類才會醒悟到原來錢不能當飯吃」這樣路上常見的標語。到底如何，我怎麼知道啊！

直到隔天早上，我一直掛在網路上。應該是八點或九點，當我已經不成人形地持續瀏覽網頁時，眼前突然出現一張照片。我盯著看了好一分鐘。就是這張照片啊！雖然在《明鏡周刊》報導中那張照片的畫面經過裁切，不過毫無疑問就是同一張照片。我終於找到那個「身材胖、落腮鬍、戴帽、持槍、四周有花」的人了！照片中的人名叫克里斯・馬洛夫（Chris Maloof），而且這個資料來源再可靠不過了。原來這張照片早在二〇〇六年底就在《紐約時報》上發表過，照片對應的內容就是關於「亞利桑那邊境巡查隊」勤務的報導。該報導並以佛利說的話作結：「外界知道我們是民兵後，都以為我們就是帶著槍四處行動，隨時舉槍指著人、對人開槍，」他接著說：「事實上，六年來，我們從沒開過槍。」

佛利不僅告訴《紐約時報》他的名字，還強調他們組織的成員不會對人開槍。反之，在《明鏡周刊》這篇報導中，除了沒提到他的名字，還讓他在伙伴任意開槍時在一旁袖手旁觀。《紐約時報》那篇嚴謹的報導中，還在照片下方的說明中明確提到影中人的名字就是馬洛夫。這樣看來，兩篇報導中應該有一篇資訊有誤。

為《紐約時報》拍下這張照片的攝影師是強尼・米蘭諾（Johnny Milano），當時住在紐約。和所有攝影記者一樣，網上也能找到他的作品集，以利有意合作對象可以快速掌握他的攝影風格。米蘭諾網站上有個作品集名稱就是「亞利桑那邊境巡查隊」，我找到這個資訊的時候，這個作品集設定為非公開，所以無法看到其中的影像內容。我想辦法撥了幾次電話給他，不過都未能取得聯繫。

於是這條線索只空留：「《紐約時報》報導照片中的人名叫『馬洛夫』」。我將這個名字輸入到美國尋人網站：www.whitepages.com。一般而言，要在那個網站上查找到某人並不難，只是必須人在美國境內才能使用完整的搜尋系統。我倒是很快就找到關於馬洛夫的部分資料：約三十歲，住在亞利桑那州的薩瓦里塔（Sahuarita），這個市鎮離佛利的「亞利桑那邊境巡查隊」不遠。從有限的資料看起來，他的家庭成員並不複雜。除了有個叔叔在好萊塢當替身演員外，家族中的其他人似乎都住在附近。看來我沒有和馬洛夫聯絡的必要。除此之外，我還在臉書上找到同一個人的帳號，而且幸運地從一張照片中看到和《明鏡周刊》報導中長得很像的人影。不同的是，從臉書上看來，這個馬洛夫的興趣是賽車，並不熱衷抓捕非法移民。這傢伙在臉書上公開了許多照片，裡面有不少他戴著賽車安全帽的畫面。我也在ＩＧ社群（Instagram）上找到他的帳號，看到他穿著軍裝沒戴安全帽的照片。

不久，我收到好友米寇・塔立耶袞（Mirco Taliercio）發來一張圖資庫中找到的照片。照片拍攝於二〇一六年，影像中是同一個體格壯碩、留落腮鬍的男性。只是這張照片的說明中並未提及他的姓氏，只提到此人名叫克里斯，當時三十歲。

到了下午，我才發現自己竟然穿著家居服在電腦前待了整天。照理說，應該有某種類似狩獵的感覺，這是在網上搜尋資料時常出現的感受。當人循著線索查找某件事物時，往往就像一頭栽進調查狂熱中一樣。即使沒有親身經歷過，電影裡面也常這樣演。主角埋首於一堆文件檔案中，地點常是帶有歷史感的資料庫，嘴邊掛有食物殘渣。主角忙著在筆記本上做紀錄，又不斷刪除許多寫下的內容。最後，整面牆像是某種藝術品，掛滿了只有主角自己才理解的箭頭標示、照片和大小不一的便利貼。但我遇到的情況完全不同。我只覺得自己連續好幾個小時都在看一堆男人穿著迷彩裝的蠢照片。

不久，我接到資料查核員打來的電話。對方告訴我，他的工作只負責確認文章內容，關於事實真相他必須相信記者，因此無法對照片的事提出任何意見。至於雷洛提烏斯在他眼中，則一向是可靠的撰稿人。總之，作為資料查核員，他無法每次採訪都一起行動，所以就只能相信雷洛提烏斯寫的內容。負責審核資料的同事在電話中的語氣很平穩，既不激動也沒給人任何生氣的感受，而是一如既往的客氣。我可以肯定他根本沒想到，我這封電郵內容的可信度。或許在他看來，我的做法只是讓我自己變得很可笑。但他畢竟是個客氣的人，所以沒把這些話說出口。那次通話時間並不長，掛斷電話後，我整個人感到很難受。細究原因，我想是因為他鎮定的態度讓我太訝異了——這種事竟然連資料查核員都這麼鎮靜。他選擇相信雷洛提烏斯，而且，在這種對雷洛提烏斯的信任態度中，我甚至察覺到那麼點對我表示同情的意味。就好像在告訴我，我應該不確定自己在做什麼：竟然質疑起雷洛提烏斯寫的報導。怎麼那麼巧，懷疑的對象偏偏是他？

事後回想起來，實在很難確認到底是從哪個環節開始讓雷洛提烏斯處於劣勢。但我可以確定的是，如果雷洛提烏斯這天沒打來電話，情況可能會所不同。

鈴聲響起，是一通未顯示號碼的來電。我按下接聽鍵。

「我是克拉斯。」我還來不及回應，就聽到他說：「胡安，你有事要跟我說嗎？」

「啊……是你打電話給我的……」我說。

話筒另一頭的雷洛提烏斯停頓了一下，接著幾乎把之前蓋爾跟我說過的話一模一樣複述了一遍。同樣的開場、幾乎一樣細數我的過失。他明確告訴我，本來可以是一篇好報導，是我搞砸了，對此他也無能為力，反正我的寫作功力就是比不上他。他本來還有所期待的。他提到我之前一篇關於羅馬尼亞移工的報導寫得不錯，可是我這次的表現讓他失望了。當下我只覺得印象中客氣的雷洛提烏斯可一點也不客氣啊！雖然不容易，但當下我努力克制，什麼都沒說，直到他指責我在電子郵件中影射他沒有實地接觸過那些受訪者。當時他的語氣顯得格外激動。

「但我電郵中不是也祝賀你了嗎？」我有點心虛地說。我記得當時電子郵件中我是這樣寫的：「此次和我一起在墨西哥工作的休士頓攝影師史考特・道頓是個經驗豐富的行家。對於美墨邊境議題，他雖然有超過二十年的拍攝經驗，也舉行過相關的攝影展，至今還無法實地參與任何民兵組織執勤時的隨行拍攝工作。你竟然可以在三天內辦到，真是太令人佩服了！」

當然，這些字句也可能會被人理解為帶有挑釁意味、被認為有笑裡藏刀的意圖。即便如此，我還是認為他的反應未免太過激烈。假若他真的辦到了，大可輕鬆以對。我算得上哪號人物？畢竟，就像那篇報導內文寫的，我採訪的主要對象都搭上人蛇集團的車了，我卻沒能採訪到任何一個人蛇集團成員。

我告訴他，當時和我同行的攝影師非常了解現場情況，所以對他短時間內完成任務打從內心覺得佩服，我試著將對話引導到他的採訪對象上。這時雷洛提烏斯才主動提起「亞利桑那邊境巡查隊」的佛利，並表示報導中提到的幾個人，實際上分屬幾個不同的組織，而且這些人都曾經在《瓊斯媽媽》雜誌的報導中出現過。

「『袞』斯媽媽雜誌？」我問道。我希望他把我當作笨蛋，好讓他繼續說下去。我想，我做到了。

「喔！對！《瓊斯媽媽》是一本美國雜誌。」雷洛提烏斯對我竟然不知道這本雜誌感到驚訝。

「你是說，同樣一批人也在『袞』媽媽雜誌出現過？」我問著。

「哎呀！是《瓊斯媽媽》！對！同一批人上過這本雜誌。但只有其中幾個。還有另一個組織的成員。」

「你採訪的那幾個人這樣跟你說的？那還真巧！而且不同民兵組織之間看來處得很融洽？」

「是啊！」

這讓我想到《瓊斯媽媽》撰稿人鮑爾。他明確表示過，不可能發生人員在幾個民兵組織間流動的情況。

雷洛提烏斯接著提到幾件事，雖然我沒問到，但他似乎覺得我必須知道。他表示他採訪的對象主要來自三個不同的民兵組織。除了佛利的「亞利桑那邊境巡查隊」和「百分之三人」外，還有第三個名為「半激進組織」（halb radikal）的民兵團體。「那還真是每個民兵隊都有派人做代表呢！」我心想。

當下我腦子裡冒出一堆疑問。比如，他到底怎麼在如此短的時間內混進那些人裡面的？為何那些人會告訴他自己做過什麼不法情事？當其中有人可能殺人時，雷洛提烏斯真的在現場旁觀嗎？雖然有這麼多疑問，我還是忍住不說出來，我想聽聽雷洛提烏斯的說法。不過很快我就覺得他在對我說謊。這種感受並不是因為他說錯了什麼，就只是一種感覺。電話另一頭的人急切地想要說明事情的經過，他的說明一方面顯得太過仔細，另一方面又留下許多疑團。我可以感覺到，那個和我通話的人當時繃緊了神經。他的聲音年輕而悅耳，不過其中又明顯夾雜了某些緊張的情緒。

如果真的沒什麼好隱瞞的，我自己還有其他同事會做出怎樣的反應，這點我很清楚。這種時候通常都可以表現得很輕鬆。做我們這一行的，對於自己寫出來的某些內容遭到質疑應該都不陌生，隨時可能被資料查核員問到「你可以證明嗎？」「出處呢？我找不到」，或諸如此類的問題。倘若確實掌握事實真相，在遇到這類審訊式的提問時，往往高興都來不及了。因為那正好是證明自己採訪調查工作做得多好的時機，可以提前感受到某種勝利的甜美滋味。能向懷疑自己的人證明他錯得離譜，真的是令人再高興不過的事了。既如此，雷洛提烏斯為何需要說個不停地解釋那麼多？先前又何需那麼激動呢？

開始通話時，我曾想過和雷洛提烏斯比對我搜尋的結果。同事之間嘛！這麼做本來就是應該的。怎麼說還是要一起工作，所以有任何誤會就該盡快釐清。只是在通話過程中，他說得越多，我就越覺得他在對我隱瞞什麼。也就是說，我的名字也會作為共同撰稿人出現在上面那篇內容有很大問題的報導中。

「嘿！克拉斯，我在墨西哥工作了幾個星期，剛回來又馬上趕出那份稿子，我真的很累。現在又是星期五下午，找時間我到漢堡，或許到時候邊喝啤酒邊繼續聊吧！」我這些話對雷洛提烏斯來說可能來得突然。我想，當時他應該預期通話時間會更久，所以對我突然想結束對話感到意外。

我聽夠了他的說詞。我感到這其中真的有問題，所以在還沒結束通話前，我就已經決定必須找人談談這件事。一定要找《明鏡周刊》裡的人談這件事。接著我把《瓊斯媽媽》上的那篇報導又讀過一遍，然後給同事邁可・格羅斯卡特赫夫（Maik Großekathöfer）寫了一封電子郵件，但當下我並沒有馬上寄出。他以前在體育組工作過，所以過去我們有過幾次接觸。這時他剛換到社會編輯部。雖然我和邁可並不是很熟，不過直覺他是可以信任的人。可能是因為他當過體育記者才給我這樣的感覺吧！我也為體育組寫過報導，期間學到一件事：比起拿坡里殺手保密到家的功力，體育記者口風緊密的程度，簡直有過之而無不及！但他們知道的秘密和人性的黑暗面又比三個真相查核部門還多。所以在剛發現事情不對勁的時候，我就和他通過電話，跟他提到一些我和雷洛提烏斯之間的問題。他答應不會將這些對話內容說出去，而他也確實遵守承諾做到了。我寫了封電子郵件給他，寫完後過一陣子才發送出去：

……那通電話一開始他就說了很多，說我應該認清這次合寫的報導是由他做最後的彙整工作，說我的表現不專業、令人難以接受。他覺得，只要我對自己負責的那部分內容不要做過多無謂的堅持，那篇報導應該可以呈現出更好的結果。他表示無法理解，為什麼我要在電子郵件裡面含沙射影抹黑他的報導內容有不符事實的地方，他說那是不實指控。但我知道，是他在說謊。當下我沒說什麼，畢竟那時還沒有具體事證，只是單純覺得有哪裡不對勁。於是我又從其他管道查訪，試著找出真相。

你知道嗎？就我的認知，如果你真敢做出這種爛事，就是你自己的事情，自己的問題就要自己去面對。我就不會去管了，雖然顯得可惡，但終究是你自己的問題。可是一旦你要和人合寫文章，有了共同撰稿人，那就不只是你一個人的問題了。和人合寫文章還那樣做，就是卑鄙無恥。如果你自己要為虛名和得獎紀錄冒這種險，沒問題！自己去就好！不要把我牽扯進去。不然他敢對歐桑、費希特納、施倪本做出同樣的事嗎？

怪的是，我一點也沒生氣。他寫的報導很快就獲得關注，接連入圍年度記者獎，達到人生高峰，接著就該維持這樣的水準寫下去。這是所有人都希望的結果。他對自己的期許尤其如此。一個人站在高峰是很無趣的事，而且還要接受一堆採訪，那怎麼辦呢？再加上，如果剛好在網路上讀到很有趣的臥底報導（相信我，那篇報導值得一讀），然後想試看看，自己是否也能寫出這樣精彩的報導？

我想，我清楚他都做了些什麼。但老實說，我還是無法相信真的是他做的，竟然做得那麼明顯，真是令人難以置信……

祝好！

胡安

直到那時候，我還是不相信所有的事情都是雷洛提烏斯虛構出來的，我以為他只是寫得太誇張了，也以為他真的見到了「亞利桑那邊境巡查隊」的幾個人。和之前訪問過的幾位記者一樣，民兵隊裡的人也對雷洛提烏斯說了同樣的事情。只是《明鏡周刊》堅持只對自己的讀者提供其他地方讀不到的新聞和資訊，所以無法採用這些其他記者已經用過的內容。這點要求適用於每一行文字。即使在《明鏡周刊》最小篇幅的報導中，讀者都不會找到任何和其他新聞機構發表過的相同內容。所以雷洛提烏斯交出的如果不是沒人發表過的資訊，就必然是相當特別的題材或角度。所以他做的整件事情都太誇張了。至於他說整篇文章如果看起來有不合理的地方，完全是因為他將內容「濃縮」的結果，這部分只能一言以蔽之：他說謊。

這些是我的懷疑和我為難的地方。因為我的名字會出現在那篇報導上。我覺得自己像個無知的計程車司機，應客人要求把車子停在銀行外面等他。沒想到那位客人竟然是銀行搶匪，於是我瞬間變成協助搶匪逃亡的共犯。如果我知道實情，卻沒有採取任何行動，就會讓自己捲入其中。

我感受得到，雷洛提烏斯一直被認為是好人。但當時我還不清楚，他在部門裡到底有多受歡迎、多重要。也就是說，我懷疑的這個人是最不該被懷疑的人。後來《明鏡周刊》一位已經卸任的總編輯告訴我，當時雷洛提烏斯在社會編輯部簡直被當神一樣崇拜。

第 6 章

「忠厚老實的克拉斯」

雷洛提烏斯的造假手法

「新聞界有許多會吹牛的人，也有不少騙子和混蛋。他們隨時不忘吹捧自己、隨時想讓人對他印象深刻、想給人留下比他實際更好的印象。這類記者可以輕易讓人覺得他們與眾不同。他們知道只要自己表現得謙虛、內斂一點、對人體貼一點，就能讓人對他另眼相待。」

——二〇〇三年電影《欲蓋彌彰》（*Shattered Glass*）片頭的第一句話。這部電影講述主角史蒂芬・葛拉斯（Stephen Glass）任職於美國《新共和》（*The New Republic*）雜誌期間的新聞造假事件。雷洛提烏斯在漢堡媒體學院就讀期間，曾以警惕性教材觀看過這部電影。

我始終沒有機會採訪到雷洛提烏斯，雖然我很希望自己能有這樣的機會。能讓德國新聞界經歷一場前所未有的大地震的人，應該是每個德國記者都希望能採訪到的對象。雷洛提烏斯讓許多讀者對媒體失去信心，接下來，只要有記者聚集的地方，他也應該都會是主要的話題，而且這種情況可能還會持續一陣子。我給過雷洛提烏斯機會，讓他從他的角度對事件加以說明。我去信給他的律師，表明我基本上只想問一個整個新聞界都想提出的問題，那就是：「為什麼？」為什麼雷洛提烏斯要造假報導？

他大可做出各種可能的回應，或許是覺得有趣，或許是因為真相太枯燥乏味，或許是最具話題性的人物不願意接受採訪，或坦承自己的發言比採訪對象說的還有趣，或因為壓力太大，或因為不想在部門同事前丟臉，或承認自己極度渴望獲得認同，或者說因為自己希望能成為新聞專校出身的人的榜樣。

後來雷洛提烏斯委由他的律師書面回覆我，他「做不到」。不過也可能是律師建議他這樣做，這是可以理解的。事件爆發以來，他沒有對外公開發表過任何言論。雖然不是全部的編輯，但至少有幾個編輯接到雷洛提烏斯發出的訊息，他在內容中表達道歉之意，也針對幾篇報導的正確性或有虛假情形做了些說明。不過那幾篇雷洛提烏斯宣稱沒有造假情況的報導，在事後重新驗證時，又再次證明大部分都是謊言。也就是說，造假情事被揭發後，雷洛提烏斯還是繼續說謊，一而再、再而三。由此可證，他從未停止說謊。

這位律師的當事人認為，要對被他欺騙的同事、讀者、編輯群、評審委員做出說明，他「做不到」。這是雷洛提烏斯讓他的律師對外表達的措辭。用詞和我收到的回覆一模一樣。他的律師在給我的電子郵件中，還附加了一篇很長的法律聲明。該聲明中詳列了所有我最好別做的事，否則就必須承擔相應的後果，我是這麼理解的。不得不說，這些做法都讓我耳目一新。那是警告！特別是針對接下來我要在這一個章節中寫的內容，我當然要有所顧慮。我既不會把自己聽聞到的事全部寫進來，也不會收錄雷洛提烏斯不久前對他信任的人提出的那一套說詞。但是，我自己能承擔責任或是我能提出證明的內容，我會盡量以正直、嚴謹、坦蕩的方式寫下來。我認為，這些就足以勾勒出雷洛提烏斯這個人的樣貌。

雷洛提烏斯的背景

托藤森（Tötensen）是低地薩克森邦的一個小鎮，位於漢堡南方大約半小時車程處，現在一下子出了兩位名人。一位是藝人迪特．波倫（Dieter Bohlen），另一位則是出生於一九八五年十一月十五日的克拉斯－亨得立克．雷洛提烏斯（Claas-Hendrik Relotius）。沒錯！因為再也無法相信雷洛提烏斯提供的任何資料，後來《明鏡周刊》就連他的全名和出生日期都再查證了一遍。雷洛提烏斯的父親受過高等教育，職業是水利工程師，同時也是業餘體操運動員；母親則是教師，獻身於難民救助工作不遺餘力。雷洛提烏斯成長在井然有序、中產階級、帶有北方人謙謹特質的家庭氛圍中。有個哥哥在柏林十字山區（Berlin-Kreuzberg）從事農機的經銷業務，但是雷洛提烏斯沒有妹妹。

一般而言，當記者從親近的友人、一般交際圈或同事那裡打聽某個人時，通常不會得到太準確的資訊。因為每個人都有各自不同的記憶，所以對同一個人常會做出不一樣的描述。大都只會記得某種印象或關於那人的脾性，不過通常有些分歧，不會太清晰、明確。就像在按下快門的剎那，人不小心移動了，以至於呈現出模糊的影像。畢竟人都不是單一性格，不會總是以相同的樣貌呈現在他人面前，而是多種性格面貌的集合體。因此對於同一位老師的看法，可能有人認為他勤於育才，另一個人卻覺得他散漫無章。或是，我們可能覺得某位朋友很可靠，但其他人可能覺得他做事總是丟三落四。或是之前某個女友就喜歡我的幽默風趣，另一個前女友卻無法理解為何我的笑話總是讓人笑不出來。那就像一個人的簽名可能帶給不同人不同的感受一樣，或許多數感受有類似之處，但從來不會一模一樣。因為簽名終究不是指紋，無法有一致性。

就這個層面而言，雷洛提烏斯也很特別。幾乎所有和我聊過雷洛提烏斯的人對他的看法都很一致，有些說法甚至出現用字遣詞一模一樣的情況。這是我在了解雷洛提烏斯的過程中，最讓我感到訝異的事。

不管這些人最後一次見到他是幾天前、幾個星期前、幾個月前或是幾年前，也無論他們是在私人場域或職場上和雷洛提烏斯有過接觸。總之，雷洛提烏斯在他們眼中都是同一個樣子。雷洛提烏斯似乎是地球上最容易用語言文字形容的人：沉默寡言、拘謹，有時甚至可說是個內向、害羞的人，同時給人親切、溫和又冷靜的印象。眼珠子是明亮的顏色、一頭微帶棕紅色的金髮分邊齊整、沉穩的笑容、悅耳又療癒的嗓音，給人溫文儒雅的文藝氣息。

有人問他問題時，他總會稍微思考一下，讓人覺得他很重視那個問題，正在謹慎思考如何做出正確的回答。雷洛提烏斯是個不喜歡引起他人注意的人，在人群中，與其由他自己發言，他更喜歡聽別人怎麼說。明明說話幽默風趣又有料，卻不願因為話多被人當丑角看待。他很熱心、和同事處得很好、不偷懶、對他人非常關心、體貼、從來不妄議他人。

性情平穩、可靠，遇到需要應酬的場合則顯得有些侷促不安，完全不是那種見人說人話、見鬼說鬼話的人，也不是那種寫過幾個字上報就開始自吹自擂的人，是個低調到近乎靦腆、做人實在、忠於職守的人。最重要的是，在人群中，他顯得非常不起眼。

更讓人訝異的是，讀雷洛提烏斯寫的文章，也會覺得作者是這樣隱沒在文字中的人。報導總會或多或少傳達出撰寫這些文字的人的意念。無論記者如何力求客觀地紀錄下所見所聞，仍難免在字裡行間透露些個人的觀點。在這點上，雷洛提烏斯的表現也很厲害。在他的文字中，幾乎讀不到寫作者的脾性，就好像他把整個舞台都讓給演員一樣。在他的文章裡面，他扮演著全知卻又極度謙恭自持的敘事者角色。雷洛提烏斯的低調程度，可以從在同部門待過的實習生談到他時做出的反應看出一二。

當時的實習生，如今有幾個已經成為記者。在《明鏡周刊》於二〇一八年十二月公開雷洛提烏斯的造假情事後，他們隨時追蹤事件的後續發展。有趣的是，當我向他們問到對雷洛提烏斯的看法時，他們的反應幾乎都是感到驚訝。雖然他們確實在雷洛提烏斯所屬的編輯部實習了幾個月，而且幾乎都在同一個辦公室，卻對他沒什麼印象。就好像這幾位實習生沒跟他打過照面一樣。即便我請他們再仔細回想，頂多也只能說出非常模糊的印象：

一位個子很高、話不多的年輕人，一個不那麼引人注意的人，名叫雷洛提烏斯。

和雷洛提烏斯說話就像進到鏡子迷宮一樣。如果意識到這點時，就會覺得對話很有趣。通常和他對話不用太久，就會聽到他開始說起恭維對方的話。他和我的對話也是這樣。在我們第一次通電話時，他就稱讚過我寫的文章。

這種「鏡像」做法都能達到類似令人愉快的效果。換一種說法，說話的人只要稍後把對方說過的話重複一遍就好。這樣就會讓人覺得，那好像也是他自己的想法。於是，人會從另一個人口中聽到自己的想法，自己認同的理念、渴望和期待，猶如兩人都在進行自我對話一樣。雷洛提烏斯向與他對話的對象表達認同、分擔憂慮、表示附和之意，很少反駁對方的說法。多數人都有過在對話中覺得孤單的感受，但如果是和雷洛提烏斯交談，這種情況絕對不會發生。

當有人表現出理解對方時，就很容易贏得對方的好感。千萬別低估了這麼做帶來的影響有多大，因為人的內心幾乎沒有比被理解更大、更深的渴望了。雷洛提烏斯似乎能在對話過程中，感應到對方當下需要什麼，然後馬上回應對方所需要的：無論是安慰、贊同、關注或是轉移注意力。他並不是那種會給人當頭棒喝、戳破真相的朋友，他提出的都是些生活指南類型的雜誌中那般空泛的說法。他的做法完全符合「我如何交到朋友」注意事項中的每一條規則：多聽少說、表示對對方的話題有興趣、試著有眼神接觸、不要表達自己的主張。真是忠厚老實的克拉斯！

說謊家的開端

雷洛提烏斯於二〇〇六年在布萊梅大學註冊，主修文化學，在布萊梅大學的文化學，這是一個整合傳播、媒體、社會與人類文化學的跨領域科系。他並另外副修政治學。雷洛提烏斯也很早就確定要往傳媒發展的職業志向。他想要進入電視台，對電影業也很有興趣。學生時代體驗過不同的實習機會，其中包含《每日新聞報》和一家以漢堡周邊為經營對象的區域性電視台「漢堡一號台」（Hamburg 1）。雷洛提烏斯在這些實習單位中，也都給人留下了相同的印象：客氣、拘謹、話不多，而且一如他在幾個實習機會中的表現，展現出來的新聞專業並不特別出色。無論是當時和他一起實習的人或是負責帶他的編輯，任誰做夢都想不到，十年後的雷洛提烏斯竟然會成為具有影響力的記者。

在「漢堡一號台」發給的實習證書上淨是制式的客套話，頂多只能算是出勤證明而已。至於他在那個時期寫過的少數文章，比如在二〇〇八年為《每日新聞報》寫的幾篇，都稱不上令人眼睛為之一亮的表現。後來經查驗，當時那些文章雖然存在一些錯誤，但更值得注意的是，有幾處的語句可以在其他文章中找到字句一模一樣的內容，但這還稱不上是有計畫的造假行為。有可能是因為當年在德國搜尋到《每日新聞報》發表過的內容並不容易。這些文章的問題反而是在另一層面：這些文章都呈現出撰寫它們的這個年輕人下筆時的完美形象：毫不起眼、有點沒主見、沒有個人色彩、沒有個性，無論就語言表達、風格或是內容上都沒有。

許多人都會想問騙子一個問題，那就是他到底什麼時候開始行騙的。關於這點，我並未試著去找出答案。到底他是從小就會說謊，還是像其他騙子一樣，造謊的功力從青春期才開始突飛猛進。我只能說，他很早就開始說謊了。早在他人生第一批求職信中，就能看出一些蛛絲馬跡。這類內容包含幾個他實際上並未參與過的實習機會，比如在「德西公共電視台」（WDR）。根據他自己的說法，是他婉拒了這個實習機會，但真相是，他並未得到在德西公共電視臺實習的機會。至於他曾經到西班牙瓦倫西亞進行過短期交換學生計畫，也被他在另一個求職信上寫成他在西班牙讀過新聞學，讓編輯誤以為他能說流利的西班牙語，並因此留下深刻印象。之後，他又假稱曾經為英國《衛報》寫過文章，也就是表明具備第三種語言能力。

雷洛提烏斯在完成學士學位後，繼續在漢堡媒體學院（Hamburg Media School）研讀為期兩年的新聞系碩士學程。從校名可看出，漢堡媒體學院是一所半公立學校，由漢堡市政府、漢堡大學與漢堡美術學院（Hochschule für Bildende Künste Hamburg）共同經營。依各科系課程安排，當年學費落在一萬兩千至三萬兩千歐元之間。

漢堡媒體學院的校舍是建造於一九一四年的華麗磚造樓房。對老漢堡人來說，那裡曾經是芬克瑙婦產科醫院（Frauenklinik Finkenau）舊址，前總理赫爾穆特．施密特（Helmut Schmidt）便誕生於此，廊道寬敞、樓層高挑、足有一人高的敞亮大窗、帶著紋飾的淺灰色柱體、酒紅色的地板，還有今日不會再有業主同意那樣做的寬敞樓梯間，新聞系學生的教室主要在四樓。當年雷洛提烏斯修習的科系，在近年學校轉型後已經停招。

和其他新聞專業學校一樣，漢堡媒體學院的課程也以研討課為主，由學校聘請有實務經驗的講師主持。每位講師有各自專長的領域，且課程安排講求理論與實務並重，期許該校學生能於在校期間見識到新聞工作的各種不同面向。舉凡如何架構一條新聞報導的內容？新聞播報稿、專題報導和新聞評論的差異在哪裡？如何寫出好的評論？學生為《布里姬特》（*Brigitte*）雜誌、《亮點》雜誌、《德國金融時報》等不同刊物策畫網路版內容的呈現方式，同時也參與構思私人及公共電視頻道的紀錄片與新聞雜誌節目的內容，甚至在衛星一號電視台（Sat.1）督導下為該台製作一整個節目。

漢堡媒體學院的研究計畫和課程名稱，就像在那裡授課的許多講師的名字一樣響亮，比如出版商雅各・奥格斯坦（Jakob Augstein）曾於二〇〇九年十月開設一堂課程名稱為「紙本媒體創新實驗室」（Innovation Lab Print）。該校並以「為報章雜誌新聞業打造未來的創新模式」（innovative Modelle zur Zukunft des Zeitungs- und Zeitschriftenjournalismus）為學校的一個智庫命名。當時的奥格斯坦除了為《時代周報》撰稿，同時剛於二〇〇八年接手《周五周報》（*der Freitag*）的經營權。

這些學程的規制都不大，第一年還有二十一位學生，包含六名來自瑞士姊妹校的交換生，第二年僅餘十五名學生。有幾個準新聞從業人員曾經試過換到其他老字號或較有名氣的新聞專校，比如漢堡的南恩新聞學校（Henri-Nannen-Schule）或是慕尼黑的德國新聞專業學校（Deutsche Journalistenschule），但他們的轉學申請都沒通過。

在這樣的班級裡面，競爭壓力之大可想而知。許多講師直接以實務工作分派作業。這類實務形式的作業需要學生撰寫文章，可能是一篇新聞播報稿、一則新聞評論、嘲諷式評論，或是一篇報導文稿。寫完後由學生自己在課堂上朗讀出來，這樣很快就能察覺到誰文筆好、誰筆鋒健、誰又是寫分析評論的好手，學生每天都有比較的對象。有些人喜歡這樣的競爭方式，多半是因為這些人表現得特別好，另外一些人則總要為這樣的場面感到困窘與苦惱。

雷洛提烏斯在這些課堂上的表現也是一貫地靜默自持，他雖然寫得不錯，但當時還看不出幾年後他在《明鏡周刊》內部會獲得「百年難得一見人才」的稱號，那時他就是一個合群、可靠、遇事不推諉、不強出頭的人。喜歡電子音樂，熱衷於看電影，同時也像許多其他新聞從業人員一樣，喜歡美國電視連續劇。因為喜歡鏡頭，他原本想往電視發展，但這個職業志向在接下來的兩年內發生了變化。他突然意識到他在新聞業的位置應該是：在國外、紙媒的記者。總之，他寫的內容不應該發生在德國境內，而且也無法從網路上輕易搜尋到相關資訊；多數印出來的報導文章在發表後，只能以付費方式在專屬檔案中讀取。他甚至為自己如此特殊的職業志向提出了很好的理由。他表示，未來勢必有更多編輯部會裁撤掉常駐的特派員，這是迫於發行量逐年降低的必要做法。如此一來，以海外議題為重心的自由撰稿人就有發展的空間了。以上是雷洛提烏斯被問及為何不寫德國境內事件的報導文時，對外的標準說法。

雷洛提烏斯在漢堡媒體學院時期的同學，對他僅存的印象也確實是他寫的故事。他曾試圖讓一些人相信，他在柏林的《德國之聲》實習期間訪問過具傳奇色彩的足球教練漢斯・麥爾（Hans Meyer）。當時的麥爾已經不再活躍於體壇，只有少數他願意接受獨家採訪的記者，才有機會親炙他的風采。麥爾口才好又風趣，可能是在德國的運動教練中最聰明的一號人物。「足球運動可以很快讓人建立起英雄形象，但也很容易在一夕之間成為落水狗。」這是麥爾曾經在一次訪談中留下的經典名言，如今已成為談論足球時難得的金句。過去有《畫報》記者努力多年，希望能採訪到麥爾，卻一直無法成功。因此當雷洛提烏斯提到他訪問過麥爾時，才會讓聽到的同學印象特別深刻。

但他說的當然不是實話，而且當時《德國之聲》若有這樣難得的採訪機會，當然不會派一位實習生上場。整件事情也很容易證明：在YouTube上可以找到一段專訪現場錄影的花絮，影片一開始就可以看到雷洛提烏斯，他站在一扇玻璃門後方。訪談進行時，也可以看到他在一旁的影像。但自始至終為《德國之聲》訪談麥爾的並非雷洛提烏斯，而是《德國之聲》的體育編輯飛利浦・恩格哈特（Philipp Engelhardt），當時的實習生雷洛提烏斯僅是獲准在旁觀摩。

雷洛提烏斯求學時期類似的故事很多。比如，某次教室裡面掛了幾幅中東的照片，駭人的畫面、樓面被炸得粉碎、還冒著煙的廢墟、非常專業的戰地拍攝手法，看到這些影像，任誰都不會懷疑攝影師必定冒著失去性命的危險才能拍到這些照片。當時的學生雷洛提烏斯確實在學期的假期間到過以色列和約旦，不過是為了另一種歡樂的場景。從已經停刊的《德國金融時報》的歷史網頁中，可以找到雷洛提烏斯曾經發表過關於約旦的一場電子音樂祭和約旦河西岸一個舞蹈教室的文章。這些文章中有幾個自相矛盾的地方，也可以找到幾處他從其他地方抄來的段落，或有些與事實不符之處，甚至是他捏造的內容。重點是，這幾篇文章的內容就像他早期的作品一樣，內容都乏善可陳，但那些掛在媒體學院教室裡的照片可一點也不無聊。當時的同學只以為，認識雷洛提烏斯一年多以來，竟然到現在才發現他體內潛藏著勇氣可嘉又專業的戰地攝影魂，大部分人甚至不知道原來他有攝影設備。

最厲害的故事莫過於發生在墨西哥的報導了。二〇一一年雷洛提烏斯曾經為《德國金融時報》、《時代線上》（*Zeit online*）和《世界日報》寫過關於墨西哥回收大王特耶茲（Téllez）的報導——帕布羅．特耶茲．伐爾貢（Pablo Téllez Falcón）當時是墨西哥城的熱門話題。全球最大的博爾多波尼安特垃圾掩埋場（Bordo Poniente）上，隨時有上百名資源回收工人在移動，這些工人都受到特耶茲的控制和欺壓，而特耶茲卻因轉售廢五金牟利，得以創建一個資源回收帝國。據傳，如果要逗一位墨西哥記者笑，只要跟他說，有個新聞系學生為了採訪特耶茲，抵達後一下飛機馬上衝向博爾多波尼安特垃圾掩埋場。這個傳聞之所以好笑，是因為身為記者想要靠近這個垃圾掩埋場是幾乎不可能的事。

比起雷洛提烏斯發表過的文章，更駭人聽聞的應該是他曾向漢堡的幾個朋友講的天方夜譚。據他說，他得到和一名墨西哥毒梟會面的機會。見面前當然要先經過嚴密安全檢查，接著幾個保鑣把他的眼睛蒙住，再讓他搭上車。眼睛被蒙住的雷洛提烏斯在完全不知自己身在何處的情況下，只知車子開了很久，最後終於見到那位毒梟並訪問了他。

這些故事都有個共同點：雷洛提烏斯的固定套路糅合了真假元素，故事中有部分情節尚屬真實。以上的例子中，記者蒙住眼睛後被帶上車，然後見到大毒梟的故事，是每個在墨西哥的記者都聽聞過的標準劇情。

二〇一〇年初，綽號「五月」（El Mayo）的毒梟第一次、也是唯一一次接受訪問。他的全名是伊斯馬耶・馬里歐・贊巴達・加西亞（Ismael Mario Zambada García），是毒梟中的傳奇人物，和綽號「矮子」（El Chapo）的古茲曼（Guzmán）同為錫那羅亞販毒集團（Sinaloa-Kartell）的創始人。「五月」從事毒品交易幾十年，頭上頂著五百萬美元緝捕賞金的「光環」、如神般神聖不可侵犯、充滿神秘色彩，而且據傳多次在臉上動刀整容。主持那次訪談的人是已故墨西哥知名記者，同時也是墨西哥當地知名政治雜誌《程序》（*El proceso*）雜誌的創辦人胡立歐・榭勒・加西亞（Julio Scherer García），那次專訪在新聞界轟動一時。

當時雷洛提烏斯犯了幾個他應該不會再犯的錯誤。首先，他忽略了正因為傳奇教練麥爾很少接受訪問，所以總有人會蒐集相關資訊上傳到網路。再者，戰地攝影工作並非在兩個電音派對的空檔、隨時跑去現場晃一下就能捕捉到好題材的任務。至於初來乍到一個陌生國度進行採訪，就以蒙眼挾持的開頭未免也太浮誇了。最後他決定稍作「加工」，讓他在訪查後對自家編輯說出更吸引人的故事。

事件的發生不應指責漢堡媒體學院沒有善盡責任，責怪這所學校沒有指導學生「真相查核」的重要性。不過，一所荷蘭新聞專校的做法卻是很好的示範。荷蘭的新聞專校讓學生針對在該校就讀期間發表的文章進行真相查核工作，並從中找到諸多錯誤。於是，漢堡媒體學院也跟著做。他們用兩個星期檢核多篇報導。幾乎每篇文章都能讓學生找到問題，有時是細枝末節的小失誤、數字誤植、拼寫錯誤，這類問題不少甚至多得說不過去，或也有真正的問題，包含將整個新聞稿段落直接「複製、貼上」的情形。

學院的講師藉此機會向學生說明專業的資料查核員這份工作的重要性。提點他們發現文中錯誤和矛盾之處的方法，以及如何追索與確認造假的內容、評估引述發言的可信度。探討過少或過多細節可能帶來的干擾。我可以想像得到，這類教學內容對雷洛提烏斯的作用：大概就像對一個專門訓練來反制裝甲部隊的人說明如何造好保險箱一樣諷刺吧！

在這堂課上還有一些事值得一提。那就是當學生拿這些文章中找出來的錯誤去問撰稿的記者時，得到的反應令人感到寒心。在這些記者中，有些人覺得無聊、有些人覺得生氣、有人覺得自己受到侮辱、有人還能拿來開玩笑。總之，幾乎沒有人認真看待新聞系學生在他們文章中找到的問題，而編輯人員也沒有認真對待忠於事實真相這個原則。當時這些學生得到的印象是：反正寫出來的報導中有錯也不是太嚴重的事，因為面對這些錯誤，撰稿人的態度不是置之不理，就是開玩笑或極力否認。總之，沒有人認為文章中有些錯誤會帶來什麼嚴重後果。倘若這裡談的是某本小說，接下來發生的事可能就不那麼重要，可以跳過不管，因為不需要更多令人錯愕的轉折了。但這裡說的畢竟不是小說。

如出一轍的造假事件

漢堡媒體學院在講到「訪查」這個議題時，會讓學生看《欲蓋彌彰》這部電影。注意，這部電影的英文片名「Shattered『Glass』」不是雷洛提烏斯的名字C開頭的「克」拉斯，而是G開頭的「葛」拉斯。二〇〇三年的這部電影改編自造假報導事件主角史蒂芬・葛拉斯的真實故事，講述的是政治雜誌《新共和》的年輕記者連年捏造報導內容的醜聞。電影中呈現出來的葛拉斯親切、受歡迎、行止內斂，年紀雖輕，稿子卻寫得很好，總有辦法挖掘出特別的報導題材。認識雷洛提烏斯、也看過這部電影的《明鏡周刊》同事，在雷洛提烏斯的造假事件爆發後都極為震驚。「雷洛提烏斯也做了同樣的事啊！」編輯部一位同事這樣對我說過。

電影中的葛拉斯和《明鏡周刊》的克拉斯，這兩個人做的事不僅雷同，簡直是一模一樣。他們親切、謙虛和受歡迎的程度，就好像雷洛提烏斯進入這一行是受到這部電影的啟發，之後也從這部電影得到造假新聞的靈感一樣。西班牙《國家報》在一九九八年的報導中寫過：「葛拉斯深入其他記者到不了的地方、訪問到同行見不到的人，他蒐集到的大量資訊、周邊小故事和引述的發言，隨著報導回到編輯部，大聲地召喚著頭版。」《國家報》以上這段文字其實只要改一下名字又可以再用一次。

葛拉斯後來承認造假。他表示，那樣做只是為了贏得周遭人的「敬意和愛慕」。這是一種成癮現象，他想要取悅他人，希望得到他人欽佩的眼神，所以做了那些事。「我對家人、女友和其他朋友都說了謊。如果我養狗，那條狗應該也是我說謊的對象。」葛拉斯二〇〇三年在一次電視訪談中曾說過這些後來讓他追悔莫及的話。他曾經想要成為另一個人。一開始，葛拉斯當時的同事也都不相信他會寫出不實的報導。直到真相大量爆出來前，他還跑到同事面前哭訴，不過，當然又撒了謊。「他就是個懦夫。」事後一位同事對葛拉斯做了如此的註解。

後來葛拉斯因為一篇關於秘密駭客的報導受到質疑，整個事件才由他當時的主編揭發。事件發生後，葛拉斯進入法律系就讀並取得學位，但畢業後無法取得律師執照。如今他在律師事務所工作。據統計，葛拉斯寫的報導中，有造假內容的將近三十篇。但這個數目遠比雷洛提烏斯的紀錄少得可笑。

我無法得知，當時雷洛提烏斯看過這部電影後有什麼感想。尤其是看到電影中，葛拉斯用他親切、和善的態度迎合同事，再用一個又一個謊言把他們唬得團團轉，然後在同事間越來越受歡迎。雷洛提烏斯當時大概以為，自己可以像他喜歡的電視影集《火線重案組》（*The Wire*）第五季裡面《巴爾的摩太陽報》（*Baltimore Sun*）的記者史克特．坦伯頓（Scott Templeton）一樣，在捏造一篇接著一篇的報導後，即使中間有幾次差點被拆穿，最終還是以一篇造假報導獲得業界人士都渴望的普立茲獎。幾乎可以肯定的是，雷洛提烏斯知道這所有新聞界知名的造假案例。因為他和幾個朋友討論過這些事件，並表現出著迷於這些案例中的人物。

二〇〇〇年，瑞士記者湯姆・庫默（Tom Kummer）爆出訪問幾位好萊塢明星的捏造醜聞。二〇〇三年五月，傑森・布萊爾（Jayson Blair）迫使《紐約時報》發表創刊一百五十二年來最長的頭版報導。當時擁有傲人歷史的《紐約時報》用了七千二百三十九個字向讀者說明，自家記者布萊爾的報導涉嫌杜撰或部分抄襲，事後布萊爾被診斷出患有躁鬱症。

我想過很多對於雷洛提烏斯為何選擇進入新聞業，或更準確地說，他為何會想擔任記者、從事撰寫報導工作的原因。其中一個不討喜的理由，或許是因為對有心欺騙的人來說，這是一個很好發揮的領域。敘事的藝術終究只是一種資格，撰稿人可能在風格文章結構或語言上表現欠佳，但只要能挖掘或體驗過不為人知的事物，所有條件都可以退居次要地位。當人有心說謊，比如像雷洛提烏斯那樣說出令人信服的謊言，就會出現像運動競賽上使用興奮劑那樣的作用。於是，他成為唯一一位訪問到自願觀看死刑執行現場的尋常婦人的記者、成為唯一訪問到時運不濟的球星父母的記者、唯一一個訪問到虐待童工的工廠所有人的記者，然後以一種充滿對比又扣人心弦的方式記錄下來。

《明鏡周刊》前總編輯奧斯特常提起一件事：「我的一位攝影師某次意外拍到一個汽車翻覆的事故現場。那些畫面當然不會像好萊塢電影裡面看到的那麼驚心動魄，但與電影不同的是，看到事故真實發生在眼前時，你無法移開視線，因為那是真的、真實發生的，沒有比事實真相能帶給人更強大的感受。」

雷洛提烏斯就是不斷寫出這類「真實的意外」。這種情況只能在一切以信任為基礎的新聞業才可能發生，尤其如果戰爭發生地在難以驗證的國外，就只能相信報導的內容。於是，這個區塊也就成為信任最容易被濫用的地方。

難以計數的杜撰與造假

雷洛提烏斯決定成為記者後，他必須出名好讓自己在這行站穩腳步。那是二〇一一年夏季，他剛成為自由撰稿人。那絕不會是輕鬆的時期。自由記者是事多錢少的工作，如果沒有接到新聞社派發的案件，情況尤其困難。出版社給的稿費越來越少。過去可能只是少，但如今是根本無法支應基本生活。即便偶爾釋出少數幾個固定職位，薪水也是少得可笑。早在幾年前，就可從新聞專校申請入學人數逐年減少的情況感受到這股趨勢。

自由撰稿人必須盡量和多位編輯維持聯繫，需要能夠多方供稿，最理想的狀態甚至要能一稿多用才能維持生計。尤其是剛開始還沒什麼名氣時，就必須仰賴真正有話題性的題材。編輯通常會比較信任自己認識的撰稿人，這點是可以理解的。

雷洛提烏斯的第一篇全國發行的報導發表在《德國金融時報》，他也曾經為《世界報》寫過關於以色列與墨西哥的報導。他的報導幾乎從一開始就存在錯誤、不正確，或是虛構的情形。他在《法蘭克福廣訊報周日版》（Frankfurter Allgemeine Sonntagszeitung）發表過一位墨西哥部落客的專訪，但事後無法驗證該部落客的真實身分。同一位部落客的訪談內容他也向《明鏡線上》詢問過採用意願。

雷洛提烏斯在為《德國金融時報》寫稿之餘，固定供稿的第一個刊物是保守的瑞士《世界周報》（*Weltwoche*）。他前後在該報發表過約三十篇文章，以人物訪談為主，另外也有一些報導性質的文章。其中一篇報導探討美國俄亥俄州某個小鎮在歐巴馬尋求連任之際，決定轉向支持對手黨派的原因。雷洛提烏斯在該報導中虛構了主角史蒂芬．威特（Steven Witter）。

雷洛提烏斯為《新蘇黎世報周日版》（*NZZ am Sonntag*）寫的一篇文章中，報導挪威一座讓犯人自由行動的島上監獄巴斯托（Bastoy）。文中提到該監獄有一位名叫佩爾．卡司達德（Per Kastaad）的受刑人，並形容卡司達德有灰色捲髮、寬闊的肩膀、看起來不好惹的眼神，但實際上這個人並不存在。同樣的情況也發生在另一篇題為〈以眼還眼、血債血償〉（Auge um Auge, Blut um Blut）的主角延瓦．巴希（Jenva Bashi）上。據該報導敘述，這號人物慣常穿著羊毛衫搭橡膠長靴，是阿爾巴尼亞非政府組織國家和解委員會的代表。可惜的是，並沒有巴希這個人。在雷洛提烏斯的報導中，這位巴希曾為阿爾巴尼亞境內其差無比的道路品質提出說明表示，如果要進行道路整治工程，會受到阿爾巴尼亞人的反對，因為路況不佳可以延緩尋仇者接近被報復對象的行動速度。

即使至今還有許多人不願相信，但從上述兩篇報導已經可以看出一些跡象：雷洛提烏斯的報導有偏左派的情形，如此才能迎合《明鏡周刊》的政治傾向。他是個有政治傾向的記者，只不過他的政治傾向也極有彈性就是。如同前面提過的，雷洛提烏斯是個能對談話對象表現出同理、讓對方以為自己的感受被理解的人。把雷洛提烏斯的這一個特點套用到他寫的文章上也可以成立，畢竟無論編輯或讀者都也只是有人性的人。如此一來，要知道他們的希望、滿足他們的期待就不是什麼難事了。就連身為記者的人也比較喜歡聽從自己的心聲、相信自己相信的、害怕令自己感到不安的，只不過這些也可能受到操控。就像不少《明鏡周刊》的讀者相信，美國人一定瘋了才會選出川普這樣的人當總統一樣，瑞士保守派媒體《世界周報》也有不少讀者對阿爾巴尼亞人的看法有所保留。

那麼像雷洛提烏斯這樣不顧真相，只為尋求認同與肯定的人會做出什麼事呢？於是，發表在《明鏡周刊》的多篇虛構報導中，都可以讀到來自美國中西部、蠢得不得了的川普支持者，或是早幾年為《世界周報》寫的那篇文章中，讀到不文明的阿爾巴尼亞人如何生活在充滿各種報復行動的日常中。

雷洛提烏斯其實既沒有可以讓他願意在新聞工作中為之奮力一搏的政治傾向，也沒有政治理想。他只是寫下他自以為編輯願意刊出的內容，他大可在不影響真相的情況下順應需求寫稿。以下只是幾個例子：在被歸為保守傾向的《西塞羅》雜誌中，雷洛提烏斯曾提到，阿爾巴尼亞北部的小城斯庫達蘭（Shkodram）約有十三萬五千住民，其中竟有大約三千個家庭有血海深仇的糾葛。對此，英國BBC電視台提出的數據是八十七。在已經停刊的瑞士巴塞爾《每日周報》（*TagesWoche*）上，雷洛提烏斯曾發表過一則報導，內容是關於一場在塞拉耶佛（Sarajevo）舉行，讓過去在戰場上的敵人互相傾吐心理創傷的活動，但實際上從來沒有過這樣一場活動，不過雷洛提烏斯仍在報導中寫下這樣的句子：「在波士尼亞和克羅埃西亞八卦小報的版面上，經常充斥著各種血腥畫面，退伍軍人在公共場所自焚，或是在直播的電視台攝影機前引爆炸彈將自己炸得粉碎，諸如此類的事件在當地不斷發生。」

雷洛提烏斯的報導造假清單長得不得了，虛構或捏造的報導數量高達上百件，他的報導幾乎每一則都有問題，只有少數幾篇正確無誤，主要是一些需要經過授權認證才能發表的專訪紀要。造假醜聞爆發後幾個星期的某日，我收到《明鏡周刊》一位資料查核員發來電子郵件，他顯然深受打擊，在電郵中寫道：「喔耶！我們終於找到第一篇出自雷洛提烏斯之手、沒有問題的報導了。」

我無意把雷洛提烏斯所有內容有問題或虛構的文章一一提出來討論。比起單純討論數量，更重要的是探討早在一開始就有跡可循的造假手法。雷洛提烏斯顯然早就理解到，要在新聞界快速往上爬的唯一方法。他並非出自一所非常有名的新聞專校，又沒有人脈可以接觸到從事編輯工作的人，在漢堡媒體學院期間，他的表現似乎也沒有讓任何講師留下特別深刻的印象，可以在他離開學校後為他安排一些自由接案的工作。於是對雷洛提烏斯來說，要成名只剩唯一的方法：一定要得到記者獎的肯定。

事後回顧起來，雷洛提烏斯的決定似乎是用對了方法，使得他以驚人的速度往上竄升。雷洛提烏斯在新聞界的成功絕非純靠運氣的偶然，也不是他的才能使然，而是他規畫了很久並且冷靜執行的結果。

各類獎項的常勝軍

據說，德國境內有超過五百個頒發給新聞工作者的獎項。其中真正受到重視的獎項大概有十個，頂多十五個。只要是發表過的文章，雷洛提烏斯幾乎每篇都會送出參選申請。所以在畢業不久的二〇一二年，他馬上就獲得瑞士青年記者獎（Schweizer Medienpreis für junge Journalisten），並在德國新聞社（DPA）的記者新秀競選中獲得「德新社新聞人才」（dpa news talent）亞軍。除此之外，科堡媒體獎（Coburger Medienpreis）也是在他入行不久後就獲得的獎項。最終，雷洛提烏斯在不到八年期間，囊括超過四十個獎項，其中包含四次「德國記者獎」、「奧地利雜誌獎」（Österreichische Zeitschriftenpreis）、「媒體自由工作者獎」（Medienpreis für Freischaffende）、烏里希維克特基金會（Ulrich-Wickert-Stiftung）的「彼得・休爾－拉圖獎」（Peter Scholl-Latour-Preis）、「康拉德・杜登獎」（Konrad-Duden-Preis）、「歐洲新聞獎」（European Press Prize）、「天主教會兒童急難救助獎」（Preis der Kindernothilfe der Katholischen Kirche）、「科堡市文學獎」（der Preis der Stadt Coburg）及其他獎項。另外，他還曾被選為「CNN年度記者」（CNN-Journalist of the Year），並獲菸商里滋麻頒予「自由獎」（Reemtsma Liberty Award）殊榮。當時的授獎評語稱：「雷洛提烏斯的報導訪查極為詳盡、描寫深刻而透徹，實堪比文學之佳作。即使在認為已經聽過也讀過所有相關內容的情況下，雷洛提烏斯仍然有辦法以他出色的作品，為讀者開啟嶄新認知的另一番眼界。」

算下來，雷洛提烏斯大概每十或十二周就要上台領獎一次。他能夠獲得超過四十個獎項，也代表他實際申請的獎項應該更多。也就是說，他雖然獲獎無數，卻不是所有投稿的文章都能獲獎。有些獎項要求不只要提出報導作品，還要提交一份報導緣起／說明撰寫歷程的小報告，也就是一篇簡短的撰稿履歷。多數記者根本沒時間持續將自己的報導到處寄去參賽，而且大部分記者也確實需要時間對報導內容進行訪查與研究。

雷洛提烏斯很早就領悟到一點：在一個講求客觀和證據的世界裡，年輕記者要快速闖出一片天的方法，莫過於獲得那些依評審人員絕對主觀的評判標準頒發給新聞工作者的相關獎項。對於抱持這種想法的人，外人或許會為之感到遺憾，或是批評他，甚至嘗試改變他，但無論如何就是無法否認這種現象確實存在。比如亨利・南恩新聞獎（Henri-Nannen-Preis）、德國記者獎、提奧多・沃夫新聞獎（Theodor-Wolff-Preis）、艾克瑟・史普林格新聞獎（Axel-Springer-Preis）這些新聞界比較知名、重要的獎項，一旦獲獎，對在這行往後的發展有很大的助益。因為得獎人的名號會在閱聽人之間流傳開來，編輯也樂於將這類得獎經歷寫進作者簡介中，而且此後包含主編在內的同事在讀他的文章時，也會另眼對待。

對新人記者來說，得獎更是成名的唯一方法。無論在文學界、學術界或是影視娛樂圈，到處都可見到類似的規則。得獎是很重要的事，所有人都希望自己能得到獎項的肯定，而沒得過獎的人在得獎前，又都覺得這些獎項的存在名過其實。《明鏡周刊》裡面就有人稱此為「新聞從業人員得獎精神自慰」（Journalistenpreisgewichse）現象。

如果試著檢視讓雷洛提烏斯開始成名的文章，很難不注意到他與瑞士《報導》雜誌總編輯大倪・普恩塔斯・貝爾涅（Daniel Puntas Bernet）的一段對話。《報導》雜誌之於新聞敘事，猶如一份經典的愛之告白，這份雜誌中的報導讀來往往有如好的文學作品般令人感動。《報導》雜誌每年發行六次，書封以特別的紙張做成一般書本尺寸。裡面的內容不會有照片，但是集結優秀的撰稿陣容寫出的好文章，如西碧勒・貝格（Sibylle Berg）、羅傑・威廉森（Roger Willemsen）、艾爾文・寇赫（Erwin Koch）、阿儂・葛陵貝格（Arnon Grünberg）等。

二〇一二年底，雷洛提烏斯去電《報導》雜誌，提出一個報導題材的構想。美國加州聖路易奧比斯波（San Luis Obispo）有座監獄正在推行受刑人互助計畫，由較年輕的囚犯照顧那些被判無期徒刑、罹患失智症的老年獄友。全美國有近一百六十萬受刑人，其中刑期二十年以上的受刑人超過百分之十。人滿為患的監獄無力照顧罹病的受刑人，所以才有了受刑人互助計畫。貝爾涅是個體貼、穩重的人，當時一聽就表示，這樣的報導題材聽起來固然不錯，但也要有人能進得去監獄那樣受到安全戒護的地方才行；人要先進到裡面，才能實地了解殺人犯和強暴犯間互相照顧的情形。貝爾涅在二〇一一年創辦了《報導》雜誌，如今才剛穩固了這份雜誌在業界的地位。不過幾年時間，對許多記者而言，為《報導》雜誌撰稿已然成為優秀的代名詞。能夠在這裡發表文章的人，等同宣告自己寫得好。因為每期僅有少數幾篇報導能夠擠上版面。

貝爾涅說得不無道理，雷洛提烏斯的構想甚至是可以拍成電影的題材，不過，從概念到實踐的過程成功的機率並不高。因為即使能以記者的身分進到監獄裡面，大都也只能隔著玻璃窗觀看。也就是說，進到監獄可以，但是必須受到許多限制。至於記者在監獄裡面任意採訪大規模殺人事件的兇手，根本是不可能的事。

貝爾涅接過很多類似的電話。於是，他在電話中告訴雷洛提烏斯，他把整個採訪行動想得太簡單了。後來回憶起雷洛提烏斯，貝爾涅對他的印象是言談間比較拘謹、害羞的人，當時的貝爾涅並不認為雷洛提烏斯可以完成那篇報導。

那通電話的最後，雷洛提烏斯客氣地感謝貝爾涅的指教。接下來大概有半年時間，雷洛提烏斯沒再和他聯絡。就在貝爾涅幾乎忘了雷洛提烏斯這個人時，收到雷洛提烏斯寄來的電子郵件，內容是一篇稱得上他讀過情節最緊湊、最吸引人繼續往下讀的報導。雷洛提烏斯作為記者的視角是那麼貼近他報導中的人物，就好像連這些人在洗澡時，他都在一旁觀看，甚至和他們一同哼唱著歌曲！在淋浴的時候！在美國嚴密執行安全戒護的地方！雷洛提烏斯、一個患有失智症被控兩條謀殺罪的犯人，和另一個用鋸子把自己的妻子肢解成七大塊的受刑人。

貝爾涅和雜誌社負責雷洛提烏斯稿件的編輯一開始就直覺不大對勁，所以他們在那篇報導發表前去電「加州男子監獄」（California Men's Colony），詢問是否曾經有位名叫雷洛提烏斯的德國記者去採訪。獄方回覆：「確有其事。」這個答案讓《報導》雜誌這方的人感到滿意。其實他們大可再進一步調查，比如他們可以問獄方是否管理上出了問題，竟然讓記者輕易跟重刑犯一起去洗澡，但因為某些合情合理的理由，最後他們並沒有那樣做。

雷洛提烏斯確實到過那裡，也向編輯詳細說明，他如何一再向獄方提出申請、如何鍥而不捨而不捨地說服對方，最終才達到目的。除此之外，他還拍了照片。於是，編輯相信他了，那篇報導就這樣發表了：

一開始情況並不那麼明顯。其他人也沒有察覺到，更別說他自己。某天，他像突然變了一個人。起初，他只是在打撲克牌的時候突然停下來，或在不該翻牌的時候翻牌，或是在下棋的時候，出現新手才會犯的錯誤，就好像他有自己的規則一樣。接著，他越來越常提出相同的問題，有時候只是轉眼間的事，他已經把前面得到的回答忘得一乾二淨。有天晚上他在食堂打翻牛奶，自己的那份餐點全被弄濕了，他看著、看著竟然笑了起來，以為是澆花時間到了。之後有其他受刑人看到他在淋浴間拿著一塊香皂不是用來洗澡，而是拿起來啃。

大家對這位羅納德．蒙哥馬利（Ronald Montgomery）說話都用敬語，並尊稱他為蒙哥馬利先生，只因為他忘了自己的名字叫什麼。最近，這位蒙哥馬利先生越來越相信自己生活在遊樂園裡面，而不是在令人聞之生畏的加州男子監獄中。這座受到高規格安全戒護、周圍不是山就是荒地的監獄所在地鄰近加州小城聖路易奧比斯波，今年七十四歲的蒙哥馬利先生已經在這裡度過四十個寒暑，因為他是美國史上情節最嚴重的罪犯之一。

那些簡陋狹小的牢房對他來說就只是等候室。監獄廊道昏暗、聞起來有亞麻地板的味道，在他看來就像是地底隧道的迷宮，而監獄戒護員就好像是遇到時要嚴格檢查入場券的安檢員。總之，所有的事物在他的世界中自成道理，只是永遠找不到旋轉木馬和雲霄飛車。每當蒙哥馬利發現這件事時，就會開始躁動不安、哭鬧、叫喊，直到穿深黃色制服的戒護員前來，把他像個小男孩一樣摟著，輕撫著他的背讓他冷靜下來。其他受刑人都說，「蒙哥馬利瘋了。」每次這些受刑人戴著手銬挨個兒往監獄中庭移動，經過蒙哥馬利的牢房，總會瞥見他瘦小的身軀頂著一頭白髮坐在臥榻上，空洞的眼神直直望著，就像盯著沒有打開的電視機般，這時他們多半會搖搖頭或是不懷好意地冷笑幾下。

但是蒙哥馬利不是瘋了，他是病了。病名是阿茲海默症。

以上的文字作為文學短篇小說未免有些感傷，但作為報導，挾帶真相引發的衝擊力道，簡直是上乘之作。問題是，如同雷洛提烏斯的許多文章，這篇報導的內容是杜撰的。獄方雖然確實有這類受刑人互助行動的規畫，《紐約時報》的記者潘・貝洛克（Pam Bellock）也曾在二〇一二年做過相關報導，但是蒙哥馬利服刑的地點並不在這座監獄，而且他的實際年齡還要小上二十來歲，並非七十四歲。至於文中提到蒙哥馬利的照護者是後來入監服刑的拉札德・佩雷托里烏斯（Lazard Pretorius），在現實中根本沒有這個人。

雷洛提烏斯就是做了他反覆在做的事：他在美國媒體上找到一篇有趣的報導，在這個例子中就是《紐約時報》。接著他以報導中的材料移植了部分內容，再加上自己的想像，一篇有得獎面向的報導就這樣寫出來了。這篇名為〈殺人犯擔任照護員〉（Der Mörder als Pfleger）的報導成為他在新聞界的一大突破。二〇一三年，他以這篇報導拿下人生中第一個記者獎，緊接著又獲得瑞士的「媒體自由工作者獎」、「奧地利雜誌獎」以及「CNN年度記者獎」。

雷洛提烏斯在二〇一三年首獲記者獎的頒獎典禮致詞人，是他後來在《明鏡周刊》的上司費希特納。費希特納後來在二〇一八年十二月十九日以個人身分，在《明鏡周刊》發表了揭露整個事件的公開信，在德國新聞界投下震撼彈。費希特納的公開信標題為：「記者的操弄：《明鏡周刊》揭發自家報導造假事件」。文章發表後，受到許多人的批評。批評者認為，該文敘事性太強、情感太豐富、對寫作風格的著墨太過仔細，對造假事件的主角雷洛提烏斯又太同理。我認為這些反對意見都是可以理解的，只是最終不免偏離了主題。倒是另有一種批評觀點引起我的注意：有人疑惑，費希特納是當初頒獎給雷洛提烏斯的人，之後費希特納不僅帶雷洛提烏斯進《明鏡周刊》，還一路提拔他，甚至拖延查明真相的時間，而且顯然有意進一步舉薦雷洛提烏斯成為主編，為什麼偏偏是費希特納搶在全《明鏡周刊》六百位記者之前，把這件醜聞公諸於世，而這些被公開的並不是無關緊要的資訊內容！

費希特納在二〇一三年的頒獎典禮致詞時提到：

「評審很難做出決定，因為有些情況就是非常困難。期間我們有過激烈爭執、意見分歧的時候，我們也反覆辯論，因為這在本質上關乎我們這個職業一直以來面對的難題，那就是如何選出與公共事務相關的報導題材。沒有具體的審查機制，也不會用不光明的手段干擾題材的選擇，是否與公共事務相關全憑觀察者的判斷，而故意殺人、戰爭或過失殺人等題材未必就能做出好的報導。若有文章的字句間有歌唱、讓人在絕望中生出企盼，也可能是更好的報導。我們就好像站在這樣的問題前面，卻無法為之提出最終解釋，因為這個問題本身就沒有答案。於是我們只能不斷地針對每個事件、每篇文章逐一進行討論。這其中當然會涉及個人感受、涉及閱讀體驗，而且謝天謝地，仍然必須由多數意見做出最後決定。本年度最佳報導獎深入美國加州聖路易奧比斯波、一座受到嚴格安全戒護的監獄裡面。在那裡，無論是因為殺人、猥褻兒童罪或是其他犯行而被監禁長達四十或五十年的人，都可能罹患失智或阿茲海默症。於是問題就出現了：這些罹病的受刑人怎麼辦？雇用照護人力的支出實在過於龐大，因此就有人想到，不如讓身在同個監獄的受刑人接受照護員的訓練，讓他們照料有需要的獄友。這些接受訓練的受刑人，過去也可能同樣因為有殺人、猥褻兒童罪或是其他犯罪行為而入監服刑。雷洛提烏斯在《報導》雜誌中，將這個耐人尋味的世界、激勵人心的故事，轉化為一篇優秀又動人的報導，讓評審團決定把『二〇一三年度最佳報導獎』頒給他。」

費希特納很喜歡那篇報導，所以不久後就邀請雷洛提烏斯為《明鏡周刊》社會編輯部撰稿。蓋爾和費希特納兩人當時同為主編，而雷洛提烏斯也知道，他在那裡可以得到絕佳的訪查報導機會。他可以做很多國外報導，而且那些文章都不會發表在網路上，只會刊行在紙本刊物上。雷洛提烏斯做到了。他在二〇一一年夏季畢業，才不過兩年時間，他已經登上德國新聞界的頂峰。

不久後，雷洛提烏斯又得到「CNN年度記者獎」。頒獎典禮在二〇一四年三月二十七日舉行，規模盛大，現場來了許多各界名流，地點在慕尼黑藝術之家（Künstlerhaus am Lenbachplatz）。紅地毯、華麗的晚禮服、許多重量級人物、主持人、演員、總編輯、政治人物穿梭在會場中。現場有攝影團隊負責錄下這些影像，YouTube上都可以看得到那天雷洛提烏斯身穿剪裁合宜的黑色西裝，搭配白襯衫，兩度站到台上。對雷洛提烏斯來說，那又是一個勝利之夜。

當時他被問到，他獲准待在監獄的時間有多長？「十天，從一早到下午六點。」他回答。獄方要求他穿著深色衣物，以便和受刑人有所區別。「那麼，又是如何獲得訪問許可的呢？」把獎頒給雷洛提烏斯、說德語的CNN記者問到。一般的認知裡，在美國，記者的監獄參訪行程通常只能坐在玻璃窗外觀看，無法直接進到裡面去。

「沒錯，確實不容易，但發了很多電子郵件，呃……還有一些，呃……必須以郵寄方式寄出的實體信件才辦到的。」雷洛提烏斯回答。他的回答中連續出現的「呃……」和思考停頓，並沒有讓他的說詞變得不可信，反而讓人覺得他很可愛，好像現場氣氛讓他緊張到應付不過來。

CNN記者接著問他怎麼想做這個主題，因為他自己也沒聽過相關資訊。對此，雷洛提烏斯表示，他原本想在德國進行訪查，了解本地受刑人年老又失智後會有怎樣的待遇。然後聽到一位認識的攝影師提及美國加州這個受刑人互助計畫。雷洛提烏斯完全沒提到

《紐約時報》一位女記者寫的相關報導。

在這個舞台上，雷洛提烏斯是個非常討喜的人。不過對話過程中的大部分時候，他的視線並未看向CNN記者。知道後來發生的事情再回去看當晚的畫面，就很容易發現他當下在說謊。晚會上，雷洛提烏斯先受到「最佳紙本報導獎」表揚。大約一個小時後，CNN副總裁才宣布「CNN年度記者獎」得主是雷洛提烏斯。即便在被問到他如何寫出這麼優秀的作品時，他依舊給出一個顯示自身大度的回答：「這要特別感謝《報導》雜誌和他的創辦人貝爾涅先生，感謝他為讀者實現這些不簡單的報導。」感謝提供協助的人、謙稱自己只是將匯集到的資料寫成一篇文章，這類說法不斷出現在他的得獎感言中。真是實至名歸的獲獎人！

在那之後不久，雷洛提烏斯開始為《明鏡周刊》寫稿，非常年輕、資歷淺，但潛力無限。他成為《明鏡周刊》「固定的自由撰稿人」，也就是非正式聘用，但每個月還是能收到一筆固定費用，不過隨時都能解除合作關係。若當時蓋爾或費希特納在讓他進到《明鏡周刊》前，能稍微在網路上搜尋一下，或許就能得知雷洛提烏斯幾個月前才和《新蘇黎世報隨報月刊》（*NZZ Folio*）有過糾紛，這家瑞士媒體才剛和他終止合作，因為在一篇對芬蘭美髮從業人員的短篇專訪中，雷洛提烏斯做了不實報導。

可惜的是，蓋爾和費希特納沒有善用網路搜尋功能對雷洛提烏斯稍作了解。甚至還有別於其他自由撰稿人的待遇，分配給雷洛提烏斯一間獨立辦公室。漸漸地，他所寫所言都能迎合編輯的喜好。雷洛提烏斯大部分時間待在自己的獨立辦公室裡面。那裡有兩台電腦，這種情況並不常見。一台電腦是他自己的，另一台是《明鏡周刊》提供的。雷洛提烏斯總是關上辦公室的門，在裡面專心研讀資料。此外，辦公室裡的其他物品就是那些他獲得的新聞獎獎座。雷洛提烏斯之所以讓人崇拜、欣賞和尊重，不只是因為那些得獎紀錄，更是因為他在各種會議上沉穩的表現。他在會議中多半保持沉默、避免談論政治議題、是一個不受限於特定主題規畫的記者、沒有傳教般的狂熱、冷靜、不盲目，簡直是理想的記者人才。

當然，他也特別受到上司的賞識。因為其他記者可能會有藉口或理由推託為何這個或那個調查方向不可行，為何這個或那個訪談對象拒絕接受訪問，為何某篇報導無法繼續寫下去。雷洛提烏斯雖然也會出現這種情況，但頻率不高，只是偶爾發生。而且如果遇到真正重大議題時，雷洛提烏斯就是那個義不容辭的人。他工作勤奮，沒人願意加班時，他總是不介意承擔更多工作責任，即使是在人稱小周末的星期五晚上，整棟《明鏡》大樓人去樓空時。他簡直是模範員工，訪查能力好，又有普魯士精神的職業道德，全部融合在一個受人喜愛的幸運兒身上。不是華而不實、而是好得不能再好的人。太完美了！他的工作態度特別謹慎、仔細。曾經為了完成〈國王的孩子〉這篇報導，多次前往土耳其採訪。即使在《明鏡周刊》這樣對於報導內容追求扎實調查工作的媒體，如此勤勞的記者也不多見。

雷洛提烏斯在每次下筆前都必須做出重要決定，比如說，最後是否寫成一篇報導。他總不能每次交出的作品都有令人滿意的結局，這樣未免太不合常理了，所以必須虛構出一些遇到挫折的故事。比如他曾經發出一個內容滿是絕望的長篇電子郵件給漢堡總部，述說努力工作的記者如何遇到困境。或是有次在烏克蘭，應該是他那陣子危機最嚴重的時候，他在當地待了幾個星期後無功而返。其他和他合作過的報章媒體也發生過不少類似情況。

他最有效的方法之一，就是提早播下懷疑的種子。他會明確表示自己正在追蹤的故事流傳著幾個不同而且可能有誤的版本。他，或更好的說法是《明鏡周刊》，會試著找出真相。他的口號是：不是傳聞、沒有傳奇故事，絕對嚴謹。比如他聲稱找到因為塗鴉觸發了敘利亞內戰的那個男孩。即便此前有幾位編輯或許聽過這個故事的不同版本，但據說雷洛提烏斯最後用了超過一年時間，才如大海撈針般找到這個事件真正的男孩。

當時負責驗證這篇報導真偽的資料查核員眼中的雷洛提烏斯是個極度細心、嚴謹的記者。「是個很會喊難辨的騙子。」事後他這麼告訴我。只要是對他交的稿進行修改，即便是為了閱讀順暢而做的簡化或縮減這類最小幅度的刪改，雷洛提烏斯都會表現出抗拒的態度，或表示為了對內容負起責任，必須再看過採訪筆記做確認。一位他的前主管也告訴我，對雷洛提烏斯最大的印象就是「很有頭腦」。這位主管並沒有太欣賞他的文筆，比如雷洛提烏斯交來的稿件，他常需要挑掉其中太過灑狗血的部分。不過對於文中的內容，尤其是雷洛提烏斯可以不斷寫出聳動的故事這點，確實能讓他在記者群中脫穎而出。

當記者的人或多或少都能遇上重大議題發生的時機，或寫到關於重要的人物，也就是在正確的時間、碰巧出現在正確的地方。但是記者的好運氣就如過往雲煙，除了來得快去得也快之外，也不常有。或者可以勤勞一點，進行很多訪談、研讀如同山一般高的檔案資料，可能有機會挖到什麼重大議題。不過，縱使搜查真相的結果能夠以勤補拙，最終記者的好運氣很少見，也強求不得。因為就算是最優秀的記者，在材料不足的情況下也寫不出好文章，但雷洛提烏斯可以讓編輯團隊沒有這些充滿不確定性的煩惱。於是，讓他有出色表現的並非他絕妙的書寫品質，而是他總有辦法大量挖到好的報導材料——就這點而言，他確實無人能及。

「我盡量不為讀者而寫，我是為自己寫的。我試著以我想讀到的樣子寫下這些故事。」雷洛提烏斯在一次訪談中如是說。這可能是他的真實心聲。而且，因為真實情況無法呈現出這樣的故事，他只好自己編。

在撰稿人中，雷洛提烏斯屬於寫作速度不快，而且會寫到折磨自己的一類。不過，這是擔任記者工作的一項重要特質。確實很難斷定雷洛提烏斯在書寫過程中，是否真的用心到折磨自己的地步？不無可能，因為他寫的文章架構都很好。但這終究不是重點，因為他到底還是用了其他記者不用的禁藥——謊言。

在某雜誌主辦的活動上，雷洛提烏斯和另一位《南德日報》記者同仁都被問到，他們對於在文章中加入個人想像的看法。對此，雷洛提烏斯的回答強調，關鍵在於讀者對這位記者的信任程度。「對我而言，我不喜歡文章中到處都要寫上：來源出處這裡、那裡……我只知道，只要讀者相信這些文字內容是經過合理的資料蒐集和訪查結果，這樣就夠了。」

但事實上，就算有人對雷洛提烏斯所寫的文章產生任何疑問，也不容易證明內容有問題，因為多數報導發生的地點都在國外。他剛入行時，寫了許多關於罪犯的文章，接著有很多內容提到失智症患者，再之後則比較偏重以兒童為報導主題，至於〈獵人的邊境〉這篇報導則是寫到一個不願具名的民兵組織。雷洛提烏斯發展出這一整個讓人舉證困難的系統，而且多年來應用在為《明鏡周刊》寫的稿子上，屢試不爽。而那些好名聲，像是優秀的撰稿人、親切的同事、可靠的朋友，更強化了他人對他的信任，成為他的本錢，讓他在每篇文章中予取予求。

就在整個新聞造假醜聞即將告一段落，雷洛提烏斯還沒全盤招認，整個形象面臨崩潰之際，那位審核雷洛提烏斯多數文章內容的資料查核員甚至被費希特納問到，莫雷諾和雷洛提烏斯，他更相信誰的說法。

當時他的回答是：「我對雷洛提烏斯信心滿滿。」

第 7 章

關於我的背景

吹哨者莫雷諾的二三事

「對中產階級來說，新聞就像是底層人的拳擊賽。」

——《泰晤士報》前駐歐特派員彼得・W・艾博（Peter W. Apple）

要寫出這個章節，對我來說並不容易。內容可能在一開始讀起來像是移民趣談，最後又能嘗到一點苦澀的滋味。這要從我的雙親說起。由於我的父母德語能力有限，他們到目前為止都還沒讀過我寫的文章。由於新聞業是人人都能從事的行業，而且新聞從業人員的職銜也不存在因為受到法律規範、不得任意使用的限制，因此選擇進入這一行的人，基本上同質性很高。關於這方面已經有過不少研究，這裡我就不再贅述。不過記者馬寇．茂爾（Marco Mauer）曾在《時代周報》發表過一篇題為〈我，工人之子〉（Ich, Arbeiterkind）的文章。簡言之，內文提到多數記者都來自家境不錯、受過良好教育的中產階級家庭。這些家庭中的父親大都受過大學以上的高等教育，還有為數不少的人擔任公職，而其中的母親多半也是類似情形。或許用數字更有說服力：最近一份研究報告顯示，新聞從業人員有近百分之七十的比例「出身自較好的家庭」，雷洛提烏斯就是那百分之七十的一員，而我則是剩下的百分之三十，要我說的話，就是來自低下階級的百分之三十。可以說，我的社會化過程和我的記者同行稍有不同。

關於這部分，由於和雷洛提烏斯造假事件扯上關係，我不斷被外國記者問到相關問題，這裡就順便澄清一下：我在新聞界從來不覺得自己被歧視過，除了零星幾次讀者來函外，對此我倒是沒特別放在心上。或許是因為我神經太大條而沒察覺到。不過，更可能是因為覺得那都是些無關緊要的人。話說回來，我也常覺得自己像個局外人，至少不是個太能融入群體的人。在我狹小的朋友圈中，也有記者（而且大都是出身德國東部的記者朋友）跟我提過類似的事——某種程度上，他們感受不到歸屬感。如果以諷刺的口吻來說，我在新聞界總有點覺得自己像個刻意撐場面的冒牌貨、不像真正屬於這一行的人。

我父母的人生有一大段離不開汽車輪胎，而現在有人付我錢，讓我為《明鏡周刊》的讀者道出這個世界的樣貌。相較於那些來自杜塞道夫、慕尼黑或漢堡等大城市、有家學淵源，出現在新聞從業人員聚會上的孩子，我自認不比他們資質差。但是，當我在他們其中幾個人身上感受到他們自小受到的督促，又被問到「為何那麼晚才進入這一行」時，我不免自問：「到底有誰能知道，我是個幾乎被電視餵養長大的孩子？」

來自安達盧西亞

一九七〇年代，當我的父母決定遷居德國時，他們都還只是安達盧西亞的農戶。當時他們只是打算到德國工作一段時間，攢到一些錢後再回到安達盧西亞繼續務農。我父親曾經上過四年小學，他的老師是個會體罰學生的粗人，只因為認識字母表上的字母，還寫得一手龍飛鳳舞的字，在鄉下就被認為是有讀過書的人。大概是為了省事，這人乾脆找來一部陳年百科全書當教本，從最開始的字母A教起。這種事如果發生在德國，可以想見，我父親上小學一年級第一個學到的字詞應該是兩個A開頭的「鰻魚」（Aal）這個德文字，而我父親當時學到的是西班牙文「abacá」這個字。有誰會不知道這個字嗎？就是一種菲律賓原生的麻紗。我父親跟著這位老師只學到字母E。十一歲起，我父親開始牧羊，閒暇時就抽菸打發時間。應該說，抽菸是他進入學校後不久就解鎖的新技能。我父親的字寫得好看極了，字母筆畫流暢優美，但是他從來不看書。

後來我父親之所以到德國來，是因為他聽說這裡的人力需求不要求學歷，沒有讀過書的人也能找到工作。當時他想著如果能在兩、三年內賺到足夠買一座穀倉和一輛摩托車的錢就好了，他以為這樣就足以安居樂業過上一輩子，於是他在離法蘭克福不遠的哈瑙（Hanau）找到一份在輪胎工廠的工作。在給外籍移工的男子宿舍住了一段時間後，以現今的說法應該像是進入平行世界，他找到一處位在木工廠樓上的公寓，就把我和母親接到德國來。

到德國前，我幾乎是跟在祖父母身邊長大。他們雖然很有人情味，但他們說的西班牙語，就連我父親也常覺得過於粗俗不雅。依我父母原本的打算，我們一家只會在德國待個兩、三年，結果就像其他人家的例子一樣，後來停留的時間明顯拉長許多。至今已經三十四年，幾乎是他們的一輩子了。

我有兩個弟弟，都在哈瑙出生。在童年記憶中，我們不曾有過童書。由於母親也在輪胎工廠工作，電視機就擔負起大部分的教養責任。陪我們做作業這件事，進入三年級後就結束了，因為那些教材裡面的德文對我的雙親來說都太難了。即便如此，最後我們三兄弟都順利取得大學以上的學歷。在小學畢業後，我拿到的是基礎職業中學（Hauptschule）的入學建議書，如今竟能以寫作維生。

父親最後決定留在德國，沒有回到爺爺住的村子裡，沒有回到那個沒自來水、沒洗手間、沒電的房子。那個房子與外界唯一的連結，就是一台以汽車電池作為動力的真空管收音機。在德國留下來這整件事對我來說純粹是運氣，正是這樣的運氣，使我和兩個弟弟的人生走上和留在家鄉的眾多堂兄弟全然不同的道路。我們並非比較聰明或更勤勞，或懷抱著更明確的人生目標。我們只是有比較多的機會，而這些機會都是德國給我們的。這正是為何至今不能在我父母面前說這個國家壞話。

我小學時成績不好，主要還是因為語言上的障礙。我小學班上有五個德國同學，另外二十二個是外籍移工子弟，大都來自土耳其，或許因此讓我至今對土耳其人特別有好感。我小學時期的朋友都是土耳其裔，這些人後來也都進到基礎職業學校。

那時我有個非常好的德文課老師Ｗ先生。他在我小學三年級上學期時，把我的學期成績評為不及格。在把成績單塞到我手上時，他對我說：「哎呀！反正自從沒了西班牙艦隊後，西班牙也沒什麼大事發生呀！」同時，他從未讓我感受過我是個被放棄的學生。

縱使我父母認為：「老師的建議不能不聽，他們可是受過高等教育。」最後我還是決定違背他們的想法，在中學入學時選擇進入實用專科學校（Realschule）就讀，這是我的堅持。此後，我的德文成績越來越好，聽寫也是，雖然直到今天，我在標點符號的使用上可能還做不到完全正確。後來我轉學到文理中學（Gymnasium），接著進入大學，而且以今日不可考的原因，選擇主修國民經濟學（Volkswirtschaft）。然後又因為主修科系的原因，我來到素有德國電視之都稱號的科隆。那時期很多同學都在電視台打工，有些人在德西公共電視台（ＷＤＲ）或ＲＴＬ電視台，也有些人在製作公司打工，當然我也不例外。我在德國公共電視一台的一個午後談話性節目中打工，不過那個節目不久後就停播了。之後我也為RTL電視台、衛星一台（Sat.1）、Pro7電視台（ProSieben）等電視台寫過一些娛樂新聞的文稿，但當時寫得並不好。

進入新聞業的開端

畢業後，我向位在慕尼黑的德國新聞專業學校提出入學申請。我記得自薦函的開頭是這樣寫的：「本人名叫胡安．莫雷諾，來自安達盧西亞鄉下。那是一個男人純樸陽剛到連羊隻都要害怕的地方。」結果，我竟然得到面試機會。知性電視節目主持人君特．耀赫（Günther Jauch）是當時的評選委員之一，他告訴我，我的寫作表現不錯。我還是第一次聽到有人這樣說我，其實我只是希望有機會到電視台工作。當時我雖然有些還不錯的想法和表現，但還無法馬上付諸實行。與我同時，有上千人向這所學校申請入學，預計錄取名額為十五人，而我就是其中之一。那是一九九九年。

在新聞專校就讀期間，學生必須進行兩次實習，當時的《南德日報》還有柏林專版，我第一次實習就在那個組裡。受限於經濟條件，我無法承擔再搬家到另一個城市的支出，所以我馬上申請到《法蘭克福廣訊報》的柏林專版做我的第二次實習。因為這兩個編輯部在柏林市中心，相隔只有幾個街區。

我的第一個老闆雅各．奧格斯坦是我目前為止遇過最好的報人。他審閱文章時，常把雙腳抬到桌面上，讓人無法對他穿著當時最流行的牛仔靴視而不見。在樣張印出來後，他常會和同事馬庫斯．耀爾（Marcus Jauer）玩電腦遊戲，讓人覺得他好像沒在工作。事實當然不是這樣。他並非沒把工作放在心上，只是已經做好完全的準備，早就把所有文章都讀過一遍了。我想，他應該都是在夜裡讀那些文章的吧。我一直覺得，奧格斯坦當時做出的版面是整份報紙中最有趣也最具創意的部分。有次，他在讀過一篇報導一位前東德網球選手直到高齡仍堅守崗位的報導後，下了一個標題：「寧願事前準備，切莫事後追悔」。當時我對工作充滿熱情，還不知道那樣的編輯團隊和工作氛圍在德國新聞界並非常態。然而對我來說，應該就是那時讓我確定了一件事：餘生，我要用來寫作。

我第二個實習階段的主編是弗洛里安．伊里斯（Florian Illies）。我之所以知道這麼一號人物，全是因為他寫過一本暢銷書，給我們這個世代取了「Golf世代」這樣一個近乎憨氣的外號。我和伊里斯的接觸不多，因為《法蘭克福廣訊報》柏林專版的編輯團隊編制遠比《南德日報》同一版面大得多。我在那裡寫的第一篇文章是一位反對推行新版正字法（Rechtschreibung）的蘇坎普出版社（Suhrkamp）校稿員的人物側寫。我寫完後，伊里斯提出意見表示，希望我寫出「至少」兩倍長度的內容。這要求不同於我在新聞專校學到的為文務求簡潔有力、講重點等原則。此外，就我當時只是個實習生來說，他願意提出意見，表示我的文章有機會見報，這就足以令我興奮不已。依照伊里斯的要求，最後那篇人物側寫的篇幅超過三百行，並且刊行在柏林專版的版首。不僅如此，他還爭取到讓這篇人物側寫在整份報紙的頭版上以摘要方式曝光的機會。簡直太幸運了！

不久後我接到奧格斯坦的電話，得到人生中的第一份工作，讓我在《南德日報》柏林專版編輯部一位正職員工請假期間擔任代班人員。好運還不只如此，那篇寫到蘇坎普出版社校稿員不滿情緒的專文，竟然在幾個月後被提名為史普林格新聞獎新秀記者獎的候選作品。和雷洛提烏斯境遇不同的是，最後我並未獲獎。但我還是在新聞業留下來了。

我在《南德日報》前後待了七年，除了負責名為「第三版」的傳媒版內容外，也為當時由亞歷山大・高科（Alexander Gorkow）擔任主編的周末副刊撰寫專欄。

二〇〇七年，當時的《明鏡周刊》社會編輯部主編寇德・施倪本打電話問我，是否能以自由撰稿人身分偶爾為《明鏡周刊》寫稿，我當即表示願意。《明鏡周刊》可是德國最重要的雜誌啊！而且，例如歐桑、斯莫渠克、蘇沛、蓋爾、費希特納、布林克擘伊曼、托馬斯・余特齡等多位優秀的撰稿人都在施倪本帶領的社會編輯部團隊裡面。接下來的時間，我為《明鏡周刊》寫了幾次短篇報導，但《南德周報》並不待見這種情況。雖然我已經為了有所區別，僅以自由撰稿人身分為其他業主供稿。不過在《南德周報》的不滿更嚴重之前，我主動詢問施倪本，《明鏡周刊》是否能以支付我底薪的方式，讓我繼續為他們寫稿。那時，我的好朋友顧曲也剛進入《明鏡周刊》的社會編輯部當記者不久，所以我很清楚，當時我在《南德周報》的月薪，大約只有《明鏡周刊》一般月薪的一半而已。

為《明鏡周刊》工作後，所獲得的採訪資源真是令我開了眼界。我被派到非洲、到巴西境內的亞馬遜河流域，也到過智利採訪三十三位受困獲救的礦工、前往阿根廷採訪球王馬拉度納。即使我的寫作風格不是那麼「《明鏡》社會編輯部風」，再怎麼說也還是在《明鏡周刊》這樣一本正經的新聞性刊物裡面。我主要撰寫專欄，以文字扮演自我解嘲的丑角。只是，從過去到往後，《明鏡周刊》一直都不走歡樂路線。紙本刊物裡面幾乎不會出現，即便有，也只是為了凸顯某個主題，達到類似凹面鏡的效果。就是一個欄位的廢話，沒人會期待那裡出現多有營養的內容。不過我無所謂。總沒有人會特地跑到梵諦岡去抱怨夜店的喧囂吧！

我之所以要交代得這麼詳細，是為了讓讀者在接下來的內容中更能理解，在我向幾位主管提出對雷洛提烏斯的指控時，他們對我態度的脈絡。

第 8 章

重重疑點的調查與披露

誰說的是真話？

「我想，除非身歷其境，不然沒有人知道在對質時會出現怎樣的反應。」

——加拿大總理賈斯汀・杜魯道（Justin Trudeau）

不存在的妹妹、謊話連篇、完美的新聞造假騙局，所有這一切都是過去我不知道的雷洛提烏斯。從那次十一月晚上和他通過電話後，他就只是個無法讓我相信的人。當時我不知道的還有，原來我是同事間唯一一個體驗過雷洛提烏斯怒氣沖沖又兇惡的樣子的人。即便是幾個月後在我的訪查過程中，都沒有人相信他會有這一面，那感覺就好像是我遇到什麼難得一見的崩潰場面一樣。不過人生就是有可能遇上這種黑色幽默的巧合。這類情況就好比我向現任主管說未來主管的壞話，結果不巧這位即將繼任的主管，剛好是目前的主管決定的人選。如果我知道雷洛提烏斯在蓋爾心中的地位、知道雷洛提烏斯有多受到賞識、知道在別人心目中雷洛提烏斯的履歷多麼完美，如果我知道這些，當初我是否還會打電話給蓋爾？

可能不會。只不過，我也不認為我會因此停止追查真相。畢竟在他寫的文章中，不合理的地方實在太多了。我的工作快要保不住了。作為自由撰稿人，如果被發現內容不實，就玩完了。但我當時應該耐住性子，不該那麼快打電話給蓋爾。當然，如果說好聽點，就是我清楚其中的利害關係，準備好承擔相應的後果。或另一種說詞是，我義無反顧地為新聞界的聲譽而戰，純粹就事論事。或者，就像法羅在掀起MeToo運動前的掙扎一樣，受到自己良心的驅使。總之，重點就是，如果我知道雷洛提烏斯已經正式成為編輯，我就不會給蓋爾打那通電話，我應該會繼續在利弊糾結中舉棋不定。不管如何，就算能用再精妙的外交辭令加以包裝美化，出面指認部門同事的新聞造假行為，都是很嚴重的指控。嚴重程度就像出面指認法官收賄或是飛行員失明一樣，而我打給蓋爾的那通電話，讓事態急轉直下。當下我只感到一陣頭暈目眩。意識到勇氣可嘉和蠢不可及之間只有一線之隔。可惜的是，人往往要到跨出那條線，才會察覺到那條線的真實存在，只是到那時通常都為時已晚了。

真相的追查

那天是星期五，正在印製雜誌，報導即將發表，已然無可挽回，但我還是能阻止這篇報導被放到網路上去，或是不讓它翻譯成英文版（當時我還不知道，原來雷洛提烏斯之前就常打電話到《明鏡國際》〔*Spiegel International*〕阻止發表某篇文章的英文版）。我只是想挽回自己還力所能及的部分，因為我確信，電話中雷洛提烏斯沒有對我說實話。

我坐到廚房，那時才剛傍晚。因為沒有聯絡到蓋爾，我發了簡訊，請他撥冗回電。接著，馬上接到他打來的電話。「嗨，胡安！我是馬蒂亞斯。」

我試著依事件發展的先後順序說明。雖然情緒激動，但我肯定不至於到讓人無法理解的地步。一開始我就清楚表達我和蓋爾聯絡的原因，希望他能理解為何我要和他通電話。我希望那篇報導不要在網路上發表。我表示，直到和雷洛提烏斯通過電話後，才確定〈獵人的邊境〉這篇報導有很多問題。也提到，在聽到雷洛提烏斯的推託之詞後結束了那次通話，因為我知道他還會繼續對我說謊。蓋爾的反應和上次我們通話時一樣。他明顯表現出一副持保留態度的樣子。電話中主要是他聽我說。我提到《紐約時報》發表過的照片，在

《明鏡周刊》的報導中名為克里斯．葉格，在《紐約時報》裡面的名字是克里斯．馬洛夫。至於雷洛提烏斯在《明鏡周刊》的報導中寫到的其他幾個人，我也在《瓊斯媽媽》雜誌發表過的文章中找到不同的身分。在說了四、五分鐘之後，蓋爾突然打斷我的話說：「你知道你現在在說什麼嗎？」那當下我馬上明白，打電話給蓋爾是個錯誤的決定。

「胡安，你現在判死刑的對象，不是你自己就是克拉斯。而且我也沒有懷疑我的撰稿人的理由。」這表示蓋爾不相信我說的話，那麼無疑我就是被判死刑的那個人。

《明鏡周刊》在醜聞爆發後不久的新聞稿中提到，如果整件事是我搞錯了，我必須為此承擔可能的「後果」。我對這樣的措辭感到非常訝異。訝異的原因並非我和蓋爾的對話中未曾出現這些字眼。到底用了哪些字眼根本不重要。我訝異的是，他們想要解決發現問題的人。《明鏡周刊》的說法等於坦承，對他們來說，重點並非我提出的證據是否正確，而是我這樣做是否合適：「希望你以後不要再犯了。」

簡而言之，蓋爾不相信我。不僅如此，他還認為整件事情是我在惡意中傷雷洛提烏斯、是我在誹謗他。我告訴他，我這樣做不是為了為難某位同事，並提醒他，我們該想到的是《明鏡周刊》的聲譽。就這點上，我和蓋爾的認知差距很大。蓋爾只是不斷重複強調，他不會懷疑作為撰稿人的雷洛提烏斯。我心想：「我也是你的撰稿人啊！」但我沒說出口。那時我還沒察覺到，就在那個當下，已經有很多事在醞釀了。現在他成為主要說話的那個人，而且他很明顯表現出對我的不滿。他認為我所做的事不過就是出於嫉妒，認定我危害到編輯團隊的和諧氣氛。我覺得自己就像一個猶豫半天後終於決定賭上全部身家的人，而現在的處境只能眼看情勢往越來越壞的方向發展。和蓋爾那次通話結束前的幾秒鐘，我還掙扎地說出：「請允許我到漢堡親自向您說明一切。在那之前，我會先將事發經過以文字的方式記錄下來。」他說好，然後掛上電話。

我哭了出來。我太太第一次見到我這樣。一時之間，因為不知道該怎麼辦，她緩步走到街上並掉下眼淚。我們兩人都知道，剛才那通電話攸關我工作的去留。如果最後認定是我在抹黑德國新聞界的天才，我就再也不能寫報導了，甚至我的記者生涯就要從此結束。畢竟這個圈子不大，而且總是不缺八卦，我馬上意識到這通電話可能讓我一輩子都完了。

我無法得知，如果是其他人遇到我的情況會做出怎樣的反應。但我希望，他們的反應會與我不同。接下來幾天，或是長達幾個星期的一段時間裡，我太太和四個孩子都被我憤怒的情緒波及，尤其其中一個孩子只有三歲，行為表現也完全還只是個三歲孩子的樣子，而我就像一隻中槍受傷的野獸，反咬所有想幫助我的人。我像一隻不吃不睡的野獸，從早到晚坐在電腦前面，執著地想要捕捉到那個毀了我人生的幽靈。那些在與蓋爾通話後，在我心裡蔓延的各種羞辱、不安與失望，讓我現出自己最可怕的原形。但真正的地獄其實並非那次電話中的談話，而是因此受到影響的家庭生活。

過去我從寫作中得到一些成就感，而且顯然也從中建立起我所有的自我價值感。如今，在我即將失去工作之際，我才意識到，沒有了新聞工作的我是如何微不足道。那通電話不過是將我打回原形，打回那個沒有職場成就、沒有同事認同、不被周遭的人肯定、不再受邀成為座談來賓的原形：僅此而已，其實也不嚴重。原來我一直自以為的長處，其實一點也不偉大，既無法操之在我，也沒讓我感到自在。那些我原本自以為的長處，原來都是我的弱點。當然我大可痛罵《明鏡周刊》對我的不信任。然而這幾個星期裡面，作為丈夫和父親的拙劣表現，我自己必須負起責任。

那段期間，我太執著於雷洛提烏斯，以至於言談中、思緒裡，完全離不開這個人。就像電影裡面演的，有人因為某個事件導致原有的世界陷落而瘋了一樣。我不斷自問，怎麼會蠢到求助於蓋爾。如果我能再多查證點事情，應該就能知道更多雷洛提烏斯的事，也更了解編輯部那些推崇他的眼光從何而來。不過，我竟然一點也不氣雷洛提烏斯本人，至今都沒有。出於某種原因，即便在還不清楚雷洛提烏斯的謊言牽扯的範圍有多廣的情況下，當時我就知道，我決定這樣做的目的不是為了針對個人。他只是個竭力保護自己謊言的騙子，他也必須那樣做，因為是他讓我們兩人走到不是他就是我要離職的地步，我主管的言語中也明確透露出這樣的訊息。

或許聽來奇怪，但蓋爾的反應也有好的一面。那就是讓我知道，我已經沒什麼好失去的了。如果我不採取行動，這場風暴就不會停下來。所以除了順勢走下去，已別無選擇。

我打電話給朋友塔立耶裘。他是攝影師，服務地點在慕尼黑。十五年前，我們共同為《亮點》雜誌做了一篇在巴林舉辦的賽車活動的報導。我們是在那時認識的。我欣賞塔立耶裘的原因，除了他是很優秀的攝影記者外，也因為他在做報導時像我一樣投入。在每次調查採訪行程結束後，他對報導的議題所掌握的資訊通常都和我一樣多。對我來說，他無疑是我合作過最稱職的攝影記者。關於他可以拿出來說的事跡可多了！

我很快將最近發生的事跟他說了一遍。說完後，塔立耶裘也開始坐到電腦前找資料，並在接下來的兩天找到許多重要線索。和蓋爾通過電話的兩天後，也就是星期日晚上，我坐下來寫出我人生中最難的一封電子郵件。我知道，這次電郵我應該謹慎用詞。寫這電郵的目的不是為了攻擊或指責任何人，更不是為了滿足某個受到嚴重打擊的人的期待，即便我就是那個人。裡面的內容主要是協助釐清事實真相。讀到這封電子郵件的人，都有機會把事情看得更清楚。我也知道，裡面有些指控來得不是時候，因為蓋爾馬上就要升任發行人，費希特納也會成為總編輯，而且兩人一致舉薦雷洛提烏斯接任主編的位置。向上的電梯已經停妥，他們都進到電梯去、按下通往最高層的按鈕，電梯門馬上就要關閉出發了。結果在最後一秒鐘，有個莫雷諾冒冒失失衝向電梯，用腳擋住正要關上的電梯門。

如果要了解接下來幾個星期《明鏡周刊》所做出的反應，最好腦子裡先有這段畫面。我認為，是某種心理上或人性上的問題阻礙了原本可以快速釐清的真相。我的兩位主管蓋爾和費希特納事後也都表示，我電子郵件裡面說得不夠清楚。那封電郵我是這樣寫的：

寄件人：胡安．莫雷諾
日期：二〇一八年十一月十八日 歐洲中部時間 22:36:18
收件人：馬蒂亞斯．蓋爾
副本抄送：歐茲蘭．給澤
主旨：幾個疑點

馬蒂亞斯、歐茲蘭，兩位好，

我認為，〈獵人的邊境〉這篇報導有些問題。內容中有些描述與事實不符的情況令我不解。請見附檔有三個PDF檔案。不過，這些只是三個我認為最重要的歧異，另還有多處存在情況不一的矛盾。

本人在《明鏡周刊》服務了差不多十年。我一直認為，馬蒂亞斯是我接觸過的頂尖記者中的一員。我也知道他對我們的工作總是有很高的要求。過去每當我向他表示，某篇我提出的報導構想經初步查證後證實進行不下去時，電話另一端的人總能讓我在放下話筒時，感受到他是個明理又有智慧的主管。他總是能關照到每個細節。「我們不允許任何錯誤存在。」這是上周他在電話裡對我說過的話。就我過去的經驗，社會編輯部也確實未曾對我施加過任何壓力，要求我把某篇報導寫得比事實原貌還要聳動。此次來函主要出於兩個原因，而且如果這次我的名字不會出現在這篇報導上，我必然不會寫這封電子郵件。

我是自由撰稿人。《明鏡周刊》無需任何理由，隨時可以終止與我的合作關係，而我寫作也只是為了養家活口。兩位也知道，如果知名的《明鏡周刊》爆出醜聞，會有多少同業等著看好戲。因此我認為，如今我們應該盡可能補救，以免留下日後被攻擊的話柄。只要我們能坦然面對我提出的幾個問題點，我想是做得到的。

祝好！

胡安

我在電子郵件中明確表達了我對蓋爾的讚賞之意。希望他能因此不覺得我在責怪他，而能好好坐回電腦前面驗證我寫的內容。電郵中我附了三個PDF檔案。每個檔案中都提出一個我存疑的內容。

疑點一

這是一章刊載在《紐約時報》發表於二〇一六年十二月二十一日的照片，根據該報導的副標，照片中的男人名叫克里斯・馬洛夫，該照片的攝影師是費南達・桑托斯（Fernanda Santos），至於這張照片的圖說則寫著：「南方邊境上，自家的安防自己來。」照片拍攝於二〇一四年。

此為二〇一八年十一月十七日《明鏡周刊》報導中的照片。在該篇報導中，照片中的男人名叫克里斯・葉格，而且文中明確指出這是此人的真實姓名。

照片中的人是《紐約時報》報導中的克里斯・馬洛夫，住在亞利桑那州薩瓦里塔鎮的大朗卻路（S Viva Rancho Grande）。他是民兵組織的活躍人士，三十二歲，在IG社群帳號中標註的第一個標籤是「#邊境偵查」（borderrecon），並寫道：「丟回邊境去！」

第二個檔案中留著腮邊鬍的男人是民兵隊的隊長，雷洛提烏斯的文中並未提及此人的姓名。

疑點二

《明鏡周刊》的報導中提到，照片中的人代號鑽子，是建築工，然而此人的真實姓名是提姆．佛利，外號鑽子。

他並非建築工，而是亞利桑那邊境巡查隊的發起人。關於這點，《明鏡周刊》的報導中也隻字未提。早在二〇一五年，佛利就是多次獲獎的紀錄片《無主之地》裡面的主角（二〇一六年奧斯卡最佳紀錄片獎、日舞影展最佳導演獎等）。

此外，佛利的名號也多次出現在《明鏡電視新聞雜誌》節目、N-TV新聞台、《紐約時報》、《華盛頓郵報》、美廣新聞頻道（ABC News）、《赫芬頓郵報》、《連線月刊》、《每日鏡報》等各大媒體上。所有相關報導在提到佛利的名字時，都會順帶提及他在八年前創辦的亞利桑那邊境巡查隊。現在帶記者隨行巡查任務，佛利會要求支付費用。

依據佛利的要求，《明鏡周刊》不得拍攝他，也因為這個原因，最後《明鏡周刊》才必須購買強尼．米蘭諾四年前拍的舊照片付印。這個說法真是令人訝異，因為幾個星期前才剛有關於亞利桑那邊境巡查隊的最新報導。當然，該篇報導不只提到佛利的全名，也有照片。

以下是向佛利提出要求採訪亞利桑那邊境巡查隊時得到的回覆：

寄件人：pr@arizonaborderrecon.org
日期：二〇一八年十一月十七日，星期六，15:41
主旨：回覆：訪問佛利

您好，感謝您聯繫亞利桑那邊境巡查隊。

由於本巡查隊的經營須自籌資金，因此一律對來訪的媒體收取服務與場地費，以支應採訪期間所產生的費用與時間成本。我們的標準費用從兩百美元起算，並依採訪行程規畫及人員規模相應增加或調整。請告知貴方能否接受這個費用標準，我們再進一步討論您的來訪日程。

祝好！

珍

亞利桑那邊境巡查隊公共關係暨媒體負責人

PR@ArizonaBorderRecon.org

我在電郵附檔中提到的最後一個問題，則與《瓊斯媽媽》雜誌的報導內容有關。《明鏡周刊》報導中的幾個人也出現在該文章中，我不解為何會發生這種情形。

疑點三

目前為止，美國關於邊境民兵組織最知名的報導當屬臥底記者沙恩．鮑爾的作品，該報導兩年前發表於《瓊斯媽媽》，線上即能閱讀。

該報導主要寫到興起於科羅拉多州一個極度封閉的愛國團體「百分之三人」。在幾個月的調查部署後，鮑爾以假身分混進該團體中。

和《明鏡周刊》的報導一樣，那篇報導裡面也出現了一個代號獵人的人，而且這位獵人和《明鏡周刊》描述的一樣，另有三位同夥，這三人也有著和《明鏡周刊》報導中一樣的代號，也就是潘恩、斯巴達人、魑魅。根據《瓊斯媽媽》的報導，這三人都出身科羅拉多州。兩篇報導中除部分細節相符外，其他內容則相去甚遠。

相同的是，兩篇報導中的獵人祖先都來自德國，而且在兩篇報導中都因追捕外國非法入境者而加入民兵組織；最大的不同是，《瓊斯媽媽》裡面的獵人以納粹的形象呈現，內文中有拿猶太人話題開玩笑的描述。這位獵人既不是來自加州，也沒有入伍的經驗，且並未成家。

此外，由於百分之三人組織的內規，所有成員都要隨身佩帶攝影機，以作為他們在逮捕非法移民時沒有使用暴力的佐證，因此從《瓊斯媽媽》記者在訪查過程中，隨身錄影設備裡面擷取的幾段YouTube影片可以清楚看到獵人和其他人的長相。這部分只要讀一下那篇報導，然後稍微看過內文中提到的YouTube影片就可以得到證實。

我的疑問是：美國那篇報導中出現的團體成員，分別以獵人、潘恩、魑魅和斯巴達人作為代號。《明鏡周刊》報導中提到的分明是相同的幾個人，那是否意味著《明鏡周刊》的記者在兩、三天內，就做到美國記者花了數個月時間，還要偽裝、臥底才能做到的事。這樣說來，這位美國記者的訪查成果一點也不聳動了。當然，

《明鏡周刊》的記者確實也可能真的辦到了，但如果是同一批人的話，為什麼這些人的背景資料會出現不一致的情況？

或者，如果報導中的團體並非「百分之三人」，而是另一個作風更「開放」的組織，那麼這些人在制服上刺上相同的代號，又該是多大的巧合？

於此，順便提到我的最後一個疑問：這張有著鬍子的人像照片是由蓋地圖庫網的攝影師約翰．摩爾（John Moore）所拍攝，照片中的人擺明就是《紐約時報》報導中提到的克里斯．馬洛夫，或說是《明鏡周刊》報導中的克里斯．葉格（同時可參照疑點一中提到的馬洛夫本人的ＩＧ帳號）。

蓋地圖庫網的攝影師摩爾雖然並未在照片下方提到此人的姓氏，卻寫到這位「克里斯」的照片拍攝於二〇一六年一月十六日，時年三十歲。這樣算來，今年應該是三十二歲，而《明鏡》報導中的「克里斯」有個二十歲的女兒，也就是說，他應該是在十二歲的時候成為人父。

第 9 章

顛倒是非的說詞

來自雷洛提烏斯的完美謊言

「有多華麗的旅途，就會帶回來多大的謊言。」

——西班牙俗諺

「這幾個檔案，某種程度算得上是我的指控。我把他們寄給塔立耶袞。他回覆道：「這就對了！」他認為這幾點就足以讓編輯部懷疑文章內容的真實性。同時，我也讓其他人看了這次我發給蓋爾的電郵，這些人裡面包含三位對法律有研究的人，其中兩位是很好的朋友，另外還有兩位熟人，這兩人都是記者。他們都同意對內容保密，而且在看過內容後，都覺得我提出的幾點很有說服力，他們甚至都認為我的上司讀完這些內容後，會立刻回電向我道歉。事實卻不然。蓋爾馬上把電郵的內容告知即將升任總編輯的費希特納。也就是說，費希特納從一開始就知悉此事。

星期一早上，編輯周會快開始前，蓋爾要雷洛提烏斯針對我的指控做出回覆，而且要求以書面形式回覆。蓋爾自己並沒有對那幾個疑點進行再確認，而是交由雷洛提烏斯來做。而雷洛提烏斯的回覆，只要讀過的人，就會知道這個人是如何善於說謊。不過在我發出那封電子郵件的當下，我還不知道過去他是如何一再擺脫這類緊急狀況。

雷洛提烏斯交出六頁版面看起來很緊湊的回覆，而且逐點論述，架構上看來都很好，但是過多細節反而讓人閱讀時無法掌握大綱，不易理解脈絡。既然有疑點、指控和證據，他書面答覆的內容就讓整件事升級到有如刑事案件的程度。如今他和我，就像兩名律師在法官面前分別闡述正反論點，而此處扮演法官角色的就是我們的主管。

雷洛提烏斯有條理地進行回覆：我提出三個疑點。首先，針對照片中留落腮鬍的男人是否是克里斯．葉格。我質疑不只《紐約時報》的報導中提到此人的姓名是克里斯．馬洛夫，另外還有蓋地圖庫網裡有兩張照片，說明中提到照片裡的人名叫「克里斯」，當時三十二歲。除此之外，IG社群上也找到同一個人的帳號設定為「chrismaloofmotorsports」。雷洛提烏斯在回覆的一開始就明確表示，他沒什麼好隱瞞的。沒錯，「肯定」的是，照片不是最近拍攝的，而且《明鏡周刊》報導上使用的照片並非自家記者所拍攝這部分「幾個星期前」就知道了。確實沒錯，不過這部分並非我質疑的重點。我想知道，既然這些人對外界的態度這麼開放，為何偏偏現在拒絕拍照。另外，真正的重點在，為何同一個人會以不同的姓名分別出現在《明鏡周刊》和《紐約時報》的報導中。關於這點，雷洛提烏斯並未做出答覆。

「關於這部分我能說的不多。只是，葉格告訴我，他四十歲，生於一九七八年。以前我不認為，甚至直到現在我都不認為該懷疑這些說詞，同樣地，我也不會去懷疑另外幾個人告知我的背景資料。就如其他每篇報導，內文中提到的人物年紀多大通常不重要，因此也就不會提出質疑。我不清楚蓋地圖庫網上寫的三十二歲從何而來。」

這部分的疑點涉及兩張不同來源的照片，亦即蓋地圖庫網上有年齡說明的照片和《紐約時報》的照片。對此，雷洛提烏斯提出一份造假的《紐約時報》攝影師的電子郵件通聯紀錄。那名攝影師名叫強尼．米蘭諾。那是在蓋爾邀雷洛提烏斯針對我提出的質疑做出回覆後不久，雷洛提烏斯去信米蘭諾的通聯紀錄。在那份通聯紀錄中，雷洛提烏斯問到，那位克里斯．馬洛夫有沒有可能真的名叫克里斯．葉格，因為那位「克里斯」是這樣告訴他的。

米蘭諾有多次隨行拍攝亞利桑那邊境巡查隊的經驗，他明確地回覆：「不可能，此人名叫克里斯．馬洛夫。」然而，雷洛提烏斯卻修改了米蘭諾的回覆，表示他不確定了。如此一來，就可以讓人覺得，有可能是《紐約時報》和該報攝影師米蘭諾搞錯了。「攝影師表示，那位仁兄是馬洛夫，但他無法確認真實性。」實際上，攝影師是給予明確否定的回覆。

末了，雷洛提烏斯仍舊試著證明照片中的人比較可能姓「葉格」，而不是「馬洛夫」，但也表示不排除自己被騙的可能。「這位克里斯第二天在山上還告訴我，連同他的姓氏葉格都不是瞎編的。我當然沒看過他的護照或駕照之類的證件。事到如今，我也不可能因此賭上我在《明鏡周刊》的工作，然後堅稱他沒有欺騙我，或說他可能為了什麼好理由唬弄我。」

緊接著，雷洛提烏斯在回覆中提出一份極為詳盡的假訪查紀錄，以顯示他在美國期間對人名驗證所做的努力。為此，他特意付費使用了一個無法從德國連線進入的美國人名冊搜索系統。

「在美國期間，我還能以當地的IP位址付費二十美元後，得到為期一天的查找通訊名冊權限，是否可能曾經有位名叫克里斯．葉格的人在加州弗雷斯諾住過……有位克里斯，或是克里斯多夫．葉格確實曾經住過那裡。他在那裡經歷過一次死別（父親），也在那裡離婚，而且對方的名字叫安德莉亞．葉格。這位前妻現年三十九歲（約莫四十歲！），住在弗雷斯諾北方還算有點距離的布拉格堡（Fort Bragg），而且和葉格離婚至今已經搬過五次家，有過三次離婚紀錄。在葉格之後列出的名字是寶拉．葉格，出生地加州（未出現弗雷斯諾的地名，但整個加州只有一位名叫寶拉．葉格的人）。請見附檔有我當時快速從電腦螢幕上截取的畫面。」

這些螢幕截圖當然也不是真的。這些造假的螢幕截圖雖然不能證明什麼，但如果不細究，看起來卻頗有說服力。雷洛提烏斯又寫道：「參見螢幕截圖：弗雷斯諾的居民有五十二萬七千人，這些人中可以找到兩位名叫克里斯或是克里斯多夫．葉格的人。這兩人中有一位今年二十一歲，那麼另一位就是和安德莉亞離婚，也就是我們報導中的那個人。」

喔！不！那可不是「我們報導中的那個人」。以上只是節錄的部分，在雷洛提烏斯原始的回覆中，鉅細靡遺地描述了整個調查的過程。這樣做的目的不外乎只有一個：這些繁複的內容要表達的是，雷洛提烏斯當天的調查工作做得多仔細。這些資料的目的是支持他的主管一直以來對他的印象：雷洛提烏斯是個認真而且細心的記者。

「關於葉格和這裡回覆的內容，我在上周五與胡安的電話中並未向他提及。不過其他關於疑點二和疑點三的部分都已經跟他說明過了。我可以理解蓋地圖庫網上說明文字提到的年紀，以及《紐約時報》報導中的圖說，這兩點都能輕易在同事間引起質疑。人都不想犯錯，尤其是兩人一起犯錯。其實胡安可以先問過我。那樣的話，我還能比在這裡對他做出更詳盡的說明。」

從這份回覆的第三頁開始，又把我牽扯進來了。這樣做的主要目的是讓我的主管看到，如果不是因為雷洛提烏斯這樣坦誠、透明的處理方式，我就不會發現那些我認為的「矛盾之處」。

一開始雷洛提烏斯就表現出一副善解人意的態度。

「胡安提到關於佛利（代號「鑽子」）的那幾點幾乎都沒錯。包含佛利在紀錄片《無主之地》裡面出現過、已經有很多文章報導過他，以及對媒體而言，他已然成為某種樣板人物。這幾點，我在電話中都跟胡安說了。」

雷洛提烏斯當時在電話中可沒跟我提到《無主之地》這部紀錄片，但我主管不會知道這些事。反正就雷洛提烏斯的立場，他的重點在於繼續強化主管對他既有的印象：那個忠厚的雷洛提烏斯做事光明正大又老實，肯定不會有所隱瞞。雷洛提烏斯寫道：「這裡面也沒什麼不能說的。在出發到美國前，查找關於美國南部邊境民兵組織的相關資料時，一定會先讀到佛利這號人物的資訊。我也從漢堡以電子郵件的形式詢問採訪的可能性，並且收到佛利的女友珍的回覆。回覆的內容跟胡安收到的一樣。」

至於他沒拍到佛利的照片，純粹就只是「沒興趣」拍，原因是佛利的媒體曝光率已經很高了。

「那時我才確定，我們這篇報導的主角人物不會是他，即使出現在報導中也只是順便帶過……而且因為太常出現在媒體上，從開始他就不怎麼搭理我。最後，相較於葉格和其他人，我和佛利的碰面時間也就幾個小時。」

這段回覆的最後一句引起我的注意，因為從〈獵人的邊境〉這篇報導裡面並沒接收到這群人在連日的行動中有人數變少的情形。

接下來，雷洛提烏斯又回到我提出的疑問，關於亞利桑那邊境巡查隊明明很出名，為什麼《明鏡周刊》報導中的照片出現這個組織，卻對這個組織的名稱隻字未提。作為這部分的辯詞，雷洛提烏斯提到經常出沒在亞利桑那州南部的三個民兵組織。

「『亞利桑那邊境巡查隊』是這幾個團體中最有名氣的，但了無新意，因為已經有很多媒體報導過了。另一個更激進的團體名為『百分之三人』，組織規模大多了，而且對外界的態度更封閉。幸好在我出發採訪前，人還在漢堡，就從不同的臉書專頁聯絡上這個團體。當時我也跟她（歐茲蘭）說過，如果能採訪到他們是最好的，但畢竟這個團體才是真正的武裝民兵組織，採訪的難度高多了，無法那麼快做出一篇報導。我做出這樣的判斷，不只是因為我在臉書上發的訊息或電子郵件詢問採訪事宜都未得到回應，也因為我當時，這樣算來應該是三個星期前，找到那篇鮑爾兩年半前在《瓊斯媽媽》雜誌發表的文章，裡面提到以假身分臥底的方式才得以進入該組織。」

至此，雷洛提烏斯鎖定兩個團體：一個是樂意接受媒體採訪的團體，不過也因此讓他的採訪意願低落；另一個則是將媒體拒於門外，因此讓想一探究竟的人不得其門而入。結論是，雷洛提烏斯必須找到第三個團體。

「帶我一起上山、出現在我們報導上的那幾個人，據我評估，應該是游離在佛利的組織和另一個團體的人（因為兩個都不是封閉式的組織，並且有相同的目的，所以人員相互流通）。葉格這群人絕非只是媒體的拉線玩偶，很大的可能也不是什麼情節重大的犯罪分子，只是非常『普通』的一群人而已。要混進他們之中並不容易，也無法用收買的方式打動他們，但如果運氣好一點又願意接受他們的條件（不拍照、不曝光真實姓名），還是有辦法讓他們接受採訪……完全同樣的內容，我在電話裡面都跟胡安交代清楚了，當下他並沒有明示或暗示他有任何疑慮。相反地，就像現在對你們或對我的家人提到我的採訪過程時說的一樣，我也是這樣跟他說的。」

沒錯。這些內容雷洛提烏斯確實跟我提過。那麼，根據雷洛提烏斯的說法，那附近應該有三個團體。對相關議題稍微有了解的人就會知道，雖然美國民兵組織不少，但真正在南方邊境的也沒幾個。所以同時有三個團體在附近出沒，這點讓我覺得比較奇怪。而且他說的這些都無法解釋為何亞利桑那邊境巡查隊的隊長佛利會和另一個團體一起行動，美國記者鮑爾告訴過我，幾個團體間偶有矛盾。

至此為止，雷洛提烏斯尚未對我展開攻擊。接下來情況就有所改變了。

「結束和胡安的通話後，我馬上撥了電話給歐茲蘭。我感到鬆了一口氣，因為覺得胡安明顯放下過去幾天以來對我的懷疑。但我也感到懊惱，為什麼我們只聊到我的訪查過程，而不是談到沒把工作做到盡善盡美、採訪期間絞盡腦汁的那三天、那些禁不起驗證的推託之詞，還要受到胡安的懷疑，而且說不定他還會在哪裡刁難我。」

在雷洛提烏斯回覆的最後一部分，他試圖反駁我提出涉及《瓊斯媽媽》那篇報導的指控。「胡安質疑，」雷洛提烏斯寫道：「〈獵人的邊境〉文章幾個男人的代號和兩年前《瓊斯媽媽》報導中出現的人和代號都一樣。」

「胡安直到我們通電話的星期五下午都還不知道有《瓊斯媽媽》這本雜誌，更別說那篇報導了，都是我在電話中跟他提到他才知道的。當下他甚至又問了一次雜誌名稱，因為他根本對此一無所知。」

雷洛提烏斯不知道的是，和他通話前，我就已經和那篇報導的作者鮑爾聯絡上。不過這好像也不重要了，反正我的主管和他一樣不知道這件事。根據雷洛提烏斯的版本，星期五那天我們的通話過程後來是這樣的：「那通電話（星期五那天。抱歉，我真的累了）大概在進行十五分鐘後結束。我以為誤會都解釋清楚了。沒想到後來又這麼毫無理由地突然對我提出控訴。他應該是掛上電話後，馬上上網搜尋，找到那篇報導。」

接下來的這段，是雷洛提烏斯整篇回覆中最厲害的謊言。必須承認，在《瓊斯媽媽》和《明鏡》的〈獵人的邊境〉兩篇報導中提到的人物有著魑魅、獵人或斯巴達人等一模一樣的代號是很不尋常的事。兩篇中有些內容相同，有些又明顯不同。到底兩篇報導中出現的是同一群人嗎？還是不同人？如果是同一批人，為何在兩篇報導中提到的職業背景資料不一樣？如果不是同一批人，如果是像雷洛提烏斯說的第三個團體的人，那麼兩篇報導中的兩批人怎麼會有一樣的代號？

對此，雷洛提烏斯提出一整套反駁的說法：

「他說得對。這樣的巧合就像買樂透六碼全中的機率一樣難得。但這些都不是巧合。魑魅、斯巴達人或潘恩，這些都不是像小男孩在遊戲區一樣隨便想出來的假名（類似『如果你是前鋒球員，那我就是助攻的中鋒球員』那樣的概念）。魑魅、斯巴達人、潘恩、鑽子、獵人、魯格（或取自另一種槍枝名稱的代號柯特〔Colt〕），還有好戲上場（Showtime）、驅逐艦（Destroyer），或是取自輪式手槍的丹（Dan）等族繁不及備載，如果我理解得沒錯的話，這些美軍在勤務過程中的小隊裡取的非正式代號，甚至代表了他們負責的功能屬性。舉例而言，魑魅，負責偵查，我報導中的魑魅負責操控無人偵測機；獵人，代表狙擊手。這部分我不是很熟。僅舉兩個代號稍作解釋，主要也是因為我不確定是否能寫出這些人的真名。那群人告訴我，這些代號起源於十七世紀時北美的義勇軍，特點是讓這些民兵能在一分鐘內就戰鬥位置。我知道在幾部知名的好萊塢戰爭片，像是《獵風行動》（*Windtalkers*）或《黑鷹計畫》（*Black Hawk Down*）中，也有角色用了魑魅、柯特或斯巴達人這些代號。如果我沒記錯的話，佛利那部紀錄片《無主之地》裡面甚至還有兩位斯巴達人出現。那麼至少有兩個民兵（幾乎都是退伍軍人）同時使用這個代號的機率有多大呢？我想說的是：機率很高，甚至可能還有其他十幾二十個民兵有相同代號也說不定。」

針對我提出代號重複情形的不合理，雷洛提烏斯向主管做出的說明，可惜是錯的。許多民兵組織會為成員取代號，而且是相同的代號。聽起來雖然好像合理，事實上並不正確。確實有些人會取代號，但是他們大都直接稱呼彼此的名字。這樣就夠了。美國的民兵並非作戰單位，他們雖然在邊境出沒，但哪怕只是拿槍對準手無寸鐵的難民，都會被非政府組織提告。一般人可能都對民兵有些想像，畢竟和現實還是有些差距。顯然雷洛提烏斯對於那個想像中的版本比較感興趣。

「現在胡安聽來可能覺得有點蠢。他對那些代號的情況可能不是那麼清楚，但其實他可以問我。可惜在上周五的通話中他一次也沒提到這個疑問。通常同事間有任何疑問會先向當事人提出來，何況這篇報導還是我們的共同責任。」

雷洛提烏斯整份回覆的高潮在結尾的部分——他提出我誤解他以及不當懷疑他的證據。據他表示，有《明鏡電視新聞雜誌》節目的同仁正前往美國，要去採訪他報導過的民兵隊。

「《明鏡電視新聞雜誌》節目計畫報導相同的美墨邊境題材……魯格是我唯一可以使用電子郵件聯絡的人，我把他的電郵信箱給了記者C.。魯格也為此和我聯絡過，還問我那是怎樣的同事。昨天我才剛回覆他說，是個好同事。」

至此我的主管應該更加肯定，雷洛提烏斯說的都對，而我做的全部都錯。如果《明鏡電視新聞雜誌》節目要去採訪這些人，那表示這些人一定存在，所以一定是我搞錯了。不過那個據稱是唯一聯絡方式的電郵信箱是mike.morris614@yahoo.com，而那個號稱「滴水不漏」的民兵組織百分之三人的隊長，碰巧就叫邁克．莫里斯（Mike Morris）。

只是就連這點還是不夠可疑。後來費希特納告訴我，當下其實他也留意到這個疑點，只不過我的主管一直以來都太相信雷洛提烏斯了。

第 10 章

調查中的光怪陸離

謊言的編造技巧

「給我真相，其餘免談！」

——美國導演布萊克・愛德華茲（Blake Edwards）

我在本書一開始就形容雷洛提烏斯像是個沒有做任何防護措施，便妄想征服峭壁獨自攻頂的人，而且有辦法將形成阻礙的恐懼感轉化為推升效率的靈丹妙藥。

在這個周一上午，獨自攻頂的雷洛提烏斯用一封電子郵件，再次向蓋爾證明他的能力有多好。連篇反駁寫得冠冕堂皇，就算是再仔細的讀者也很難察覺到他那封反駁信中堆積如山的謊言。電郵中提到的大部分內容都是杜撰的。我在發出電子郵件時，從來沒有抄送過任何副本。事實上，沒有任何攝影師跟他說過《紐約時報》的報導可能有誤之類的話。而且，在美國民兵組織裡面，代號的使用並沒有那麼普遍，因為原則上他們面對的所謂「敵人」，只是一些非法入境、手無寸鐵的難民，而且其中許多人只是婦女和兒童。

就像在他的職涯發展歷程中，雷洛提烏斯非常注重他的用詞帶來的效果。他很清楚我主管內心那個可以決定一切、近乎渴求的願望：雷洛提烏斯誠實地做好了工作、他們沒什麼好苛求的、《明鏡周刊》的名聲也不會陷入危機。

雷洛提烏斯不僅回覆了我提出的疑點，還先漸次模糊焦點，再針對某些點加以著墨——初用鈍劍試探，然後亮出利劍，最後使出最具破壞力的大鐵球予以致命的一擊——整篇反駁文於是匯集到高點。在訴訟電影裡面，導演在關鍵結辯的場景中通常會做這樣的安排。

一開始先要引起共鳴，讓人覺得某些內容我都寫對了——很多內容都寫對了，只是搞混了一些細枝末節，比如照片發表的日期。接著他再提出幾個只能從美國境內網路瀏覽的網頁，然後聲稱查找到主角前妻連同此人過往離婚次數的資料，以證明他的能力。接下來，雷洛提烏斯說明他一向以透明的態度處理掌握到的資料，因此主動對我提起《瓊斯媽媽》雜誌上的報導。最後再點出我的無知。我還真的不知道，原來美國的民兵組織成員間不僅常使用代號，而且還常使用同樣的代號！

這是他過去一直操弄的真相與合理化之間的模糊界線。真相和合理化常被認為是同一回事，甚至經常被混淆。對於那些想要相信他的人，在讀過他的反駁信後，都會覺得我的主要論點現在被劍擊中，處於搖搖欲墜的狀態。緊隨而來的大鐵球，就是提到《明鏡電視新聞雜誌》節目的同仁已經在前往採訪那群民兵的途中，而且他把和那群人聯絡的唯一一個電郵信箱告訴前去採訪的人員了。

據雷洛提烏斯的說詞，幾個他每天會在公司食堂遇到的《明鏡電視新聞雜誌》節目的同仁已經和民兵組織聯絡上了！不僅如此，這幾人還要出發去拍攝這些民兵。一切聽來都是最好的證明。我在幾個星期後才看到雷洛提烏斯的反駁信。我常自問，我真的相信他寫的內容嗎？我不知道。可能吧！

此外，那個雅虎（Yahoo）信箱也不是完全沒問題。顯然我的幾位主管也不想計較其中的真偽。我指責雷洛提烏斯在他寫的報導中造假（如果我想的沒錯的話），那麼雷洛提烏斯想到用一個雅虎信箱來挽救他的工作，對他來說就不是太難跨出的一步。任何人都能在雅虎註冊一個信箱，無論是用誰的名字。這樣想來不免莞爾：當《明鏡電視新聞雜誌》的同仁以為，他們用mikemorris614@yahoo.com這個電郵地址向遠在美國亞利桑那州沙漠裡面的一群荷槍漢子發出電子郵件時，這個電子郵件實際上卻是寄到雷洛提烏斯的辦公室，在同一棟《明鏡》大樓裡面往上幾層樓的距離。

電子郵件這一招也可看出，要通過資料查核員的審查多麼容易，未來也是，除非這位資料查核員會問：「親愛的記者同仁，請順便把翻譯人員和你採訪對象的聯絡方式交給我吧！我想確認幾點細節。」然後，基於「幾個可憐人當然沒有手機可用」這樣的好理由，這位同仁交出僅有的通聯管道電郵信箱，如此一來，資料查核員就無計可施了。關於mohammed0815@gmail.com這個電郵信箱，或關於任何一個剛申請的雅虎信箱的疑問，就讓這位騙子同事來回答吧！

懷著全然理解雷洛提烏斯的想法，我的主管們忘了做一件事：打電話向幾層樓下的《明鏡電視新聞雜誌》求證。那裡的同仁可以證實，他們並沒有和魯格見面的規畫，也沒有要飛到美國的採訪行程。這樣就能讓雷洛提烏斯拋出的大鐵球帶來的衝擊力道小很多。

然而，問題在於，我的幾位主管在這個時間點上不再擔當裁判的角色。付印之後，〈獵人的邊境〉不再只是我和雷洛提烏斯兩人寫的文章，同時也是這些主管的「作品」。蓋爾和費希特納於是成為站在同一條船上的同黨，兩人最擔心的莫過於被騙子牽著鼻子走這樣的情況發生。於是，要讓這樣的黨朋信服就變得更容易了。

我沒預料到的是，雷洛提烏斯的反駁信成功達到目的了：他順利消除了所有疑慮。他得到全面性的勝利，而我提出的質疑，不僅沒打擊到他，反而傷害到我自己。因為他能提出「證明」，再次確認所有人已經知道的事：雷洛提烏斯是個特別厲害的記者，他務實又精確的工作態度足以作為表率，簡直是業界標竿。

如同預想的一樣，在我將帶有三個疑點的電子郵件發送到漢堡辦公室後，什麼事情也沒發生。那封郵件就像失效的炸彈，沒讓任何人感到緊張、害怕或不安，那天依舊是個十一月下旬的尋常日子。可能還有點沉浸在即將得到記者獎的喜悅之中，因為十二月三日的頒獎典禮就在眼前，雷洛提烏斯再次掌握最好的時機。可惜並非如此，編輯部並未太掛心他即將得獎這件事。得獎已經成為常態，尤其得獎人是雷洛提烏斯時。那天辦公室裡一切如常，沒什麼特別事發生。就是莫雷諾不知道哪根筋不對勁，不過也只有費希特納和蓋爾曉得這件事。

整件事最大的問題在於，我的主管沒有親自探究我提出的疑點，而是把這項任務「交付」給雷洛提烏斯去辦。如若不然，十二月初有一刊的封面故事是關於氣候變遷的造假報導應該就不會發表。蓋爾和費希特納都知道我對那篇有很大疑問，同時我也將自己認為的疑點告知歐茲蘭，但兩位上級主管卻告訴歐茲蘭，他們會「解決這件事」，之後歐茲蘭就再也沒接到任何下文。蓋爾和費希特納繼續將那篇氣候變遷的專文上呈給當時的總編輯，也就是依《出版法》應對發表的內容承擔最終責任的人。為了寫那篇報導，雷洛提烏斯前往熱帶島國吉里巴斯當地，採訪一位住在竹子搭建的棚子裡、為海平面上升而奮戰的人。那篇報導完成後已經在編輯部閒置一段時間。然而事後證實：雷洛提烏斯並沒有去過吉里巴斯，而是逗留在原本應該轉機的中途站洛杉磯。

後來我接到漢堡發出的唯一一次回應是一封簡短的電子郵件，通知要和我面談。與會人暫定為未來的總編輯費希特納、雷洛提烏斯、蓋爾和我。雖然當下我不清楚會發生什麼事，但總是有不太好的預感。如今的我已經知道，那是要通知我合約期滿後不再續約。

當時的我還能做的只有繼續追查真相。《土桑前哨報》（*Tucson Sentinel*）以報導亞利桑那州地方新聞為主，有位自由記者曾在該報發表過關於「國土安全」與「邊境」等相關議題的報導。於是，我和人在土桑市的這位記者取得聯繫。在多次通話中，我表明需要他協助查驗一則報導的真實性。這位仁兄是那種懷有「偉大美國」心態的人，覺得只要是美國的，一切都「好棒棒」。所以他當然知道佛利這號人物。太好了！電話中他告訴我，他會馬上出發去找佛利，親自向佛利提問我寄給他的幾個問題。很好！另外，他要求先用PayPal線上預付一百五十美元作為這項任務的訂金。這聽起來不太妙，不過我想著，或許在美國都這樣做吧！當時我還不想為了這件事自己搭飛機跑一趟。重新跑過一遍同事的訪查行程，聽起來就好像只有心胸狹窄的人才會做的事，那種感覺很不好，就好像我是製造麻煩的人，堅持要為自己打這一仗似的。我希望這位記者仁兄能錄下佛利的說法後寄給我，事情發展至此看起來還不至於太壞。那位記者仁兄承諾會主動與我聯絡，於是我把他要求的款項匯過去給他。

在我等待土桑那裡回覆的期間，我只能做手邊能做的事。我閱讀雷洛提烏斯的其他報導，果然，就像今日只要有人讀他寫的文章就會有的感受，不出十分鐘就察覺到自己心中冒出許多問號。就好像接受打針注射，痛感從一個點漾出來。讀他寫的文章時只是感到疑惑不解，而不是一般該有的感到佩服，並且讀完後總是在心中留下更大的謎團與不解。我突然覺得文中到處有矛盾，就好像有人把那些不合理的段落都用螢光筆標示出來。

最佳報導的真相

我讀的第一篇報導是〈國王的孩子〉。因為那篇報導讓身處墨西哥的我，要向我的主管道歉。我發出一條簡訊，表示自己佩服雷洛提烏斯的細心，並把我固執地堅持的理由，歸咎於自己受傷的自尊。〈國王的孩子〉被來自各國的評審團成員評選為二〇一六年歐洲最佳報導獎。前面已經提過，這篇報導的主角是一對姊弟，因為敘利亞內戰出逃到土耳其，並在當地受到勞力剝削。十三歲的姊姊阿琳做起裁縫工作，十二歲的弟弟阿罕默德則住在廢棄物處理廠的廠房做資源回收。兩個孩子都夢想著更好的未來，期待有人來救他們。那篇報導以一個女孩吟唱一首敘利亞兒歌為開場，報導裡面並提到那是「從拉卡（Rakka）到大馬士革的孩子都會在學校裡」學到的兒歌。歌詞內容講述一對手足因為戰爭逃到別國做苦工，最後被真主阿拉所救，從此過著像國王一樣的幸福生活。講的完全就是〈國王的孩子〉這篇報導的內容。阿琳和阿罕默德這對姊弟夢想著「歐洲的女王」梅克爾總有一天會來接他們，雷洛提烏斯文中的女孩在信中這樣告訴弟弟。

無論如何，我想找到這首兒歌，所以接下來幾天向許多人打聽關於這首兒歌的消息。我請教一位萊比錫的阿拉伯語言與翻譯學教授舒茲（Professor Schulz），他是個親切又和善的人，他以出乎我意料的方式，在整個系所裡面，甚至有敘利亞籍學生在場的課堂上詢問，是否有人聽過這首描寫手足情深的兒歌。結果竟然沒有人附和聽過這首歌。不過作為學者，他也不排除這首兒歌存在的可能。

當我向一位汽車技師提到這樣一首兒歌時，他笑得幾乎從椅子上摔下來：「兒歌描寫逃亡的孩子？你確定那是一首阿拉伯兒歌嗎？說到逃亡，不是指猶太人嗎？你知道的。」

我也將〈國王的孩子〉這篇報導寄給一位認識的《德國之聲》阿拉伯語編譯。他只回了兩個字：「童話」。接著，我又在柏林的難民收容所找到一位來自阿勒坡（Aleppo）、過去曾在兒童慶生會上擺攤營生的樂師。結果，這位樂師也沒聽過這樣一首兒歌。另一位來自俄羅斯鄂木斯克（Omsk）、現居倫敦的小提琴家也聞所未聞。沒有人知道這首兒歌。

這樣的結論對事情有幫助嗎？不，沒有。要證明一件事不存在，尤其是證明沒有某一首兒歌，基本上是不可能的。即便是聯絡上救援組織「維生」（Support for Life），和他們在土耳其哈塔伊省（Hatay）的聯絡人取得聯繫，也沒有一絲進展。沒錯，土耳其境內或許存在童工問題，但那並不表示隨便一個記者就能輕易找到那些兒童或接觸到相關人士。至於那首兒歌？我得到的回答是：「從來沒聽過。」

全篇〈國王的孩子〉讀來就像是在讀童話故事一樣，如同我所感受到的：像是有人讀到某篇格林童話，然後企圖從網路搜尋引擎查找其中的真相。

我那同樣身為記者的另一半也有相同的感受。她讀到〈兒戲〉這篇報導的時間點，是在雷洛提烏斯即將在堤琵劇院領到他人生第四個記者獎的幾個星期前。前面已經提過，該報導的主要人物是因為塗鴉引發敘利亞內戰的男孩——穆阿威亞．塞也斯涅（Mouawiya Syasneh）。塞也斯涅被捕時才十三歲，旋即遭到刑求。不久後發生幾次聲援抗議，其中不乏塞也斯涅的父母參與的抗議活動以及一次警方的猛烈回擊。依據雷洛提烏斯所寫的內容，一場內戰於焉爆發，因為積怨已深的人民激怒了敘利亞當局，這些人民像一觸即發的火藥桶，再次遭到當局打壓後，能做的就是全面反擊。在雷洛提烏斯的文章裡面，塞也斯涅就是那個火種。雷洛提烏斯在訪查過程中採取開放的態度。他描寫到，塞也斯涅手裡握著手機，讓雷洛提烏斯看到他如何穿過遭到轟炸的城市市容。雷洛提烏斯得以看到實況，全因為男孩總是隨身帶著智慧型手機，用視訊讓他參與自己的行動過程。於是，雷洛提烏斯不必親自到場，同樣能如臨其境。

〈兒戲〉是雷洛提烏斯的大師之作。我太太曾經有一年多時間在艾克瑟史普林格學院帶過一項關於播客的研究計畫。內容曾經講過一個在伊德利卜省（Idlib）的毒氣攻擊事件中失去父親的敘利亞男孩。由於當時西方記者無法進入敘利亞境內，因此採訪過程由一位敘利亞當地的人員協助。這位當地人員會帶著麥克風，有時也帶著相機前去拜訪報導的主角，並對他提出事先準備好的問題。我太太和幾個實習生偶爾也會經由WhatsApp或Skype等通訊軟體直接和採訪對象對話。所以基本上，我太太的採訪方式和雷洛提烏斯在報導〈兒戲〉時採取的方式並無二致。但是她對報導內容有所懷疑。她不相信，敘利亞的平民老百姓竟然可以像雷洛提烏斯的報導中寫的，任意帶著槍械行走在受到轟炸的市中心。不過我太太也無法證實，這些內容是否是編造的。雷洛提烏斯的這篇報導終究還是寫得太好了，以至於難以驗證真偽。我太太發現了令我訝異的事實問題，畢竟那篇報導當時已經通過《明鏡》資料查核部門的審核了。舉例而言，報導中點出戰爭爆發的具體時間，然而實際上敘利亞內戰並沒有明確的起始時間。不過，我的目的並不是在找出這些報導中的錯誤。每個記者都可能犯錯。我在意的是報導中虛構、不實的內容。但是雷洛提烏斯的做法令人難以捉摸。這幾年來，他已然發展出一套完善的欺騙手法。在他第四次得到記者獎時，評審的評語是，因為他都能明白交代資料來源，因為他詳實地進行訪查工作，因為他不像其他撰稿人那樣迂迴，避免引起不必要的聯想，總是能提出發人深省的疑問。這段評語字句寫得明白，雷洛提烏斯的文章中有許多內容不巧「無法驗證」，換句話說，〈兒戲〉這篇報導是個無法驗證的難題。而且不巧，不是唯一一篇有這種情況的報導。

亞利桑那州土桑市的記者後來再也沒有回電。幾天後，我也面對現實，確定不會再接到他的回電了。我發給他的電子郵件不見他回覆，撥給他的電話也被直接掛斷。那幾天並不好過，我的工作就快完了，還想著要證實一首敘利亞兒歌不存在的事實。然後，遠在土桑市的某個傢伙應該也無法理解，我這個白癡竟然真的傻到匯錢給他。

截至目前為止，我只找到十來個事實錯誤，但是我能向漢堡總部提交這些「錯誤」的時間點已經過了。雷洛提烏斯已經使出他的大絕招，現在輪到我也必須出手了，但我還沒掌握可以令人信服的證據。於是，我很清楚必須親自到美國亞利桑那州一趟，尋訪那裡的民兵組織。只是我可不想看起來像個在背後調查同事的人，所以我需要一個前往美國的正式理由，讓我的訪查行動不會引起不必要的懷疑。

我打電話聯絡了捷克一位專為藝人安排巡演活動的經紀人。他曾經安排我採訪到行事具爭議性的前拳擊手麥克・泰森（Mike Tyson），而且他喜歡那篇發表在《明鏡周刊》的報導。當時他提過，自己和有史以來收入最高的拳擊手佛洛伊德・梅威瑟（Floyd Mayweather）的關係也很好。這位經紀人名叫拉定・陶亨（Radim Tauchen），是個非常專業的人。陶亨告訴我，他其實早該到梅威瑟那裡了，可是最近剛好沒時間，等他下次到拉斯維加斯時，或許我就有機會可以採訪梅威瑟。

我上網搜尋了一下拉斯維加斯到佛利的民兵隊所在的亞利桑那州南部邊境的距離，單趟有七百六十公里遠，可以在一天內來回。

「你不能現在去梅威瑟那裡嗎？」我問陶亨。我提議向《明鏡》提出申請，由《明鏡》支付他前往美國的機票費用，因為《明鏡》還沒做過梅威瑟的專訪。這位選手剛從拳擊賽中贏得兩億五千萬美元的報酬，而且如果要探討現代拳擊運動崩壞的情況，他會是個很好的報導題材。梅威瑟很少接受採訪，至少德國媒體還沒有人採訪過他。

活動策劃經紀人考慮了一下說：「好吧！我和梅威瑟的經紀人討論一下。如果他願意接受採訪，而你的公司也願意支付我的機票，就由你來進行訪問，塔立耶裘負責攝影工作。」陶亨認識我的攝影師朋友塔立耶裘。

我撥了電話給塔立耶裘，告訴他：「我想去美國一趟，去南部會會兩個向拉丁裔移民開槍的川粉。他們不喜歡記者，而且持有武器。我做這些，只因為我覺得我們編輯部的人氣王可能有新聞造假的嫌疑。當然，也可能沒有。」電話另一頭的塔立耶裘不發一語。「喔！對了。如果你願意一起來，機票錢你要自己付。」我補充說道。

體育組表達想做梅威瑟專訪的意願，社會編輯部卻保持沉默，既沒來電，也沒發來任何訊息，我感受到那股冷漠的氣氛。由於我即將前往美國，又剛好注意到過去雷洛提烏斯寫過許多關於美國的報導，所以其中幾篇，打算帶到飛機上看。

其中一篇報導發生在美國中西部支持川普的明尼蘇達州弗格斯福爾斯鎮。那裡顯然大部分的人都很有活力。另一篇報導提到一位到美國各處觀看死刑執刑過程的潔兒・格拉蒂絲（Gayle Gladdis）：「她自願觀看這件沒人願意看的事。」另外一篇的主題則是我向體育組提議過的，關於美式足球四分衛球員卡珀尼克的報導。卡珀尼克是一對白人夫婦領養的黑人，在一次球賽開始前例行的國歌演奏時，他以單膝下跪表達對種族主義和警察暴力的抗議，那次行動激怒了包含當時的美國總統川普在內的美國保守派人士。此前卡珀尼克曾在「舊金山四九人」球隊擔任四分衛長達六年，但事件後再也沒有球隊願意和他簽約。雷洛提烏斯訪問了卡珀尼克的父母。報導中，兩人意外地表示，兒子的現況部分原因要怪他新結交的女朋友。我最後讀的是一篇關於二戰期間，德國大學生的反納粹運動「白玫瑰」（Weiße Rose）倖存者的感人訪談紀錄。特勞塔・拉夫倫茲（Traute Lafrenz）是反納粹運動的偶像級人物，與其說是對話，那篇訪談紀錄更像是一篇啟示錄。住在美國南卡羅萊納州的拉夫倫茲思緒清楚、有智慧而且為人謙和，並且顯然深受雷洛提烏斯提出的問題所感動。因此，據報導所示，她在訪問過程中一度要求暫停一個小時，之後她才有辦法繼續說話。

讀過這幾篇報導後，對於雷洛提烏斯在我們部門被捧為明星，我一點也不感到驚訝了。以上提到的四篇報導都是他在過去二、三年裡面發表的文章，每一篇都比我過去十多年來寫的任何一篇文章還要轟動。

抵達拉斯維加斯之後，我找了間廉價的汽車旅館。這是我第四次或第五次來這個城市了吧！即便我的工作一部分是為了闡釋人性，但這個城市始終能證明我對人性不夠了解。我無法理解，怎麼會有人把拉斯維加斯那些擺滿吃角子老虎機台和輪盤賭桌的飯店，當作是作風大膽的設計師哈洛德．葛洛克勒（Harald Glööckler）為巴黎設計的時尚，願意每晚花四百美元住在裡面。

塔立耶袞抵達拉斯維加斯的時間比我早，因為他出身自義大利拿坡里的父親，現在就住在亞利桑那州的鳳凰城。塔立耶袞才剛五十歲出頭，懷抱著浪漫的共產主義情結，也是個思緒清楚的思想家。他把《明鏡周刊》某期以古巴強人卡斯楚（Fidel Castro）作為封面故事的內容全貼在自己攝影工作室的牆面上，一旁是兩期有《希特勒日記》（Hitler-Tagebücher）相關報導的《亮點》雜誌，接著是不久前才加入展示行列、有〈獵人的邊境〉這篇報導的《明鏡周刊》。塔立耶袞在紐約完成他的攝影專業訓練，也為美國時尚雜誌擔任過攝影工作。他那個時期的事蹟聽起來就像一個又一個在迷幻藥中尋求樂趣的瘋狂故事。我們曾為了報導一起到過肯亞的垃圾掩埋場，一起在衣索比亞被捕，也曾經追隨海明威的腳步，跟著柯西瑪漁村（Cojimar）的古巴漁人出海，那可是一件雖然帥氣卻極度違法的事情。之後幾天，我和塔立耶袞聊了很多，聊到雷洛提烏斯、聊到新聞業，還有許多自由記者同業的生活。

在新聞業，無論是文字記者或攝影記者，幾乎沒有任何自由工作者可以單純只為日報、大型雜誌或是嚴謹的線上媒體供稿，幾乎沒有人能夠以此維生。有些公關公司負責為企業提供所謂的行銷內容文稿，而許多記者為前面提過的媒體寫稿，只是為了向這些公關公司提出漂亮的履歷。有些公關公司給的稿費確實不錯，而公關公司也喜歡真的具有批判性的記者。當然，前提是這些記者不能寫出批評公關公司自家客戶的內容。

離出發前往墨西哥邊境的民兵隊還有一整天時間，我們繼續在網上搜尋相關資料。塔立耶袞熟悉古巴事物，所以他又仔細研讀了雷洛提烏斯在《西塞羅》發表的那篇報導。文中提到擦鞋匠要向稅務會計師諮詢稅務問題，還出現過一位曾經入監服刑的異議人士坐在知名的佛羅里達酒吧（El Floridita）。發人深省的一篇文章。

塔立耶袞和他的西班牙妻子是在古巴結婚的，他對於內容感到難以置信。他認為，佛羅里達酒吧現在就是觀光客才會去的地方，那裡一杯飲料索價十、十二，甚至十五美元，相當於許多古巴人一個月的薪水。而且音樂放得很大聲，讓人很難在裡面聊天。此外，多數時候人到了現場也無法馬上進入酒吧，必須和一群郵輪旅客或當日往返哈瓦那與巴拉德羅（Varadero）的一日遊觀光客擠在人龍裡等候入場。簡言之，佛羅里達酒吧根本就不是一個可以高談闊論古巴社會主義現況的場所，反而是一個見證古巴社會主義衰敗的地方。

我把那篇拉夫倫茲的訪談紀錄再讀過一遍。《明鏡周刊》的文中提到，雷洛提烏斯那次訪談用了五個小時。我必須想一下，他是如何做到的。雷洛提烏斯寫到，在多次電話詢問遭拒後，他在沒有約定時間的情況下前去拜訪。一如他刻意給人他是位優秀記者的印象，他在那次採訪行動中表現出自己的執著。拉夫倫茲住在南卡羅萊納州。我找出幾個航班，發現時間上是可行的。關鍵在於，我認為對於一位過去在德國經受過夠多苦難、而且已經高齡九十九歲的女性，該是時候放過她了。於是我決定轉以卡珀尼克為目標。碰巧塔立耶袞在紐約那幾年認識一位專門販售名人通訊錄給公司行號的人，公司就叫「名人服務公司」（Celebrity Services），早在一九三九年開始，他們就提供這項業務服務內容，《明鏡周刊》過去可能也曾經是他們的客戶。

塔立耶袞去電給這位任職於「名人服務公司」、名叫馬克（Mark）的友人，向他詢問美式足球運動員卡珀尼克的電話號碼。馬克的心情很好，而且人很熱心，當下就像許多電影中演的那樣，回道：「好，等我打幾通電話確認一下。」馬克有辦法弄到任何人的電話號碼，即使不一定都是明星的私人號碼，卻必然是和那些明星夠親近的人的聯絡方式。於是，不到三個小時，我就拿到卡珀尼克經紀人的電話號碼：人在紐約的卡洛斯・符雷明（Carlos Fleming），連同他的分機號碼和電子郵件信箱。同時還拿到了卡珀尼克的委任律師，洛杉磯格拉哥斯與格拉哥斯（Geragos & Geragos）律師事務所的馬可・格拉哥斯（Mark Geragos）律師，包含辦公室電話、傳真號碼、電郵信箱等的聯絡方式。

另一方面，我也在等候的空檔試著上網搜尋卡珀尼克雙親的相關資料，內容之少，讓我頗感訝異。相關報導中，卡珀尼克的父親完全沒有任何發言紀錄，而他的母親也只有在某次川普發言後有感而發。川普那次發言表示，那幾個在國歌奏樂時單膝下跪的足球員都是「狗娘養的」，活該被開除。卡珀尼克的養母特麗莎（Teresa Kaepernik）在推特發文表示：「這下可好，幾句話讓我變成值得驕傲的婊子啦！」一時之間，美國的各家電視台、報章雜誌都想訪問這位女性，然而似乎只有一個人成功了，那就是《明鏡周刊》的雷洛提烏斯。

「撥個電話聯絡卡珀尼克的律師看看。」塔立耶裘說。

「我覺得似乎不太好，突然致電一位美國知名律師，告訴他德國最知名的新聞雜誌可能杜撰了和他委託人雙親的訪談內容。我們還是先看看民兵隊那裡的回應狀況再說吧！」

真相大白的時刻

對於沒有預約就貿然出現在佛利面前這件事，我可一點也沒有期待驚喜的興奮之情。因為根據雷洛提烏斯的描述，這個人住在鄰近邊界的沙漠不毛之地，而且手上有一堆武器。可是我別無選擇。

我們的目的地是亞利桑那州的阿里瓦卡（Arivaca），一個總人口僅約六百人的小地方，距離墨西哥邊境十一英里。早期淘金客在此碰運氣，找尋黃金和白銀，後來一九七〇年代來了一群嬉皮，如今這一帶淨是些因為各種原因想要離群索居的人。佛利的貨櫃車停駐的地方有點偏遠。我們的車在碎石子路上，沿著一道金屬閘門開著，接著來到幾條看起來有點猖狂的彎道上，大概繞過三個彎後，手機上的導航系統就失去連線了。這地方根本沒網路訊號。塔立耶裘問：「報導上不是說，那傢伙在這裡追捕拉美人的時候，就在這裡用智慧型手機看了一段川普的影片？」

我撥了佛利的號碼，向他請教怎麼走。之前是請託我太太經由她在德國廣播電台（Deutschlandradio）註冊的電郵信箱和佛利取得聯繫，所以他不知道我是《明鏡周刊》的記者。時間已經是傍晚，天色開始暗下來了，對於我們這麼晚來還想進行訪問，他不是很高興。當我保證只是簡短問幾個問題，還順便提到會照付約定的兩百美元後，他的情緒才稍微提振起來。

我們將租來的藍色現代汽車停在一輛貨櫃車前面，那輛貨櫃車只能稱得上是有十或十二公尺長的板金結構，在德國應該拿不到任何結構檢驗單位的使用執照。踏上幾步臺階就到入口處，進到車內，佛利和另一個男人就在入口前方坐了下來。男人的體格看起來有點結實、雜亂的鬍鬚、身穿迷彩褲和綠色T恤。他自稱羅倫佐·莫里歐（Lorenzo Murillo），而且令我驚訝的是，這人說得一口帶馬德里腔的西班牙語。他表示自己來自馬德里卡拉班切區（Carabanchel），全西班牙最有名的監獄就位在這個行政區。莫里歐有點怪異，他無法或不願意向我說明，為何他會從西班牙來到阿里瓦卡這地方。當下我還不知道，他之後竟然還派上用場了。

佛利很熱情，他身上有大量紋身，穿了一件軍綠色的帽T。皺紋深刻的臉上滿臉疲態，一副剛喝過不少金賓威士忌（Jim Beam）的樣子。後來他提到，他已經戒酒了。貨櫃車的內裝和預期一樣毫無品味可言。牆上掛著一些俗氣的武術裝飾品，像是日本武士刀、星形飛鏢之類的物件。

佛利坐到餐桌前，方便塔立耶袞錄影。

「你認得照片中的人嗎？」我給他看手機上顯示的雷洛提烏斯照片問道。佛利傾身向前，把眼睛眯成一團。

「他應該是四個星期前來過這裡。」我說。

佛利往後靠向椅背。「四個星期前？」他回想著。

「請幫我確認，您是否和這個人說過話。」

佛利再次往前挪動身體，將視線聚焦在照片上。「我不記得看過這個人。」

「根據他寫的報導，這個人在期中選舉隔天到過這裡，也就是十一月六日跨到七日那個晚上，而且當時您還和他一起在山上過夜。」

佛利笑出聲來。「不會吧？我上次上山是兩個星期前，再上一次，和幾個年輕小夥子一起，那都是六月的事了。」

這時我第一次向他表明我是《明鏡周刊》的記者。佛利才記起曾經接過一封《明鏡周刊》的人發來的電子郵件。有人和他們打過招呼後就無聲無息。我將那篇報導的譯本遞給佛利。他大聲念出大部分內容，逐行讀過〈獵人的邊境〉。

「沒有叫葉格的人。這傢伙是馬洛夫。他另有工作，住在離這裡不遠的土桑市。」佛利說道：「還有，什麼我們給誰戴上手銬？我們都還沒捕捉過任何人！」

「為什麼沒有？是因為抓人是非法的行為嗎？」我問。

「如果我們開始給人戴上手銬，那我們就不會在這裡。」佛利繼續朗讀道：「『……遇到三個背包裡裝滿古柯鹼的墨西哥女人……故意讓她們在山區挨凍兩個晚上，才把這三人交給邊境警察。』喔！天啊！」

「真的是這樣嗎？」我問道。

佛利大笑。「這簡直太可笑了！這傢伙大概是坐在某個旅館房間裡，吸食了強效的迷幻藥。我是不知道他在想什麼，但他確定沒來過我們這裡。還有啊！憑什麼我們要讓人挨凍兩天？因為那些人帶了古柯鹼？想過沒？如果你真的和他們糾纏那麼久，然後剛好被邊境巡警逮個正著。嘿！那你就是走私毒品啦！你們是沒有真相查核員嗎？」

「要檢驗這些內容的真偽並不容易。」我回答。

「才不會。要確認這些內容簡單得很。你們可以跟我聯絡啊！」

這樣的對話後來大概又進行了一個小時。佛利一行又一行讀過那篇報導，通篇幾乎沒有正確的內容。報導中的葉格名叫馬洛夫，他不是加州弗雷斯諾的人，既沒有女兒，也不是木工，有正當職業，不會對拉美人開槍，這整篇報導幾乎都是寫的人自己想出來的！

「通篇虛構！」佛利氣憤地罵道。

過去幾天，我一直想著和佛利見面會得到什麼結果。我認為最可能的是，雷洛提烏斯真的在某座小山上度過平凡無奇的三、四天。那幾個男人、武器、沙漠、所有的一切，甚至連那些情節，他真的都遇到了。事實上，這就是記者工作的開端。如果不是訪查更好的報導題材，就是要去思考自己所見所聞有什麼意義。雷洛提烏斯的同部門同事余爾根，在二〇一二年以一篇題為〈迷失的營隊〉（Das verlorene Bataillon）的報導獲得年度記者獎，余爾根和駐阿富汗的德軍一起行動了三個星期，男人、軍械、沙漠……報導中的主角在這場戰爭中沒開過一槍。阿富汗這地方對營隊裡的人來說不僅危險，還極度無聊。實際上什麼也沒發生，所有畫面都只是在這群男人腦中運作著。那是一篇非常精彩的報導。余爾根圍繞著對虛無的描寫，呈現出如若不是這場戰爭，就無法理解、所直接面對的內心深淵狀態這樣的報導和描述非常困難，能夠有這番書寫功力的人並不多，顯然也是雷洛提烏斯達不到的境界。

佛利突然將印有〈獵人的邊境〉譯本的幾頁紙合起來，還是一副無法置信的樣子：「我可以斬釘截鐵地告訴你，整篇報導都是杜撰的，我從來沒和這個記者說過話。他腦子裡早就有一篇故事，只是需要幾個人名和幾張可以和這些人名搭配起來的臉孔。」佛利氣到都忘了跟我要答應給他的兩百美元。我請他在我對《明鏡周刊》交代完事情始末前，先不要跟任何人談這件事，他表示同意。由於時間很晚了，結束後，我和塔立耶裘只好開車到最近的廉價汽車旅館。第一件事就是寫信給我太太：

……我剛從受訪人那裡回來。

雷洛提烏斯從來沒去過佛利那裡，他約了時間，不過最後人沒出現。

報導中的所有人物都是虛構的，裡面的葉格真名是馬洛夫。報導中提到，馬洛夫在兩年前就搬到田納西州了，而且有個毒品成癮的女兒這些內容都是杜撰的，全部的內容都對不上。就像今天受訪的人說的：「整個一大坨狗屎，就是這樣！」我都錄下來了，這傢伙說的是真話，毫無懸念。

我累壞了，而且至今無法相信到底都發生了些什麼事……

隔天是十二月三日，即將在柏林頒出年度記者獎的大日子，我和塔立耶裘兩人又開了近十個小時車程回到拉斯維加斯。我們都還沒抵達預定的旅宿，我的手機就響了。打來的是佛利。他表示，找到〈獵人的邊境〉那篇報導中的主角馬洛夫了，馬洛夫希望能和我們見上一面。馬洛夫剛離開佛利的貨櫃車不到半小時，要回不遠的薩瓦里塔家中。馬洛夫也願意錄影作證。我和塔立耶裘剛結束往返一千六百公里的行程，兩人都不想再跑這一趟。我問也沒問塔立耶裘，因為我們都知道，當然得過去一趟。「告訴馬洛夫，我們明天見。」我這樣跟佛利說。

我很清楚，我必須盡可能對《明鏡周刊》提出許多證據，越多越好。佛利當然有充分的理由欺騙我，畢竟他在報導中一開始就有非法舉動。據報導所述，他的亞利桑那邊境巡查隊做的所有事都是非法的。我知道他沒說謊，一開始他並不知道我是《明鏡周刊》的記者。但如果報導中的主角、真名馬洛夫的葉格，願意為我作證他從沒見過雷洛提烏斯也無妨。

幾個小時後，又過了不平靜的一夜，我和塔立耶裘又搭上租來的藍色現代汽車，開上同一條往南的高速公路。由於這號稱自由的國度有車速限制，我們一路上只能緩慢地向前移動。約莫十個小時後，我們終於彎進一個坐落著美式屋舍的住宅區中。看到有一戶的前院掛了美國國旗，馬洛夫的屋子前停了一輛噸位大到像坦克的大卡車。果不其然，車尾燈旁就貼了「聲援國軍」（Support our Troops）的標語貼紙。

馬洛夫的話不多，他曾經因為世界盃足球賽迷上德國，並以美軍的身分駐紮在南部的巴伐利亞地區。二〇〇六年夏季，他用兩個星期時間環遊德國，度過一段精彩的旅程。他的體格壯得像頭熊，頭頂黑色棒球帽、腳踏牛仔靴、手臂上滿是汽車圖案的刺青。

「你知道我們為什麼在這裡？」我問馬洛夫。

「佛利都告訴我了。我真不敢相信他說的那些事。」

我們在馬洛夫家待不到二十分鐘。塔立耶袞組裝攝影器材時，我讓他坐到椅子上。馬洛夫出示他的證件給我看，接著表示，他既不認識雷洛提烏斯、從來沒和他一起行動過，也沒有孩子、祖父不叫漢斯，也不是德國巴伐利亞地區來的，更沒有以獵人為代號。最後他舉起手臂在攝影機前露出外側的刺青，那和雷洛提烏斯在〈獵人的邊境〉中的刺青不一樣的是，並沒有「雄壯」、「威武」等字樣。馬洛夫很客氣，多次感謝我們給他澄清的機會。他告訴我們，他今天整天都在想那篇報導。他的工作是供電線路改造工程，有時也為保全公司員工提供教育訓練課程，因此若有任何和違法行為相關的紀錄，都不是他能承擔的後果，如果傳出他對拉美移民開槍，可能會讓他丟掉工作。「我要對《明鏡周刊》提告。」

塔立耶袞和我上車後，馬上又聊起來路上討論的話題。我們想著，這些影片對雷洛提烏斯的意義是什麼呢？對於影片中的人呢？面對這些指控的人，會做出什麼事情呢？會對他造成任何影響嗎？這些影片足以讓雷洛提烏斯的職業生命、他的成就、他的人生、他至今建立起來的一切都付之一炬，從此雷洛提烏斯的名字將成為新聞業敗壞的同義詞。塔立耶裘說：「拿坡里之子和安達盧西亞之子共同指認來自商貿大城的吹牛大王的罪行，一整個聽起來就像編出來的故事。」

最後，我們討論到，屆時我該如何和雷洛提烏斯對質。蓋爾和費希特納的辦公室應該都在《明鏡》大樓最高樓層、高階主管辦公室所在的第十三樓。「我絕不能在那裡讓雷洛提烏斯看佛利的那段影片，」我對塔利耶裘說。要進到《明鏡》大樓內部要先穿過一個大中庭，那個中庭的高度足有三十公尺高。「所以要在地面樓層！」我說：「要在地面樓層進行對話。我要和他約在公司食堂見面，我不上樓，而是由他下樓來。」

接下來，我們之間瀰漫著一股混雜著不確定感與消沉的氣氛。塔立耶裘和我馬上就意會到，雷洛提烏斯造假的不是只有一篇報導，他的謊言是有系統的。古巴的稅務會計師、卡珀尼克、兒歌、把旁觀行刑當作觀光的女人、拉夫倫茲、牆上塗鴉引爆的內戰，以及其他我從近二十篇雷洛提烏斯寫的文章中發現的問號。基本上，這些問號就足以說明一切，但那是我以為的，然而，《明鏡》內部卻不這麼認為，我必須說服的兩個人是費希特納和蓋爾。再過幾天，這兩人就會晉升到全德國最重要的雜誌社高層位置。兩人都在《明鏡周刊》工作了幾十年，現在，為他們的職場生涯加冕的時刻終於到來。如果我不能說服這兩人，不只是我，連《明鏡周刊》都會有麻煩。我把到時候想說的話先在腦子裡預習過一遍。目前的狀況是，我的兩位主管，也就是不久後的發行人和總編輯，蓋爾與費希特納約我下周到漢堡進行說明。

依舊是十二月三日，也就是雷洛提烏斯要上台領他人生中第四個記者獎的那天。就在同一天，我所有的計畫又被打亂了，只要一通電話就做到了，而且通話時間也不用很長。

來電的是美國記者泰・威爾絲（Tay Wiles）。她的聲音清亮又年輕，語速很快。「真是個精彩的故事啊！」她劈頭第一句就這麼說。她向我說明，她先聯絡了柏林的《明鏡國際》，跟他們索取〈獵人的邊境〉這篇報導的英文譯本。對方表示這篇報導沒有製作英文版，但給了她我的電話號碼。

我不得不坐下來。威爾絲跟我說了她認為「有趣」的點在於，《明鏡周刊》竟然出現杜撰的報導內容，而且好巧不巧，就發生在假新聞成為熱門議題的現在。我上網搜尋了她的名字。威爾絲是個自由記者，供稿對象有《瓊斯媽媽》和英國《衛報》等媒體。

「好了！都完了！」我心裡想著。如果率先將這件事公諸於世的不是我，而是她。那真是可以預想得到的最差情況了。威爾絲繼續說著，而且顯然她很清楚〈獵人的邊境〉報導中的每一個有問題的細節，我在腦子裡已經很快將所有可能的後果都想過一遍。其實也沒那麼複雜。

假設她向《衛報》提出這篇報導，必然會得到《衛報》採用。消息很快就會傳到德國，德國記者就會馬上跟進報導，可能是《畫報》、可能是《南德日報》，或是任何一個最先讀到她這篇報導的人。是誰在《明鏡周刊》發表那篇批判史普林格出版集團執行長馬諦亞斯・多芬納（Mathias Döpfner）的人物側寫？那篇報導發表至今還不到五年。同業一家報紙稱當時的六頁內容對該集團的「形象造成嚴重傷害」。那篇人物側寫的撰稿人是蓋爾，我的主管，也是雷洛提烏斯的主管；又是誰寫了一篇關於同屬史普林格出版集團的《畫報》、標題為〈縱火者〉（Die Brandstifter）的封面故事，傷害到許多《畫報》記者的報導？費希特納。只要稍微想一秒鐘，如果爆出醜聞，史普林格出版集團可能會怎麼做？《畫報》可能會怎麼處理這條新聞？尤其是在《明鏡周刊》毫無準備、還可能一直相信雷洛提烏斯的情況下。

「妳和佛利談過了嗎？」我問威爾絲。我以為那是唯一可能的消息來源。威爾絲給了肯定的答案。她表示自己正在寫一篇關於邊境的報導。她順便提到，她覺得佛利的墨西哥朋友很奇怪。她甚至認為這個墨西哥人可能是某個墨西哥販毒集團的人。

「妳說的是莫里歐嗎？」我問。

「對！就是他！」威爾絲回答道。

「他不是墨西哥人，是西班牙人。馬德里西南郊卡拉班切區的人。」我回說。威爾絲曾試著查找過這個人的資料卻沒有結果，於是我主動跟她說，我可以撥幾通電話到西班牙問問，然後我會把查到關於這個人的所有資訊寄給她。我有幾個親戚住在馬德里，離卡拉班切不會太遠。「妳先等幾天，我試著查看看。」我告訴威爾絲。她欣然接受我的提議，並保證這段期間不會對外發布任何消息。

「你覺得她能信任嗎？」塔利耶裘問。他在一旁聽到了我們的對話。

「不會太久。畢竟她供稿給《衛報》，又和《紐約時報》有聯繫。」

對我來說，這時候再打電話給蓋爾已經沒有意義，我必須和更高層聯絡——費希特納，即將上任的總編輯過去曾是我的部門主編——我仔細地想著，要如何將哪些事情依序向他報告。我在筆記本上記下幾個關鍵字，我要先問他是否讀過〈獵人的邊境〉、是否知道我認為這篇文章有問題、是否知道我去過美國，而且掌握的不只是線索，而是我認定的證據。我期待會是一次事理分明又客觀的對話。

結果，費希特納似乎完全不知道我說的事情，這讓我感覺鬆了一口氣。聽他的語氣，似乎對我為了雷洛提烏斯的報導又跑一趟美國這件事感到非常驚訝。我當下竟然相信他對事情一無所知。如今想來，真是難以置信。

第 11 章

早現端倪的說謊者

受害者策略的欺騙手法

「第一課：首先你要自問：『人們想要什麼？渴望什麼？你要為他們勾勒出一個畫面，一個他們渴望已久、讓他們看了會喜極而泣的畫面。只要他們的眼睛蒙上了淚水，他們就處於半盲狀態了。他們是打從心底企盼，有生之年要看一次這樣的畫面。只要滿足了這個願望，他們就會用這個畫面去擊敗自己的疑心。這樣一來，他們就會希望這個畫面呈現出來的景象是真的，而你的工作也就完成一大半了。』」

——出自瑞士作家黎努斯・瑞胥林（Linus Reichlin）的《冒牌貨指南》（*Anleitung für Fälscher*）

我把在美國拍到的影片給幾個人看，剛好這幾個人都太天真了！我太太認為佛利和馬洛夫的話都很可信。她相信這兩人從沒見過雷洛提烏斯，無庸置疑。我把錄影畫面寄給兩位朋友，他們看過後反而不能理解我還有什麼好擔心的。塔利耶袞和我也以為，事情大概就這樣解決了。我們已經知道雷洛提烏斯的整篇報導幾乎都是虛構的，現在最終的證明都有了！

結果卻不然。

我顯然又再次低估了雷洛提烏斯。就憑兩段可笑的影片嗎？他早就走出全然不同的局勢了。要寫出這句話，對我來說並不容易，因為聽起來好像有點佩服的意味。只是我當時還不知道，雷洛提烏斯的欺騙手法有多純熟。當時我還不知道他寫了長篇的反駁文，更不知道他在反駁信中還提到《明鏡電視新聞雜誌》節目的同仁出發去找民兵組織的事。我知道他寫的報導有許多問題，知道他不是什麼才華洋溢的記者，而是技巧高超的騙子；知道他是個為了寫出他腦子裡幻想出的故事，踏上很多採訪行程的人。

印象深刻的是，當意會到雷洛提烏斯在感到事態緊迫時做出的那些反應。二〇一八年三月三日發表的〈最後的女證人〉就是最好的例子。

〈最後的女證人〉的報導真偽

故事的主角是美國密蘇里州喬普林市（Joplin）的一名五十九歲女秘書。這個實際上並不存在的人，有個特別的「嗜好」。由於美國大部分州的法律規定（這部分也大都是虛構的），執行死刑時需有「正值良善的老百姓」在場，這位虛構出來的潔兒．格拉蒂絲於是遊走美國各地，觀看受刑人如何被以人民之名遭到處決。她是自願到場觀刑的。一次又一次，她就是想看人死去。採訪過程中，雷洛提烏斯在一段長途灰狗巴士裡與格拉蒂絲傍身而坐，聽她訴說這些行動背後的原因。

在故事中，動機驅使著主角的每個行動，因此非常關鍵。雷洛提烏斯筆下每篇報導的主角都有著強烈的動機。〈最後的女證人〉這篇報導也不例外：格拉蒂絲的兒子與孫子都被殺了。後來警方雖然捉到兇手，法官也判決兇手應處以死刑，卻因為律師的辯護爭取，最終未能使兇手伏法。

因此，在雷洛提烏斯筆下，苦命的女秘書就像遭到恆久的詛咒，到處趕場觀看其他受刑人被處決的過程。那些人雖然不是殺害她兒子和親孫的真正兇手，但看到他們得到應有的報應，已經是她在絕望中尋求救贖的一種補償。聽起來還真是不錯的娛樂電影題材，可惜的是內容純屬虛構。不只德州沒有這樣的法條，其他州也都沒有這樣的規定，實際上根本沒有格拉蒂絲這個人，當然也沒有被殺害的兒孫。雷洛提烏斯也不曾到過獄所。可想而知，讓《明鏡周刊》印出十幾萬份、雷洛提烏斯在〈最後的女證人〉報導中描寫的畫面也都是虛構的。《明鏡周刊》至今都不知道，報導中這位女士到底是誰。被問到這個問題時，雷洛提烏斯只回答了：「就隨便一個人。」

〈最後的女證人〉這篇報導，（請多包涵我以下的措辭）就是一篇雷洛提烏斯的經典之作。文中可以找到所有雷洛提烏斯寫作的重要元素：有點媚俗的語言，加上他早期作品中已經常見的文字布局手法，比如用單純的因果關係和剛好適合影像化的模式來說明女主角的行為。再加上雷洛提烏斯聲稱，主角人物格拉蒂絲不願透露真名，因為她不希望認識的人知道她做的事。另一個讓這篇報導之所以稱得上是雷洛提烏斯經典之作的原因是，內容完全符合編輯部的需求，剛好是現今許多報章雜誌迫切需要、能引起大量情緒又貼近生活話題的題材。

了解這一切之後，再用一點時間想像一下，如果自己就是雷洛提烏斯：在了解前述背景的前提下，於報導發表不久後的二〇一八年七月十七日接到如下的電子郵件時，會怎麼想呢？我只能說，至今我無法理解，他怎麼還有辦法自圓其說！

嘉碧．烏爾（Gabi Uhl）〈…@gmail.com〉七月十七日，星期二，十七時四十五分

雷洛提烏斯先生，您好，

幾個星期前，從同事那裡得知並閱讀了您發表於《明鏡周刊》三月號某期的大作〈最後的女證人〉。因本人長期關注美國境內（德州為主）的死刑議題至今二十年有餘，且有三次親歷行刑現場的見證經驗。

讀過您的報導後，覺得有些內容不甚正確。於是，至少針對那些我有疑問的內容，查找了一些資料。請見附檔，是我針對您文中幾處疑義提出個人淺見的列表。

我非常希望能有機會與您討論相關議題。我個人的初步印象，而我也必須坦承，我懷疑這是一篇虛構的報導。因為有許多細節與事實不符，或與我個人的經驗不相符。雖然我不相信《明鏡周刊》的報導會出現這樣的情況，我終究還是想了解報導背後的真相，因此用了許多時間閱讀您的文章，並且查找資料。我確實很了解這個議題，但仍期許自己能不斷學習未知的相關資訊。

誠摯的問候。

嘉碧．烏爾

如果有人寫出不實的文章內容後又接到這樣一封電子郵件，會做出怎樣的反應呢？一般人可能會想先了解這位烏爾到底是什麼來歷，接著發現其實也不用太過擔心（當然，是以造假者的角度來看）。嘉碧．烏爾，生於一九六二年，德國中南部黑森邦首府威斯巴登市（Wiesbaden）附近中學的音樂與宗教課教師。「反死刑行動協會」（Initiative gegen die Todesstrafe e. V.）創辦人，官網為www.todesstrafetexas.de。全德國可能沒有人比烏爾女士更了解美國德州的死刑執法情形了，對於雷洛提烏斯的報導，烏爾女士選用了「虛構的報導」這樣的措辭。而且，她顯然已經對搜尋資料的結果失去信心。她在電郵附檔中列出四十餘處她認為〈最後的女證人〉文中有問題的內容，每一處都清楚註記並寫下意見。其中有幾點她認為不可能發生，另有幾點存在嚴重的事實錯誤。

雷洛提烏斯在報導一開頭就提到，格拉蒂絲不久前才剛在亞利桑那州見證過一次執刑現場，但是亞利桑那州從二〇一四年起就不再執行死刑。另外，文中也寫到德州於一九二四年首次以槍決的方式執行死刑。正確的資訊應該是：德州在一九二四年首次使用電椅行刑，在那之前則是吊刑。與文中描述不同的還有，遊客在監獄博物館中是不能真正坐上除役的電椅，也不能與刑器拍照，烏爾曾多次到訪同一座博物館。那座「老古董」遠遠被隔絕於遊客動線外。雷洛提烏斯文中提到過一份監獄報紙，實際上也沒這份報紙。

烏爾非常仔細地分析了雷洛提烏斯寫的這篇報導。文中有一段寫道：「德州執刑的速度很快。紹爾（Shore）突然全身抽動了一下，接著聽他喊道：『我感覺到了！』他的眼睛快速開合了幾次，又聽到他喊：『燒起來了！』麻醉劑的作用讓他肌肉鬆弛了下來，然後他的眼皮越來越沉重。大概有三十秒之久，格拉蒂絲還聽得到他的喘息聲，接著轉變為像打呼一樣的低沉聲響，約莫兩分鐘後，紹爾就失去了意識。格拉蒂絲注意到他的胸腔還在微微起伏，三分鐘後，他的肌肉像癱瘓了一樣，四分鐘後，他不再呼吸，最多五分鐘後心臟也不再跳動了。」

烏爾語氣平靜地評論道：「整個過程快多了。」

追溯雷洛提烏斯從何得知這些時間歷程的資訊非常容易。二〇一〇年《南德日報》曾報導過一位女性死亡的過程。該女性在瑞士安樂死組織「尊嚴」（Dignitas）的照護下，服下戊巴比妥鈉藥劑（Natrium-Pentobarbital-Lösung）結束自己的生命，整個過程也是四分鐘。《南德日報》報導中的女性也說過「燒起來了！」這樣特別的話。雷洛提烏斯顯然像小說作家一樣做了資料調查工作，力求細節描寫詳盡又合理，而且還要寫得聳動。

簡言之，雷洛提烏斯就是有辦法為自己解套。烏爾以超過四十條批註總結成一個絕對的證據。但是在幾次電郵通聯和通話後，最終烏爾還是接受雷洛提烏斯是個認真又親切的記者，只是不小心出現幾個錯誤。雷洛提烏斯在二〇一八年七月十八日發出一封電子郵件，他在郵件中寫道：「感謝來信及對本人撰稿提出的批評指教，您的意見必然是經過嚴謹考據才提出來。」並表示，不巧他人正在美國，因此「沒有時間逐點討論細節」。接著雷洛提烏斯又提到一些撰寫報導的原則：「每次訪查都有詳盡的資料可供佐證，如筆記、檔案文件、照片（以上包含未公開發表的內容）和錄音等。因此該報導絕非杜撰或虛構或諸如此類，而是依所知所信寫出來。」

雷洛提烏斯甚至聲稱，部分段落的內容還與德州的主事單位確認過。「這樣做才能排除一些與事實不符、錯誤理解的細節或是嚴重的事實錯誤，並予以修正，身為撰稿人的我也才能安心。令人氣惱的是，您在網路上讀到的文章中，顯然還有部分錯誤的內容未經修正。」

然後又是一個轉移所有焦點的高明謊言。因為有個技術性問題可以解釋這一切：「《明鏡周刊》數位版在過去幾個星期和幾個月裡面有些變動，原先的『明鏡Plus』（Spiegel Plus）版面經調整後，也以新的數位版面『明鏡＋』（Spiegel＋）重新面世。我只能說，數位版的內容尚未將原來發表的文章置換成修訂後的版本。我為此深表歉意。」電子郵件的末尾，雷洛提烏斯請烏爾再多些耐心等候，並表示他個人願意繼續討論此議題。他寫道：「關於您提到的其他點（比如德州和其他州的民事證人差異、行刑過程等），以及報導中主角的個人經歷與體驗到的場景，連同其他個人資訊等問題，我也很願意加以深入討論，並向您說明我們如何處理這些資料。」

最後，雷洛提烏斯在電郵中預告將與烏爾電話聯繫，並補充提到他認為烏爾所做的事「很了不起」，希望有機會「了解更多」，同時提到：「我關注相關議題多年，而〈最後的女證人〉這篇報導是我在相關議題的第一篇，也是目前為止唯一一篇報導。對我個人而言，在這個議題上，我的疑問一直比能回答的還多。」我和烏爾談了很久。她寫那封電郵的目的並不在揭發報導內容是否造假，因為她不認為《明鏡周刊》會刊出不實的報導。她只是想要個說法。「畢竟不是什麼三流的八卦小報，那可是《明鏡周刊》！」她這麼告訴我。在讀過雷洛提烏斯的回覆後，她曾想過那是一次失誤，也理解可能發生還沒寫好的稿子就被發表出來的狀況。這樣想就說得通了。

雷洛提烏斯和烏爾在電話中聊了很久。他努力說明自己並未因烏爾的電郵覺得受到攻擊。反之，雷洛提烏斯在電話中表現出很感激的樣子，說了些恭維的話，也提出幾個問題。當下讓烏爾以為，雷洛提烏斯會和她深入探究這些千頭萬緒的內容。烏爾以為，雷洛提烏斯和她一樣想找到真相，那情境就好像可憐的烏爾被偷了手提包，而要幫她找回包包的人就是那個小偷。

「我被說服了，」現在的她表示：「我太相信他，以至於失去判斷力。」雷洛提烏斯在報導中描寫的執刑過程：「……反光玻璃窗後，有兩名執法人員坐在電腦前方。他們正在等候按下注射鈕的指示。至於最終由誰按下那個按鈕，沒人知道。」關於這部分，烏爾表示：「在德州是以人工方式進行藥劑注射，而不是像電影《越過死亡線》（*Dead Man Walking*）中呈現的那樣，雷洛提烏斯的內容可能是參考這部電影中的場景寫出來的。」

最終，雷洛提烏斯以兩點做法順利為自己開脫。首先他耐住性子，沒有直接反駁烏爾提出的疑點。再者，他把自己形容成《明鏡周刊》技術問題的受害者。

這種受害者策略成功的機率很高。瑞士《報導》雜誌總編輯貝爾涅曾經接到一位認識的南非作家發來的電子郵件，信中對雷洛提烏斯的報導提出一些疑問。當時貝爾涅也曾自問，雷洛提烏斯該如何自圓其說這麼多疑點。那位南非作家曾經寫過一本關於馬里卡納（Marikana）大屠殺的專書，該事件爆發時，南非的種族隔離政策已經廢除二十年，但仍發生警方對罷工抗議的礦工開槍，造成三十四人死亡的憾事。雷洛提烏斯的報導以事件中一位在二〇一二年八月的罷工行動中喪命的礦工為主角，他在報導中追溯這位礦工死前幾天的活動足跡。問題在哪裡呢？雷洛提烏斯報導中的主要人物來自剛果共和國，然而認識所有事件受害者及其家屬的南非作家在寫給貝爾涅的信中表示，沒有出身自剛果的受害者。貝爾涅將這封電郵轉寄給雷洛提烏斯，要求他做出說明。在等不到雷洛提烏斯的回覆後，他又去信追問：「嗨，克拉斯，問題尚待您的解答。」這才接到雷洛提烏斯的回信。極其詳盡而且提出的理據足以令人信服。雷洛提烏斯那次的回覆給貝爾涅的感受，就像蓋爾在讀過雷洛提烏斯針對我就〈獵人的邊境〉提出的疑點所寫出的反駁信一樣，只有「佩服」兩個字可以形容。

在給貝爾涅的回覆中，雷洛提烏斯列出一長串他在訪查過程中接觸過的人員名單，其中有許多是直接與事件相關的人物。他同時寄出許多網址連結與節錄的文章段落，以支持他報導中寫出的內容。並提到報導中主人翁的妻子自稱真的來自剛果，或許因此才產生不必要的誤會也很難說。這樣的說法無疑就像拋出一顆厲害的煙霧彈。於是貝爾涅馬上提起電話撥給人在南非的來函作家，當時得到的幾個字是：「你的人沒問題。」這讓貝爾涅感到雷洛提烏斯不僅是個有天分的撰稿人，還是非常優秀的真相調查員。

《報導》雜誌相信雷洛提烏斯，特別是因為他表現出如此認真的態度。雷洛提烏斯在該雜誌發表第一篇文章時，也就是關於美國監獄對於失智症患者照護的那篇，《報導》甚至在同期雜誌中刊出了訪問雷洛提烏斯的內容：

問：受刑人跟你說過他們的犯行嗎？

答：是的。並非所有受刑人，不過有幾位願意，並且也確實坦然地和我談起他們的犯行。比如其中有位受刑人，年約六十歲，很詳細地提到他殺害了兩位親屬的過程，因為這兩位親屬在他年幼時數次性侵他。講述的過程中，這位受刑人雖然給人事過境遷的感覺，最後還是不由自主地哭了出來。當時靜坐一旁的心理輔導員後來告訴我，這位受刑人已經超過十年沒有出現過如此大的情緒反應。

最後的提問：您認為自己是好記者嗎？理由是什麼？

答：這是一個讓人迷失的問題！我目前人在韓國首爾進行採訪。昨天在這裡的一家餐廳菜單上看到幾句至理名言，其中有段話是這樣說的：「孔雀屏開得越大，越容易讓人看到牠的屁眼。」

我沒花工夫去查證，韓國是否真的有這段以孔雀開屏做喻的俗諺。很大的可能應該沒有吧！雷洛提烏斯就是有辦法應付所有的質疑。《明鏡周刊》內部也不乏有同事覺得，雷洛提烏斯成功的背後可能有問題。其中有位同事麥克．葛洛瑟卡特霍夫（Maik Großekathöfer）曾在部門會議中提議，希望有機會能讀到「雷洛提烏斯寫德國的報導」。那時正在討論發生在北萊茵西法倫州（Nordrhein-Westfalen）的一個案例。一位八十二歲的男性倒在某銀行分行的入口處，後來不幸身亡。當時他在自動櫃員機台前方倒臥了二十分鐘之久，竟然直到第五位路過的人才出手協助他，在此之前的銀行訪客盡皆對路倒的長者視而不見。由這起事件可以探討我們社會上的許多問題：如果有人不願出手幫助命危的人，理由只是因為覺得這人看起來像是醉倒路邊的流浪漢。值得思考的是，這類情況的發生反應出怎樣的我們、我們的時代，以及我們的道德觀？從監控錄影可以看到，在路過的人中，甚至有人直接跨過那位長者的身體走過去，像把路倒的人當作棄置路旁的垃圾一樣。

雷洛提烏斯不願意寫這篇報導，整個部門的人都無法理解，葛洛瑟卡特霍夫更是覺得納悶。既然雷洛提烏斯能讓其他許多人開口說話，為何不願意至少試著訪問任何一位銀行訪客？答案或許很簡單：因為事件發生在德國，不能匿名處理犯罪者的名字。雷洛提烏斯必須和其他記者一樣進行訪查工作，但他不願意。

《明鏡》集團的製片事業《明鏡電視新聞雜誌》也對雷洛提烏斯有所不滿。他們不解為何雷洛提烏斯總是有辦法找到具話題性的報導議題，卻從來沒想過和《明鏡電視新聞雜誌》的同仁合作，尤其是一篇題為〈盲約〉（Blind Date）的報導。

該報導的核心人物是與前德國歌手、後來投靠伊斯蘭國成為恐怖分子的丹尼斯．庫斯佩特（Denis Cuspert）結婚，而引起眾怒的美國聯邦調查局編譯官達妮拉．葛林（Daniela Greene）。《明鏡電視新聞雜誌》費心盡力希望能採訪到葛林，卻讓雷洛提烏斯捷足先登，至少他本人是這樣說的。他表示，和這位如今沒人知道行蹤的葛林女士進行了大約兩個小時的訪談。一位《明鏡電視新聞雜誌》同仁告訴我，他多次請求雷洛提烏斯的協助。雖然他也理解，作為文字記者不宜對電視新聞節目的製作團隊透露太多，但至少可以代為詢問一下，或多少提供幾段手機的錄音檔。據說，雷洛提烏斯在葛林住處前盯了八天，在她被人接走前，雷洛提烏斯才得以和她說上話。最終在葛林的住處聊了兩個小時。只是，這些內容也都是杜撰出來的。

另一篇二〇一七年二月發表於《明鏡周刊》，標題為〈小獅子〉（Löwenjungen）的報導中，雷洛提烏斯的做法也引起疑議。該報導的主角是一對從小被伊斯蘭國組織訓練成自殺炸彈客的兄弟。《明鏡電視新聞雜誌》也為了報導相同的娃娃兵議題，派遣一支採訪團隊深入伊拉克北部，也採訪到雷洛提烏斯報導中的同一位主角納丁（Nadim）。只是不同於雷洛提烏斯所寫的報導，《明鏡電視新聞雜誌》採訪到的納丁並沒有名叫哈利德（Khalid）的哥哥。雷洛提烏斯返國後，聽到關於這個疑點的討論，主動去找《明鏡電視新聞雜誌》的採訪團隊說明，表示經自己實地訪查的結果，其中應該是有些誤會。當時他甚至告訴《明鏡電視》記者，他查到的男童真實名字其實是穆罕默德（Mahmud），但男童要求換成假名納丁。《明鏡電視》照做，在節目中以假名播出。電視採訪團隊甚至在節目中引用兩段影片，據稱是納丁為了療癒心理創傷在獄中拍下的。這兩段影片如今已經被編輯部撤下，因為至今尚未查明其真實性。沒有人知道，這兩段影片是否也是雷洛提烏斯加工的結果。這一切都是因為勇氣、自信、無知、傲慢嗎？我只知道，當我逐漸意識到雷洛提烏斯造假的程度有多嚴重時，我也不斷問自己相同的問題。一切都太駭人、太深刻了！這個人的心理承受力該有多強？為何有人能捏造出那麼多內容，然後每天還能若無其事地坐在《明鏡周刊》公司食堂裡面，被一群同事圍繞著，接受他們恭喜你最近發表的某篇報導的成就？

雷洛提烏斯的造假情事被揭發，難道只是時間問題嗎？我不確定。就像前面提過的，原本雷洛提烏斯不久後就要升任為主編。為此，他已經和《明鏡電視新聞雜誌》的同仁進行過會談，希望能加強周刊的社會編輯部和節目部之間未來的合作關係，而這種合作關係是他過去一直迴避的。按原訂規畫，〈獵人的邊境〉應該是他為《明鏡周刊》寫的最後一篇報導。雖然之後還有一篇以氣候變遷為題的封面故事是他寫的，但那篇報導其實是已經寫了好幾個月的存稿。一旦升任為主編，就幾乎不用再做報導了。雷洛提烏斯暫時至少不會發表新的文章。雖然遠在美國明尼蘇達州弗格斯福爾斯鎮有兩位居民，針對一篇雷洛提烏斯在川普贏得選戰後對該鎮的觀察報導，提出一長串的糾正意見，但這些內容也是直到

《明鏡周刊》自揭醜聞之後才得見天日。事實上，雷洛提烏斯到訪該地的時間是二〇一七年二月。這期間將近兩年什麼動靜也沒有。我不知道如果雷洛提烏斯的造假事件沒有曝光，兩位美國人的糾正意見書是否會得到重視。

第12章

終局之戰

破解雷洛提烏斯的造假手法

「請不要誤會我的意思。我犯的是嚴重的錯誤，或者說是極為惡意、不道德的犯行也不為過。確實有些人，尤其是新聞從業人員，認為我大概會終身以自己為恥，甚至認為我應該會從此畏首畏尾地活著。不過因為這些人都是自由派的信徒，而且都希望能重振新聞業的名聲，所以他們不敢大聲說出來，不過我相信，他們是打從心底這樣想的。」

——出自史蒂芬・葛拉斯《造謊的人》（*The Fabulist*）

十二月十日，德國鐵路公司大罷工，所以從柏林到漢堡的路程我必須開車前往。和費希特納約好的見面時間是上午十一點，我很緊張，我已經先把佛利和馬洛夫的兩段影片寄給費希特納過目。沒猜錯的話，他應該也讓雷洛提烏斯看過了。像往常一樣，《明鏡周刊》大樓的前台查問我是誰。「我和費希特納有約。」我答道。

費希特納和我打過招呼後，領我到二樓的一個小房間，桌上已經放置了一些小餅乾。費希特納出身南部的法蘭肯地區（Franken），如果是在私人領域的話，和他對話的愉快程度絕對無人能及。我拉了一張扶手椅坐下，他面對著我坐在沙發上，我們都做好說話的準備。接下來的一個小時，在我記憶中是一次既深入又愉快、而且還很有建設性的對話。我首先向眼前即將上任的總編輯說明，我之所以那麼慌忙地從美國打電話和他聯絡，主要是因為美國記者威爾絲已經打過電話到柏林的《明鏡周刊》辦公室，她已經注意到這個事件了。另外，佛利和馬洛夫也都向我表明，他們打算對《明鏡周刊》採取行動。因此，我認為當務之急是避免由外人搶先公開自家醜聞，《明鏡周刊》有自作澄清的必要。

令我訝異的是，費希特納完全不認為有任何醜聞存在，他認為我是涉事的一方，而且我在沒報備的情況下自行展開調查行動是錯誤的行為。當然，另一方面也是因為雷洛提烏斯已經事先打過預防針了。費希特納遞給我幾張紙，上面印的是雷洛提烏斯針對疑點提出的反駁內容。另外還有一份是亞利桑那邊境巡查隊隊長佛利的女朋友珍發出的電子郵件，內文問雷洛提烏斯「為何只和佛利談了幾個小時」。費希特納認為，這封電子郵件足以證明雷洛提烏斯確實拜訪過這個民兵組織，而且佛利和馬洛夫對我做了不實的陳述。費希特納表示，無論是我或我帶回來的影片，他都不相信，他甚至提到不排除是我付錢給這兩人讓他們說出那些話的可能性，何況這兩人在報導中還留下犯罪紀錄。我不得不按捺住自己回話的衝動。

費希特納表示，他要親自指派克雷蒙．霍格斯（Clemens Höges）前往民兵隊進行了解。霍格斯是當時的國際組副主編，現為紙本《明鏡周刊》總編輯。「你都這麼說了，就派他去吧。」我回。雖然我搞不懂為什麼還有這樣做的必要。接著他又讓我看第二封電子郵件，看來是雷洛提烏斯去採訪的幾個人中的魯格發出來的。郵件中還附了一張照片，照片中是四個穿迷彩裝的人背對著鏡頭。郵件中，魯格同意讓雷洛提烏斯隨行。不過看到電郵信箱時，反而讓我安心不少。因為就我看來，那個信箱擺明是假的。那個電郵信箱是：mikemorris614@yahoo.com。

我們出去繞一下，應該星期二下午回來。有興趣的話，你知道怎麼找到我們。沒問題。

魯格

費希特納竟然不相信我，這雖然讓我驚訝不已，我仍努力自持，無論如何都不想被他看出來。我恨不得讓費希特納認為，眼前和他說話的人是個陰謀論者。早上開車過來的途中，我一路思索著見面時該說的話。就像律師在法官面前闡述案情一樣，要盡量客觀、精確，最重要的是還要能讓人信服。眼下的情況看來，顯然我都沒做到。幾個月後的二〇一九年五月，《明鏡周刊》發表了一份調查報告，說明雷洛提烏斯造假事件的始末。報告中，費希特納詳細陳述了他對我們那次談話的看法。那時我才知道，兩人對那次會談的認知如此不同。

那個星期一，我和莫雷諾把這些資料以及雷洛提烏斯提出的數頁書面說明當作某種程度的證據進行討論。莫雷諾當時是有機會對那個電子郵件提出質疑，並對雷洛提烏斯的反駁提出意見的。既然現在要把一切攤到桌面上來講，在我看來，他當時卻是利用機會模糊地表達了一些威脅。他含糊地提到整個事件可能很快就會被人公開，因為他已經就此事和一位女記者取得聯絡，還提到民兵隊那些人有意對《明鏡周刊》提出告訴，諸如此類。他自身的立場並不明確，不過可以確定的是，他意有所指地表示自己可能做出背叛《明鏡》的行為。這也是為何我跟他提到「涉事的一方」這樣的法律措辭。同時也因為他的威脅語氣有部分甚至令人覺得頗為下流，我才會或多或少在字面上對他提到：「莫雷諾，老實說，你說的話聽起來就像黑道電影裡的角色。」

在醜聞爆發後幾個月，費希特納早已確定我說的都是實話，他仍然在總結報告上寫下這幾行。我還清楚記得和費希特納談過後，那天的我是如何頭暈腦脹地走出《明鏡》大樓，然後撥了電話給塔立耶袞。

「他不相信我們。」我說。

「那現在怎麼辦？」塔立耶袞問道。

「能不能請你到雅虎以mikemorris613作為帳號名申請一個電郵信箱？」我問道。

「馬上辦到。而且我還要打電話給佛利，問他現在到底是他還是他女友腦子有問題。我要請他把珍發過的電郵轉發給我。」

雷洛提烏斯提出作為證據的那封珍發出的電子郵件，想來有點奇怪。通常在電郵往返過程中，會出現一條長線把每次的往返紀錄分隔開來，但他提出的那份電郵裡面的分隔線卻像是斷掉的。

「請向佛利提到這點。」我對塔立耶袞說。

不久，我就收到塔立耶袞重新申請的雅虎帳號發來的電子郵件。這個電郵信箱和雷洛提烏斯申請的信箱帳號只差一個數字。到了最近的交流道，我將車駛出公路，用這個全新的電子郵件寫了電郵。因為我非常確定，這位「魯格」既不存在，也沒有寫信給雷洛提烏斯，所以我決定也讓魯格給即將上任的總編輯費希特納寫一封電子郵件：

寄件人：邁克．莫里斯〈mikemorris613@yahoo.com〉
日期：二〇一八年十二月十日，歐洲中部時間15:06:29
收件人：巫里希．費希特納
主旨：魯格來訊

費希特納，您好，

我向您鄭重保證，雷洛提烏斯對您說的都是真的。我想說的是，柯林頓家族的人怎麼可能犯罪呢？

魯格

註：獵人、斯巴達人、魑魅都還在我這裡。我們昨天剛殺了三個墨西哥人。真是榮耀美國的好日子啊！

當下我還做了一些決定：此後我給這位準總編輯發的所有電郵，標題我都要寫：「有辦法就來捉我啊！」

回到柏林後，我不斷回想費希特納說的話。他要派人到美國去「確認」這一切。在這期間，已經火冒三丈的佛利主動聯絡塔立耶袞，並且發來他女友珍寫出去的原始電郵。她確實發了電子郵件給雷洛提烏斯，只是並非雷洛提烏斯呈送給主管的那個版本。珍在電郵中質疑雷洛提烏斯並沒來採訪過他們，怎麼膽敢寫出那篇報導。電郵發出的時間是十二月三日上午，當晚雷洛提烏斯接下他人生中第四座記者獎獎盃。

這一天我打了很多電話到馬德里替美國記者威爾絲找資料。此情此景未免有些荒謬：就在費希特納把我看作黑道分子時，我正在蒐集另一個應該是真正黑道分子的人的資料。

我這樣做的目的，竟然是為了阻止某位美國女記者發布會動搖《明鏡周刊》根本的相關報導——重點是，《明鏡》這家公司不僅不相信我，還快要毀了我的職業生命。

威爾絲來訊問道：「你知道貴公司編輯部的調查時間表嗎？」看到這個問句讓我感到害怕。因為就我看來，她問這個問題的原因無他，她要知道《明鏡周刊》需要多少時間來處理這件事，因為她想在事情公開前搶先發布消息。

隔天我接到消息，費希特納、雷洛提烏斯和我三人會談的時間定下來了，預計在一月十日，也就是一個月後。我可沒辦法拖住威爾絲一個月。坐在這樣一顆炸彈上的記者，是不可能保持心情平靜的。不過，另一方人馬顯然不急著釐清事實真相。

之後不久，我接到費希特納發來的電子郵件。他在電郵中感謝上次的會談，並表示「雖不樂見這些情況發生，但仍認為會談內容客觀而且有所助益」。電郵中還要求我盡快交出其他資料。對此，他表示將會「非常感激，如果我掌握到的所有資訊能一次倒出來，而不是一件一件慢慢掏出來」。

在我印象中那是一次氣氛友好的會談，雖然我曾經期待費希特納能相信我。如今這封電郵不免讓我有點懊惱。至少到目前為止，我發給《明鏡周刊》的資料，看來都對我毫無幫助。所有我呈交上去的資料，都馬上轉交給雷洛提烏斯處理。更重要的是，費希特納顯然一直沒搞清楚事情的嚴重性，所以他才能再等一個月。如今我才意會到，當時費希特納對我提到的美國女記者一事，其實是採取完全不相信的態度，不然他不會將此理解為「威脅」，而會視為大禍臨頭的警示。

後來我考慮去找現今擔綱《明鏡周刊》總編輯的克魯斯曼談這件事。再過幾個星期，費希特納即將成為紙本《明鏡周刊》的總編輯，但克魯斯曼同時負責紙本和線上版的統籌業務。因此，克魯斯曼可說是費希特納的直屬上司。克魯斯曼也一樣要在一月一日才正式走馬上任。我從以前的一位同事那裡取得克魯斯曼的手機號碼，但還是決定在那之前先寫最後一封電子郵件給費希特納。

收件人：巫里希．費希特納
日期：二〇一八年十二月十一日，歐洲中部時間 19:38:15
寄件人：胡安．莫雷諾
主旨：有辦法就來捉我啊！

費希特納，你好，

昨天夜裡我把克拉斯的反駁信讀過了。信中內容讓我感到安心，因為這些內容讓我知道，為何你要秉持善意（你一向如此，也必須如此）相信克拉斯、懷疑我。當然，我們可以就此進入遊戲的下一局。以下容我逐項分析，為何事情不像克拉斯陳述的那樣。就拿一件小事來說。克拉斯的報導中提到，葉格（或馬洛夫）的手臂外側有文字刺青，但我影片中的馬洛夫明顯看不到克拉斯在文中說的刺青。

所以，事情很簡單：接下來我要告訴你，可以在幾分鐘內檢驗克拉斯是否說謊的方法。讓你驗證他是否真的為了避免受到不公平的指責，而對你、也就是他的主管，竭盡所能地說謊。

克拉斯出示過一份佛利的女朋友珍發來的電子郵件。電郵中，珍問克拉斯為何只和佛利談了「幾個小時」，然後就能寫出一篇關於佛利的文章。下方附上珍的電郵，這才是當初寫給克拉斯那封郵件的真實版本。而且這裡附的是完整的通聯串，不是複製出來、可以輕易加工變造的節錄內容。

我的建議是：請你今天還是去找一趟雷洛提烏斯，問他是否同意讓你從資訊部門直接調閱他出示過的這份電郵內容，而且只要這份他提出過的電子郵件。資訊部門只是從系統中查找這份電郵，絕不會侵犯到克拉斯的隱私，況且你們的調閱行動是在徵得他的同意後進行的，這樣他應該沒什麼好反對的吧？

順帶提醒，前面提到的電郵，發件時間是二〇一八年十二月三日，星期一，時間是上午兩點零五。寄件人是×××@arizonaborderrecon.org，收件人：claas.relotius@spiegel.de，署名是珍。

佛利把珍當初發的電子郵件轉寄給我，裡面提到克拉斯並沒有去採訪，所以這兩個人裡面必定有一人說謊，不是鑽子就是克拉斯。

如前所述，在《明鏡周刊》的伺服器中可以找到相關的電郵資料，希望你能理解，由於我此前已經提供過的資料，讓我對《明鏡周刊》在這件事的處理態度上不大有信心。我們昨天的會談中，你也提到可能「進入訴訟程序」。目前的情況看來，顯然我提交的資訊都未經檢驗就直接轉交給克拉斯，這就足以解釋為何有人在影片中說他從未見過克拉斯，而他女友的電子郵件裡面卻寫了完全相反的訊息。

當然，我們仍然要遵循無罪推定原則，但為了符合你對訴訟的想像，順帶一提，遵循無罪推定原則並不表示，被告可以隨時得知最新的偵查進度。

我也覺得昨天的會談很正面，你會覺得自己對《明鏡周刊》有責任，而且我希望能夠相信，你清楚我也有同樣的感受。

我昨天告訴你，事情不會平白無故消失，因此你該知道以下的事情：

美國球員卡珀尼克的律師和我聯絡了。這位律師名叫馬可·格拉哥斯，是洛杉磯格拉哥斯與格拉哥斯律師事務所的首席律師與所有人。我曾書面詢問雷洛提烏斯是否訪問過卡珀尼克的雙親（該報導曾獲二〇一八年年度記者獎提名）。對此，格拉哥斯回覆的字句是：「從沒有過，顯然是假的。」請務必去信給他或與他電話聯繫。這也是驗證克拉斯的簡單方法之一。律師的電郵信箱是×××@gegaros.com，電話號碼是＋1××× ×××。他已經知道我們目前正在確認一些真相，他很樂意向你證明。

至於我們購買圖資版權的攝影師米蘭諾也很願意和你談談。米蘭諾曾向我問過你的電話號碼，我告訴他，會將他的號碼轉交給你。米蘭諾必定會向你確認，他從來沒給克拉斯發過電子郵件上面寫著，「不確定」照片中的人是否是馬洛夫這類詞句，他很希望能親自與你通上電話。他的號碼是＋1××× ×××。他也願意將他與克拉斯之間的電郵通聯轉寄給你。

我理解目前對你們來說，我是首要的一大問題，但我真的不是。你知道政界在處理危機時有個認知，那就是釐清錯誤發生的時間點，以及從這個時間點開始的處置措施非常關鍵。因為面對問題的當下我們如何處理它，通常事後回顧起來都會發現很重要。

所以現下重要的已經不再是調查是否有問題，而是該思考如何處理問題。因此我無法理解，為何一月十日的會面需要克拉斯在場，還請告知原因讓我了解緣由，雖然我知道你必定有我們必須等待的好理由。你表示需要時間讓你「徹底了解」事情始末，以下容我說明此次事件沒這個必要的理由。

親愛的巫里希，我暫且認為接下來公司會處理這件事情。處置過程涉及層面必然很廣，而且會由《明鏡周刊》主導，同時還要比任何競爭對手都要做得更好、更嚴苛。標題：有什麼，說什麼。

我想成為處理這次事件的一分子，因為一同被拖進髒水裡的也有我的名字。先是一篇有問題的文章，接著又是克拉斯在對我提出的疑點所寫的反駁信中，指責我的動機不單純。我要向所有人證明，至今你的所有反應都是秉持公正的態度，以及考量這些責難如何沉重的情況下，經過深思熟慮才做出來的，比如你提出要派霍格斯前去驗證真相就是很好的證明。雖然我認為在這個時間點上，這個做法的必要性還有待商榷。

巫里希，我不是你的敵人。我只是個在錯誤的時間點出現在錯誤地點的人。而我現在做的事，相信如果是你在我的位置上，也會做出相同的反應。這些事情也可能發生在你身上，因為你和我同樣都是記者，我們對事情會追根究柢，這是我們當初選擇這個職業的原因。讓我們做出這樣決定的初衷，並非妒忌、敵意、報復，而是因為我們就是會追求真相的人。

祝好！

胡安

翌日，副主編歐茲蘭查看了一個臉書帳號。帳號資訊是雷洛提烏斯透露給編輯部的。帳號所有人看似那個在雷洛提烏斯眼前開槍的民兵隊成員、來歷不明的克里斯．葉格。帳號內容可以追溯到幾年前，顯然足以證明雷洛提烏斯說的是實話。歐茲蘭檢視了帳號裡面的照片。前面已經提過，歐茲蘭是個稱職的好記者，但照片內容卻讓她感到有些困惑。不過她也很快就確認那些讓她感到困惑的原因：所有的照片都是幾個小時前才剛上傳到網頁的，於是她在午夜時分以即時通訊軟體WhatsApp發了個訊息給雷洛提烏斯：「我馬上就到，你出來一下。」

雷洛提烏斯和她談了三個小時。他坦承了一切，提到他感受到的精神壓力，以及不想看到同事們失望的眼神。當下歐茲蘭感覺，雷洛提烏斯只是招認了必須承認的那一小部分，好像他的說詞只是為了對相關人員有所交代一樣。言下之意，他之所以說謊是因為不想讓同事對他的期望落空，而他自己也無力承受讓同事失望的壓力。

他看似坦然的陳詞，大概算準反正幾個小時後必然會被認定有問題。時間點來到星期四上午，《明鏡周刊》的資訊部主管、人事主管、工會理事長以及費希特納等人齊聚在大樓裡的一間辦公室內，他們在那裡進行了我在電子郵件中對費希特納提過的建議做法。一群人驗證了珍發來的電子郵件，很快就確認雷洛提烏斯在內容當中動了手腳。事發不久，費希特納寫了封電子郵件給我，裡面就是一行字：「破解雷洛提烏斯的造假手法了。」又過了幾個小時，歐茲蘭、蓋爾、雷洛提烏斯幾個人前來和費希特納會談。雷洛提烏斯所有在《明鏡周刊》發表過的文章被列印成一大疊擺在他面前。他們和雷洛提烏斯一篇又一篇地核對他經手過的每篇報導，起初他只承認幾篇有造假的成分，堅稱〈國王的孩子〉和另外某幾篇的內容正確：「確實是真的！我知道很難相信，但內容是真的。」雷洛提烏斯這樣告訴費希特納。

那晚的第一個印象是：情況雖然不好，但至少正確的內容似乎還不算少。當他們核對到在比賽前單膝下跪表達抗議的黑人球員卡珀尼克那篇報導時，雷洛提烏斯聲稱報導內容沒問題，並堅持他真的訪問過卡珀尼克的父母。此時費希特納已經知道他說的不可能是真話，因為我在兩天前跟費希特納提過卡珀尼克的律師發來的電子郵件寫到「顯然是假的」。這時，即便眾人已經和雷洛提烏斯一起將列印出來的文章都看過一遍，也得知真實情況的蓋爾將整疊報導復歸原位後說道：「我想，我們再核對一遍。」這一次才又讓雷洛提烏斯招認出更多帶有不實內容的報導。

二〇一八年十二月十九日正午十二時剛過，《明鏡周刊》公開了這個醜聞。沒過多久，我馬上接到威爾絲的電話。「《華盛頓郵報》、《紐約時報》、福斯新聞台，到處都是這條新聞。」她說。

「是啊！真是這樣。」

這時她才告訴我，為何她這次反應那麼慢。原來威爾絲結婚去啦！這可真是好事！對威爾絲自己和《明鏡周刊》都是好事！

第13章

新聞業的變化

造假事件的後續影響

在「謊言媒體」（Lügenpresse）被選為年度最令人厭惡的詞彙這年，雷洛提烏斯獲選為CNN年度記者。

——「另類選擇黨」聯邦議會議員勾特弗里德・庫利歐（Gottfried Curio）

在雷洛提烏斯的造假事件被揭穿後，新聞業發生了變化。醜聞爆發後，我參加在漢堡舉行的業內年度會議「記者論壇」（Reporterforum）。我必須說，我在喪禮上感受到的氣氛都比那裡好。當時有家頗有名氣的周刊副總編輯走來跟我說：「我們內部舉辦了一個以訪查為題的課程，結果雷洛提烏斯這個名字一次都沒出現過。我們慢慢在恢復中。」他說得信心滿滿。站在他身旁的自家編輯卻說：「哎呀！所以我們都叫他佛地魔啊！」

雷洛提烏斯造假風波是個空前絕後的事件，就連瑞士記者庫默捏造了好幾篇的名人訪談記錄也無法與之相比擬。尼爾斯．明克馬（Nils Minkmar）當時在《時代周報》寫下：「庫默造假事件中每個人都是贏家：被寫的明星得到登上封面的機會，讓人覺得他們既有聰明才智又博學多聞。雜誌社證明他們的雙重功能，兼收通俗又有才之效。至於讀者，他們內心長期所願，則在投射心理下達到滿足：原來除了明星的成就與外表之外，他們的追星行為終於也有了良善的、道德的、哲學上坦蕩的好理由。」說到底，庫默捏造的也只是好萊塢明星的幾篇專訪，是在這個虛假世界中的假專訪而已。

即便是當年《亮點》雜誌買到假希特勒日記這件事，就我看來也和雷洛提烏斯的造假事件沒得比。我指的並非事件本身的意義，或是那件醜聞反映出一九八〇年代德國的社會氛圍，而是純就數量上而言。

當年《亮點》雜誌才公開了其中兩冊偽造日記裡面的部分內容，謊言就被戳破了。反之，雷洛提烏斯卻為《明鏡周刊》寫了幾年文章，其中不乏大篇幅的報導，比如他以幾個長篇報導向讀者述說敘利亞內戰的始末、分析美國人的本質，或是探討恐怖分子娃娃兵的內心掙扎。超過五十篇文章，也就是他寫的報導大多數都含有不實成分，其中有許多甚至是杜撰的。少數幾篇正確的報導品質嚴重不良、內容沒有吸引力、思想貧乏，而且沒有出色的訪查成果作為基礎，因此沒有常見的因果關係。這少數幾篇沒問題的文章連個獎項的邊都摸不著，原因很簡單：因為這幾篇報導有維持事實真相的必要，原因可能是其中引述的發言需要經過審定與授權，或是因為該報導發表前須經過像德克．柯比威特（Dirk Kurbjuwei）這樣的資深記者審閱。也就是說，雷洛提烏斯少數幾篇寫得不好的文章，內容反而比較有可能是正確的，可惜為數並不多。用雷洛提烏斯編寫的天方夜譚排滿兩本《明鏡周刊》的版面可能還比較容易。

無論是對新聞業、對周刊或對人性，雷洛提烏斯都帶來很大的傷害。我曾經拜訪過柏林一位心理學教授，希望請他談談騙子的心理。這位稍有年紀、已經退休的教授在我向他詢問會面時間時，他還不知道雷洛提烏斯的報導造假事件。正巧在和我見面的前幾分鐘，教授還是獲悉了雷洛提烏斯的事。「你剛遇到正要出去的那位女士，」教授說道：「是我的病人。她在電視台工作，剛才整整一個小時都在和我聊一位名叫雷洛提烏斯的人。她說這人讓從事他們這一行的人都陷入困境。她也受到影響了。」

我既非媒體學者，也無意成為某處的總編輯，或在新聞業裡面謀求哪個需要承擔許多責任的高階職位。但是在雷洛提烏斯的造假事件公開之後，我竟也成了詢問度很高的消息來源人士。就好像這個事件賦予我某種神聖的使命，讓我得以指出新聞界日漸暴露出來的危機。一時之間，我收到來自德國、義大利、芬蘭、瑞典、西班牙、美國、秘魯以及其他更多國家湧入的大量邀約。而我的電郵信箱裡面，主旨欄位也充滿了一些以往不常見的字眼，如主講人、圓桌討論、小組研討會、主題演說等。

我婉拒了大部分的邀約，而在我接受第一場邀請後，我才知道那樣做確實是個明智的決定。在醜聞爆發後幾個星期，有位親切的女記者邀請我為柏林的自由記者進行一場演說。畢竟我本身也是其中一員，深刻了解身為自由記者的難處，所以這次邀請一開始就讓我有某種休戚與共的感受。於是，在某個帶有涼意的三月晚上，我坐在柏林十字山區一個不是太寬敞的空間裡面，聽眾約有四十或五十人，我的面前擺了一張小桌子，身旁是一位戴著稍有設計感的鴨舌帽、態度客氣的主持人。我開誠布公地說出自己所經歷過的事情，也就是那些在我眼裡同樣也是《明鏡周刊》經受的一切。

過程中讓我感到氣憤，因為在場的人大都確信，雷洛提烏斯絕非單一個案，而《明鏡周刊》也絕不只是受害者，而是共犯。甚至讓人聽來以為報導這種體裁就是特別容易出現造假的情況。因為在撰寫報導的過程中，撰稿人嘗試以少數幾個人物描繪出世界的樣貌，這個過程容易使人自得自滿。我不解這樣的做法怎麼會被誇大成我們業界的「最高法則」！偏偏最重要的新聞從業人員獎向來都是頒給所謂的「最佳報導」。在場的同行反應非常激烈，結果使得原本對《明鏡周刊》在這件事的處理上不甚滿意的我，突然想要站出來捍衛《明鏡》這塊招牌。

最關鍵的問題在於結構問題。究竟是《明鏡周刊》甚至整個新聞界在處理雷洛提烏斯這類事件時，態度過於草率？或是因為雷洛提烏斯需要讓他得以施展的溫床？讀過費利克斯・克魯爾（Felix Krull），或深入了解過房地產詐騙客尤根・許奈德（Jürgen Schneider）當年事蹟的人，或是對心理學有興趣的人，應該都聽過以下論點：騙子需要騙子——這句話的意思約略是說，騙子要在同樣會吹噓的環境下才得以施展才能。對此，我的答案非常明確。雷洛提烏斯是「有計畫地」造假。他是「有計畫地」接觸新聞業、「有計畫地」利用了新聞業的弱點和疏漏之處，因此《明鏡周刊》不是專門販售造假報導的商號，但雷洛提烏斯是個真正的騙子。

一個同行寄來瑞士作家瑞胥林寫的一些相關內容給我，書名叫《冒牌貨指南》，裡面的第一課是這樣寫的：「首先你要自問：人們想要什麼？渴望什麼？你要為他們勾勒出一個畫面，一個他們渴望已久、讓他們看了會喜極而泣的畫面。只要他們的眼睛蒙上了淚水，他們就處於半盲狀態了。他們是打從心底企盼，有生之年要看一次這樣的畫面。只要滿足了這個願望，他們就會用這個畫面去擊敗自己的疑心。這樣一來，他們就會希望這個畫面呈現出來的景象是真的，而你的工作也就完成一大半了。」

上面這段話正好適用於《明鏡周刊》的情況，卻無法解答在《明鏡周刊》的處境上還可能有些什麼不一樣的做法。但我很確定的是，《明鏡周刊》應該以不同的方式對待雷洛提烏斯以及處理他寫的文章。事實上是，他們都被雷洛提烏斯提出的資料、聲音和聳動的訪查結果所迷惑，並迷失在那些讀者和評審給出的掌聲中。這是《明鏡周刊》制度上的失敗，而非造假的問題。

接下來的幾個章節，我預計從以下五個層面探討此次事件：一、雷洛提烏斯事件對

《明鏡周刊》造成的影響。二、如何定義雷洛提烏斯的造假手法？三、雷洛提烏斯以他高超的造假手法對報導的撰寫、對新聞界的紀律，帶來哪些改變？四、雷洛提烏斯給德國新聞業帶來的啟示。以及，五、雷洛提烏斯寫的那些報導算得上「假新聞」（Fake News）嗎？

第 14 章

《明鏡周刊》為何會錯失真相？

媒體人的道德與自律

「如果你搞砸了，你就該讓你的讀者知道。」

——美國傳奇調查記者鮑勃・伍德沃德（Bob Woodward）

電視製作人菲德烈．庫柏仕布希（Friedrich Küppersbusch）是在二〇一八年十二月將票投給雷洛提烏斯，讓他獲得人生中第四個記者獎的評審團成員之一。造假事件爆發後，庫柏仕布希也因此受到批評。對此，他表示：「任何人都能對櫃檯的辦事員提出批判性的質疑，但再怎樣他都沒有搶銀行啊！」本章節就要探討通往保險箱的大門敞開到什麼程度，才能造成這樣的事件發生！

《明鏡周刊》也試過回答這個問題，並於二〇一九年五月底同步在線上和紙本發表自家的調查報告。總共有十七頁毫不留情、甚至有許多人認為是令人傷感的內容。由三位調查委員組成調查委員會，進行長達數月的真相查核工作，最後提交出這份讓《明鏡周刊》神話破滅的十七頁報告。

要把這些內容白紙黑字印出來，對《明鏡周刊》來說並不容易。公司內部有強烈的反對聲浪，並曾出現相關討論，希望公司能保障員工人格與版權方面的權益；也有過短暫的爭辯，希望至少能縮減那些措辭最嚴厲的段落，以保留一些顏面，這種反應和其他處於壓力狀態的公司行號內部會出現的反應類似——一時之間，大家都被自己的邏輯限制住了，但最終目標都是反擊回去——福斯汽車在廢氣排放醜聞之後、德國基民黨（CDU）在沃特．萊斯勒．奇博（Walther Leisler Kiep）掌管該黨財務大權時期爆發政治獻金醜聞後，或奧地利自由黨（FPÖ）在通俄影片醜聞爆發後，全都出現過類似的反應。直到獲得資訊透明的承諾，然後隨著時間流逝，最後留下像是玻璃杯上倒影般的回顧畫面。但事件發生在《明鏡周刊》就是不一樣，因為《明鏡周刊》自帶放大效果。

我很慶幸最後發表的不是「簡易版」的調查報告。調查委員會毫不留情地列出所有疏漏，而不是將保險箱關起來，或是把櫃檯辦事員調職了事。對於調查委員會做出的調查評估意見，我大都抱持認同的態度，雖然還是有某些事情和我經歷的情況有所不同——有幾個結論我不是很能理解，或有幾個我認為不全然正確。

讓我們從組織層面開始談起。其實原本有兩方人馬可以阻止雷洛提烏斯，或是像善意的旁觀者說的，「必須」阻止雷洛提烏斯的犯行。這兩個單位就是：負責驗證所有文章內容事實根據的資料查核部門，以及雷洛提烏斯服務多年的社會編輯部。這裡就衍生出第一個問題：如果《明鏡周刊》在全球的新聞性雜誌中擁有最大的資料查核部門，為何雷洛提烏斯還有機會在這麼多報導中寫出不實內容？

第一個原因，雷洛提烏斯不是隨便一個騙子。他的造假技巧早在新聞專校時期就有計畫地學習並不斷改良，是一開始就為欺騙而學的。這些技巧又經過他積年累月的改良而臻於完善。資料查核部門人員執行的工作無法應付這樣一個騙子，他們的任務是找出文章中的錯誤，而不是進行訪查。雷洛提烏斯深諳資料查核員的作業處理流程，他很了解如果撰稿人能夠盡早告知文章中會涉及的內容，通常是資料查核員樂見的情況。因為能提早解決的問題，最終可以省下很多工夫。雷洛提烏斯通常在進行訪查工作時就聯絡資料查核部門的人員，甚至在實際展開事實查驗前的幾個星期就預約保留時間。

有一位資料查核員告訴我，他接過雷洛提烏斯從國外打來的電話。當時雷洛提烏斯問他，前往警局調閱重要的錄影畫面是否合法？雖然他也知道調閱影片的過程中，不能做筆記或以手機翻拍畫面，並問到如果他能把所有相關的影片內容都記住，然後回到飯店再寫下來，這樣的做法是否可行？被問到這些問題時的資料查核員該如何回答？不，忘了錄影畫面的事，結束你這趟訪查行程吧！不，當然不是！他選擇相信雷洛提烏斯。或者，如果有位記者聲稱自己取得三個不同的古蘭經譯本，只為了查找其中某段經文最接近正確的德文翻譯。資料查核員該如何看待這樣一位記者？難道要懷疑這樣一位同事嗎？雷洛提烏斯還在對話過程中不斷強調，「網路上有太多錯誤的資訊」，導致其他媒體也根據錯誤的資訊來源做出錯誤的報導，因此「這部分我們必須特別謹慎處理」。

不容忽視的是，雷洛提烏斯和多數騙子一樣，都是懂得如何抓住人心的人。前面提過的資料查核員有個重病的母親。那麼雷洛提烏斯問的第一個問題會是什麼呢？當然是先問候對方母親。

這些都是不難理解的道理，但最終都不該成為具傳奇色彩的《明鏡周刊》資料查核部門何以那麼容易被攻破的藉口。至少在雷洛提烏斯事件中，它並未發揮該有的作用，最後的關鍵是呈現在讀者面前的成果。讀者花錢買雜誌是為了閱讀經過訪查的報導，而不是如天方夜譚般被杜撰出來的童話。《明鏡周刊》資料查核部門自訂的精神標語稱：「一開始我們什麼都不信。」所以今後如果有讀者把這句話丟回給《明鏡周刊》，不可謂不公平的做法。

後來也有許多針對「明鏡社規」的討論。關於這部分，不得不提到公司員工都對兩年前為此拍攝過的一部廣告影片感到自豪。舊版「明鏡社規」中載明：「所有《明鏡周刊》

處理或發布的新聞、資訊以及每個事實必須正確無誤；每則新聞或事實報導在交付編輯部前，應做最嚴格而縝密的查驗，任何情況下都應提出具體的資料來源。遇有不確定的情況，情願捨棄其中某些資訊，也不應冒險發布錯誤的報導內容。」對雷洛提烏斯未盡驗證之責，有違這份「社規」的精神。

在雷洛提烏斯事件中，資料查核部門既沒做到「最嚴格」也不「縝密」。這個部門過去很嚴格，但我指的並非那些無法或幾乎無法進行驗證的事情，例如撰稿者筆下寫到的實地觀察或親身體驗等。例如，政府單位為難民安排的住所環境很糟糕或是尚可接受？如果對方聲稱自己是搭乘小船渡過地中海是否可信？或有沒有可能是搭乘卡車，走巴爾幹半島的陸路過來的？我指的並非這類事情，我想說的是真實事件。

就像雷洛提烏斯在〈兒戲〉中寫到，那是「戰爭爆發以來的第二千六百零一天」，然而目前已知敘利亞內戰並沒有正式的開始時間，就會讓人難以理解為何文章中出現這樣的句子。或者，倘若美國某個小鎮在過去數十年來一直都是民主黨的票倉，但是二〇一二年卻把多數選票投給共和黨的羅姆尼（Mitt Romney），這時就該引起資料查核員的注意。另外，雷洛提烏斯曾寫到，伊拉克境內沒有可以做腎臟移植手術的醫師。然而實情是，伊拉克不僅有操持這項技術的醫師，而且時間更能回推到一九七〇年代！關於美式足球員邁克・班奈特（Michael Bennett），雷洛提烏斯在文章中寫到他觸地得分（Touchdown），指班奈特是負責進攻的四分衛，實際上並非如此。班奈特是進行防守的後衛。至於卡珀尼克不是像雷洛提烏斯筆下的天才型球員，他女朋友的出生地更不是埃及，而是美國加州。還有，雷洛提烏斯在〈獵人的邊境〉中稱，「每到該死的夜裡……就會出現幾千隻『美洲土狼』」試圖穿過亞利桑那州某個谷地。簡直荒唐可笑！如果文中的主角說出如此荒謬的胡扯，撰稿人就有責任點出這些話語的荒謬之處。又如果撰稿人不小心忽略了這一點，資料查核員也必須提醒他。

醜聞爆發後，《明鏡周刊》內部無論是在規定或驗證流程上都做了許多改變，目的是為了避免往後再發生問題。未來主編和資料查核員也會要求更多像是訪談錄音、相關人士的電話號碼和電郵信箱等，可以作為佐證的資料。如此一來，記者就不會再造假報導了嗎？不，這些做法只是讓造假變得更困難。這份工作如果沒有信任就做不了事。如果報導的撰稿者說天空是深藍色的，資料查核員和讀者最終也只有相信的份了。

如今剩下的只有一堆爛事。與事件相關的資料查核員目前已經不在《明鏡周刊》服務。他的主管，也就是資料查核部門的主管，同樣也離職了。《明鏡周刊》的資料查核部門以數十年時間，在近八十位同仁的努力下，好不容易積攢起來的名聲，如今受到嚴重損害，整個部門都受到造假事件衝擊，這並不是他們應得的。然而我認為，應該為雷洛提烏斯的造假醜聞負起最大責任的應該是社會編輯部。許多人不解，為何這樣的人有辦法成為《明鏡周刊》的王牌記者？答案就在《明鏡周刊》這個在組織架構與設立概念上都很特殊的部門。對雷洛提烏斯來說，這是個再理想不過的發揮場域。

必須知道的是，社會編輯部多年來在《明鏡周刊》內部一直有著特殊地位。據說《明鏡周刊》裡文筆富麗、辭趣翩翩的優秀撰稿人都在這個部門，他們領取更高的薪酬、享受更多特殊禮遇。前面已經提過，社會編輯部創立於二〇〇一年，目的是延續同公司另一本雜誌《明鏡報導者月刊》（*Spiegel Reporter*）停刊後的業務。因此，社會編輯部成立的初衷，就是一個沒有特定議題取向、專做話題性報導的跨領域部門。雷洛提烏斯非常適合社會編輯部，《明鏡周刊》上的文章需要說明與大局的重要脈絡、要能切入與人最相關的公共事務。要達到這些條件非常困難，很多時候根本一開始就注定失敗，因為能同時滿足這兩項條件的題材並不多，而能同時滿足這兩項條件的，通常都是具話題性又動人的故事。雷洛提烏斯非常看重與公共事務的關聯性，因為他知道新聞獎的評審委員對此的重視程度。為了寫出牽動大局的重要脈絡，他只好杜撰出曲折的命運。

然而，對所有紙本刊物的編輯部來說，跨領域編輯部門的存在總免不了有些問題。跨領域部門在議題選擇上，難免會和同刊物中其他領域的專責小組發生衝突。對此，社會編輯部的做法多半帶著自信勇往直前，但終究不夠圓滑。畢竟這個部門裡的都是王牌記者，他們在寫作題材的選擇上擁有絕對的自由。這個部門中有許多人不住在漢堡，有些人甚至只有在獲得像基施獎（Egon-Erwin-Kisch-Preis）這類在業界意義非凡的記者獎，要來領取業界的榮譽和欽羨的眼光時，才會現身這座位於易北河畔的城市。

這樣的結構為糟糕的工作氛圍提供了絕佳環境，因為地位較高的記者就能搶到最好的議題。所謂的專業編輯要培養出個別領域的專業能力，往往需要很多年的時間，但這些記者只消訪問幾個人後，寫出五、六頁令人讀得津津有味的內容，就足以讓某個主題不再具有報導價值。只要消息來源還願意對話，專業編輯都必須吞下這些苦水。

話雖如此，記者的處境也不好過。當時的《明鏡周刊》政治版主編有次跟我提到，某個主題原本由另一位專業編輯負責，如果我要大可拿去寫，只不過「寫出來的成果，必須讓原本負責寫這篇文章的編輯心悅誠服。那你就好好享受吧！」所以，當記者被分派到某個主題時，之後寫出來的成果必須要能證明這一點。於是，在引述某個發言內容或是描寫某個場景時，稍微「加油添醋」一番，讓報導變得「好看」一點，對記者來說，這樣的誘惑只會越來越大。

此外，還要加上一些人為因素。有些恃才傲物的王牌記者，過去沒有、現在也沒有特別想要擺脫狂妄自大的名聲，至今仍以目中無人的態度對待其他同事。曾經有位編輯告訴我，有個社會編輯部的同仁曾經對他說：「哎呀！你要這麼好的議題做什麼？反正你又寫不好！」以上都是業界常見的現象，而且並非只發生在《明鏡周刊》。德國所有編輯部都有類似的問題。因此，後續在探討記者與非記者思維的差異時，應該先了解到這個最初的矛盾。

我堅信，社會編輯部的同仁是被騙了；以上是被動句，不是主動句。不過，讓事情發生在自己身上，自己也有責任。多年來，曾經被《明鏡周刊》報導過不法行事的政治人物應該會很願意證實這一點。即使對沒有直接涉入醜聞的政治人物或高階經理人，《明鏡周刊》通常不會放過機會提出呼籲，要他們個人承擔起責任。雷洛提烏斯事件整個搞砸了。五年來，每天要面對一個騙子，還要慶賀他的成果，甚至讓他有機會成為部門主管，已經是可以想得到的最大災難了。何況此次發生問題的，並非只是一個小規模而苟延殘喘的地方報社。當調查委員會在報告上這樣寫時，當然會讓人感到心痛：「雷洛提烏斯的文章受到部門主管的推崇，比如〈國王的孩子〉（《明鏡周刊》第二十八期／二〇一六）這篇報導，曾經有位主管評道：『已經不記得上一次因為一篇文章如此深受感動是什麼時候的事了，這是一篇會讓人受到巨大衝擊的報導。』評〈最後的女證人〉（《明鏡周刊》第十期／二〇一八），寫道：『你又再次成就了一篇精彩的報導！……讀這篇報導時，就像一部電影正在眼前上映，因為通篇寫得就像一部電影中才會出現的情節（如《最後的證人》〔*The Last Witness*〕）。這是一則精彩的寓言。』對於〈在小鎮〉（In einer kleinen Stadt，關於弗格斯福爾斯，發表於《明鏡周刊》第十三期／二〇一七），蓋爾曾為雷洛提烏斯寫下：『在吉多（Guido Mingels）、歐茲蘭和我三人都讀過你這篇文章後，我們一致認為，這一篇寫得很有說服力。你將美國社會很重要的那部分放到顯微鏡下檢視，並以溫和的口吻寫成一篇報導，讓人了解那裡的情況。』」

此次事件最該負責的人，是我的兩位主管費希特納和蓋爾。幾個星期以來，他們的所作所為完全和釐清爭議背道而馳。甚至在事件公開後，他們延誤調查的事實已經為眾人所知，他們採取的行動仍然著重在為自己對事件的處置措施辯護，並把自己視為受害者。他們曾經是受害者，這點毫無疑問。但是，不同於《明鏡周刊》的其他同仁、不同於讀者，他們兩人是那種原本「可以」有所作為、也「應該」有所作為的受害者。

我在內部組織的人事安排即將有所變動的時間點提出指控。他們的升官晉級就在眼前，我提出的疑點問題大到不能是真的，否則就會威脅到一切，屆時危及到的不僅是他們兩人的升遷，還有整個社會編輯部的組織架構。我想，蓋爾應該馬上意會到，如果我提出的疑點是真的，對《明鏡周刊》、對與他交好的費希特納和他自己會有什麼影響。

我認為，我提出的內容已經再清楚不過了，如今這兩位卻表示，我的電子郵件語意不明。倘若這兩位主管看不懂我的電郵，我不禁要問，兩人是如何站上德國新聞界高層的位置。費希特納曾以報導獲得三次基施獎、三次南恩新聞獎以及一次沃夫新聞獎。他是位優秀的記者，能夠將複雜的脈絡寫成通暢易懂又生動的文章。蓋爾也同樣獲獎無數，他還在首都柏林跑政治新聞時，那些兩德統一後的柏林政治人物連站在他的畫像前都會發抖。因此，我很難相信他看不懂我的電子郵件。

再者，我從一開始都不是用「造假」（Fälschung）這樣的措辭。在新聞界對於這樣的用詞必須非常謹慎。我用的詞是「不一致」（Ungereimtheiten），我發出的電子郵件也是這樣措辭的。對當時的情況，蓋爾在調查報告中的陳述如下：「我很清楚，我們現在必須有所作為，兩位當事人中必定有一位要承擔相應的後果：不是雷洛提烏斯造假，就是莫雷諾在破壞公司內部的和諧，損害同仁和公司的名譽。」

果真如此，倘若擺在檯面上的只有非此即彼的兩個選項，那麼我想問：蓋爾要如何在沒有親自調查、沒有查出真相的情況下做出決定？問造假的人他是否有造假的事實，這樣做沒有意義。那麼就只剩下第二個選項：我在毀謗他人，應該承擔相應後果。

在《明鏡周刊》一次約有八十位編輯齊聚的會議上，費希特納坦承了這項推測。據說，當時的情況很清楚，如果是我的問題，就要開除我。我想問，如果兩人真的都認為，因為員工對一篇充滿錯誤的文章提出（可能是錯誤的）指責，就該解雇他。那麼，如果兩位《明鏡周刊》主管級人物連續幾個星期以錯誤的方式處理可能是新聞界戰後最大的造假醜聞，依他們的看法又該如何處置呢？簡而言之，我確信這中間的問題並非出在溝通，而是動機。

蓋爾是個具批判性的記者，向來以冷靜又精準的性格著稱。進行人物側寫時的批判功力高超，對於人性缺陷的描寫功力無人能出其右。偏偏是他，被雷洛提烏斯騙得團團轉。蓋爾可能是雷洛提烏斯事件最大的受害者，但同時也應該是最有機會採取行動阻止他犯錯的人。只要花個二十分鐘，針對我提出的問題秉公調查真相，今天揭發雷洛提烏斯的人可能就是蓋爾，而不是莫雷諾。

耶誕節前夕，我在醜聞爆發後的那期《明鏡周刊》中寫到，如果我在費希特納和蓋爾兩人的位置上，我可以想像自己應該也會做出類似的反應，至今我依舊如此認為。我希望，萬一有天事情發生在自己身上，我能勇敢承認自己的錯誤。因為人的氣度就展現在失敗中。這是我身為記者，如果哪天我有充分理由要批判某些政治人物、商界大老或其他人物時，希望能在他們身上看到的：骨氣。

關於組織層面的另一個問題：這兩人受到的非難包含認為，在他們領導下的社會編輯部行事沒有遵守職業倫理。我認為這是錯誤的指責，故事的發展從來不能任人「指定」方向；費希特納不行，蓋爾也做不到。

然而，對於〈獵人的邊境〉這篇報導，蓋爾確實給我寫了一封致命的電郵。那封電郵讀來確實像是某種劇情綱要，而內容也真的有劇情指示。蓋爾指示雷洛提烏斯，要他找到像卡通人物奧貝利（Obelix）一樣，狂熱地抵禦古羅馬兵團的入侵般仇視拉美人的採訪對象，那封電子郵件對社會編輯部的的名聲是一場災難。

另外，事實還有：無論蓋爾或其他我遇過的主管，過去從未有人給我發過這類電郵。我想，可能是因為在那之前，我曾強烈反對和雷洛提烏斯合寫文章，而蓋爾只是想用那樣的內容，讓我清楚自己所處的位置。

事實真相往往更為複雜。調查報告中也提出另一份蓋爾和雷洛提烏斯之間的電郵通聯紀錄。時值川普剛當選之際，雷洛提烏斯前往美國觀察當地選後一百天的情形，他從小鎮弗格斯福爾斯發來電郵寫道：「這裡有點麻煩啊！和上千人碰面、已經到處走走看看，也受到很多邀請，但就是沒什麼可寫的，沒什麼特別的進展。」

蓋爾在回覆中寫道：

克拉斯，你好，

……你寫的內容引起我的好奇。尤其是當地人冷漠的態度，是我至今在其他地方沒有感受過的氣氛。在那裡，有人慶幸因為川普當選可以讓他重拾柯林頓時期想禁用的武器，讓我不免疑問：哎呀！結果到最後原來人們真正關心的竟然是這麼一件小事嗎？我希望能再深入了解一下。如果到時候那座牆真的蓋起來了，如果有人因為他的信仰和種族而自由受限，這些人真的還會覺得沒關係嗎？如果從此美國就失去了既有的基本信念呢？如果以上對這些人都無關緊要，那當然是個殘酷、但又很值得深思的新發現。你可以根據你當地新朋友的情況調整要寫的內容。

這些聽起來都不像是個堅持要拿到聳動報導的主管會說的話。就新聞層面而言，沒什麼好說的。大可把這封電郵視為一種指標，了解這個編輯部的工作態度。然而實際上的問題更深沉。

在德國所有的報導編輯部中，經常會討論到各種議題，以及如何發展某個議題的內容。在以前那個在語句中偶爾用上一個英文字眼還很時髦的年代，《明鏡周刊》內部以英文字「story」（故事）稱之。對於前面已經提過的「明鏡社規」也無需過度解讀，因為在《明鏡周刊》剛發行的那幾年，上面多的是沒有價值的內容，只是最近有些舊內容又重新被挖出來，或許也是某種說明。社規上寫道：「人類最感興趣的莫過於人本身了，因此所有《明鏡周刊》的文章都應與人有高度關聯。」

《明鏡周刊》之所以壯大，正因為呈現出來的不只有「真相、真相、真相」，《明鏡周刊》上面有故事、有說明、有詮釋，還會選邊站，而且通常是站在正確的這一方，鮮少站錯台。《明鏡周刊》從來都不只是一個報導新聞的地方，雖然偶而有人提出廢除報導這種文體的聲音，但這會觸及《明鏡周刊》的基本價值。

雷洛提烏斯事件對《明鏡周刊》最壞的影響是情感上。目前看來，顯然還未因此流失讀者，許多人讚賞《明鏡周刊》的處理結果。但要理解此次事件對《明鏡周刊》是多大的恥辱，就該回顧一下「明鏡社規」上提到的：「《明鏡周刊》不允許需要發布更正啟事的情況發生。」

這條規定沿用至今，可能已經過時了，這是一條在一九四九年訂下的規則，當時所謂的「錯誤文化」並非管理方式，而是示弱的同義詞。當時的「威權」不容許犯錯，即使媒體只是所謂的「第四權」。這種像是教皇不能犯錯一樣的要求，就像教會原形一樣虛幻，長期以來一直是《明鏡周刊》自我形象的基礎。把完美無瑕當作企業目標，作為自我強化與自我重要性的根本。就這樣，《明鏡周刊》的強大，恐怕只有像柯爾（Helmut Kohl）這樣擔任總理職務夠久的人，才敢無視於它。《明鏡周刊》的編輯從來不認為自己是單純的政治觀察者，他們向來都很清楚自己擁有的權力。他們對政治人物的前途可以有所助力或造成阻力，而他們也確實這樣做。

這股力量還在，只是正在流失。過去二十年來，《明鏡周刊》不只發行量銳減，也逐漸失去重要性。比如《南德日報》、《時代周報》等幾家競爭對手的情況曾經一度好轉，但更關鍵的是，印刷新聞業普遍都因為網路發達，帶動社群媒體之類的崛起所面臨的危機。過去的人必須閱讀《明鏡周刊》才能掌握資訊，時至今日已經不必如此。但是人們不僅希望能了解，還期待能共塑政策的方向、實踐政治理念，這樣的需求仍然存在。二〇一六年十二月三十日，《明鏡周刊》七十周年紀念特刊上，引述了五位德國歷任總理對該雜誌曾經做過的評語為封面，被引述的每句話都帶有貶義。其中威利．布蘭特（Willy Brandt）的表達果然不出所料，最為簡潔有力：「這份該死的雜誌！」（Dieses Scheißblatt!）

從這些猛烈的批評仍能看出《明鏡周刊》的重要性。當然，《明鏡周刊》也注意到，如今的當權者面對外界的抨擊，較之以往已經更為從容。

為了寫這本書，我和奧斯特見了面，他曾在一九九四至二〇〇八年擔任《明鏡周刊》總編輯，如今是隸屬於史普林格出版集團的《世界日報》發行人。奧斯特在史普林格出版集團的辦公室中掛了一張歷年發行量紀錄表，只不過這張圖表顯示的並非《世界日報》，而是《明鏡周刊》歷年的發行量變化。正如奧斯特的看法，看到那張圖表就令人感到欣喜，因為上面顯示的是奧斯特任職《明鏡周刊》總編輯期間書報攤的銷售量。令人訝異的是，此處看到的銷售狀況持續與整個行業的發展趨勢背道而馳，那是這個行業狀況還不錯的最後幾年，剛好是奧斯特主導《明鏡周刊》的那幾年。

《明鏡周刊》的給薪本就高於業界水準頗多，在那幾年更是迅速提升。直至今日，《明鏡周刊》的正職員工仍享有年終分紅，在發展好的那幾年，加上分紅，幾乎可以領到兩倍的收入。許多上門想要刊登廣告的業主遭到婉拒，因為如果不這樣做，整本雜誌就會超出可裝訂的厚度。那個年代早就過去了，但這份所向披靡的偉大精神依舊存在。奧斯特告訴我，當時他雇用的記者主要任務就是找出錯誤。他形容這些人是咬牙堅持、討人厭、不知屈從為何物。這段話聽來充滿了讚佩的意味。當時《明鏡周刊》會買下其他報章雜誌的優秀撰稿人，讓他們不再供稿給競爭對手。然而這麼做的目的，並非因為《明鏡周刊》需要他們的勞務成果。簡言之，就是把薪酬當作封口費。

這本雜誌做得很好，沒什麼競爭對手，因此必須以人為方式維持內部競爭。創辦人魯道夫．奧格斯坦（Rudolf Augstein）想要的是一支建立在矛盾衝突上的編輯團隊，後來繼任的幾位總編輯也都依循這項原則。他們希望以競爭、不和、不信任的氛圍，維持編輯們的動力。這也是《明鏡周刊》內部許多編輯部有兩位主編的原因，目的是希望兩人能以批判的眼光互相盯著對方。幾十年來，《明鏡周刊》內部的氣氛一直都「不好」，結果竟然連這點似乎也成為德國新聞業界的標準做法。

記得我剛進《明鏡周刊》柏林辦公室的頭幾個星期，曾經很不會看眼色地問同事正在做什麼議題，我以為這是個很好打開話匣子的話題。沒想到，對方看我的眼神，就好像我在問他老婆的電話號碼一樣。「實在無可奉告！」他顯然擔心我會搶走他要報導的主題。同一位同事後來跟我說了一個那段時期在《明鏡周刊》流傳的笑話：《明鏡周刊》編輯的自殺方法，通常是從未發表的稿件堆上跳進深淵裡去。

公開雷洛提烏斯造假事件的二〇一八年十二月十九日，堪稱是《明鏡周刊》創刊七十多年來最黑暗的日子。但後來的處理方式卻值得稱許。《明鏡周刊》在調查報告中對自己的猛烈抨擊，讓競爭對手想要批評它都不知從何著手。於是，那段期間的相關報導反而顯得低調保守。現今內部多數人仍認為，《明鏡周刊》能從那次事件脫身，已經是不幸中的大幸。這樣的看法是否屬實仍有待時間驗證，比起做出一份調查報告，重新獲得信任恐怕需要更多時間吧！

如果說這本過去從不容許任何錯誤存在的雜誌，曾經從這次事件得到什麼教訓的話，那就是每個人都會犯錯，而且事發後最好坦然面對問題。倘若雷洛提烏斯這些行為並非《明鏡周刊》的行事風格，那麼我認為二〇一八年十二月十九日這天的低谷必不會持續下去。

或許這次事件是個改變的契機也說不定。

第 15 章

報導者的心態與責任

雷洛提烏斯造假事件對報導文學的影響

「說到想像力！難道建構真相不需要想像力嗎？沒錯，想像力在此（報導中）不得發揮自己的精彩之處。想像力的活動空間只有事實和事實之間的狹小過道，而且，想像力的動靜必須和事實維持一致的節奏。不過，就算活動空間有限，想像力也不孤單。想像力必須在脆弱的真相上，配合整個芭蕾舞群的藝術表現合舞，不能屈從於謊言的靈活彈性。」

——〈論報導文學〉（Von der Reportage），出自基施《聳動的市場》（*Markplatz der Sensationen*）

醜聞爆發後，德語圈所有紙本刊物的編輯部或多或少都在討論：報導文學這個體裁在雷洛提烏斯的造假醜聞波及下，如今聲名狼藉，未來該何去何從？需要從根本著手來做些什麼改變嗎？報導的撰寫特別容易發生造假的情況嗎？事件的調查報告中還特別探討了這個議題，標題叫作〈報導文學作為容易出現造假情事的寫作形式〉。令人憂心的是，如果期待一篇報導將體驗帶到情節中，並以此發展出敘事，就可能導致計畫性地竄改現實。

公共事務評論家哈優・舒馬赫（Hajo Schumacher）在雷洛提烏斯造假事件公開不久後提道：「終於出事了。這麼說要表達的並非針對雷洛提烏斯這個人，而是一種文體的魔法散退了……典型的說故事（Storytelling）或是經典的英雄探險旅程，講的是善與惡的對決、是大衛對抗巨人歌利亞的故事——故事中立場鮮明：但這完全是無稽之談！現實其實很複雜！」史學家歌茲・阿里（Götz Aly）在《柏林日報》（*Berliner Zeitung*）中寫道：「這種號稱近身觀察的寫作方式，如今在新聞界被稱許為說故事，這種情況讓我深感不安。我不讀這種文章，我字面上所理解的『說故事』，是一種不受拘束、誇大現實的講故事方式。」

記者從事的是需要有人關注的工作，希望其他人能用點時間留意我們要表達的內容。我們在這個市場上從來不孤單，比如廣告產業、社群媒體等，都是競爭對手。獲得關注最有效的方式，莫過於說出下面的句子：「注意！我要說故事了。」無論聽到這句話的人已經聽過多少故事，無論當下多忙，他都會想聽聽看說話的人接下來要說什麼。聽到這句話的人無從抗拒這句話的力量，因為故事有令人無法拒絕的吸引力。

這種說法在廣告業界的流傳尤其普遍。如今每個人腳下穿的都是知名品牌的運動鞋、料理用的木杓也都出自叫得出名號的工坊、每件內褲都有一段宣傳敘事、一個故事。或許有人說，如果令人生厭，人們就會自己轉身離去；他們確實會這樣做——如果故事不夠精彩。然而，對好故事的渴望，讓他們願意給每個新的故事機會。我們每天受到各種故事的轟炸：影片、劇集、文章、廣告資訊、宣傳海報，甚至從左鄰右舍那裡聽來的消息都不再只是消息，而是故事。我們為之成癮。

幾年前，有兩位美國記者做了一個實驗。羅伯・沃克（Rob Walker）和約書亞・葛蘭（Joshua Glenn）兩人在拍賣網站 eBay 上購得一百件物品。這些物品從開瓶器到陶瓷人偶應有盡有，都是些看來不起眼的東西，總共花費了一百二十八・七四美元。接著他們邀請幾位作家為每件物品寫出好故事，再將這些物品連同虛構出來的故事重新放到 eBay 上販售，最後的銷售所得是三千六百一十二・五一美元。

如果有人疑惑，報章雜誌上的報導如何形成商業模式，就該思考一下前面提到的 eBay 實驗。純粹資訊的價值已經今非昔比，因為單純的資訊在今日幾乎可以免費取得。舉例而言，現今想要知道美國總統說了什麼，已經不需要親臨記者會現場就可以知道其中的內容。如果還有疑問，大可直接到推特上查看總統本人發布的貼文，無需中間人，也就是不需要記者這樣的角色。因為記者可能提出批判性的問題，反而破壞了原本召開記者會想要傳達美意的初衷。想知道到底是事實或斷章取義，可以事後在免費的新聞網站上查閱，過去這部分屬於記者的主要任務之一。以前記者的工作可以局限於資料的彙整與再現上，至於其資訊，尤其是散布消息的源頭，往往付之闕如。

如今的記者倘若想做出禁得起時間考驗、考據嚴謹、耗時又費成本的新聞，尤其如果想做獨立新聞，就必須付出更多努力。他們要會篩選、分析，還需要會說故事，而且要能說出偉大的故事，要能說出那種調查工作需要一定經濟規模的支持、無法僅靠廣告收益就能免費閱讀的偉大故事。

曾經有研究指出，當我們埋首鑽研、寫出一篇好報導時，體內會有什麼變化。結果是體內會分泌多巴胺、催產素（Oxytocin）、腦內啡（Endorphine）等荷爾蒙，於是我們會感到更清醒、更有人性，感覺更好，這些感受不會出現在處理單純傳遞資訊的文章，或是閱讀內容扎實的新聞時。人都需要資訊，其中有許多人更熱愛故事。這說明了為何同一天發表的內容，但是尼寇·弗里德（Nico Fried）發表在《南德日報》「第三版」關於梅克爾的報導，硬是比另一位新聞社記者同仁所發布的新聞能夠吸引更多人閱讀。報導文學並非較好或較差的撰稿方式，但它就是不一樣，它可以喚起更多情感認知。因為好的報導文學不是知識分子的習作，在這些報導的背後，是我們對自我的認同，以及想要更理解人類生活基本概念的需求。報導文學中的事件會以「說故事」的方式呈現出來，過去稱之為敘事手法。

學術上，對於「說故事」一詞有多種定義，有些定義以傳播學的觀點出發，有些以心理語言學的角度來看，也有些出自文學觀點，更有些是多數人認同的「說故事」定義，簡而言之，主要是強有力地傳遞資訊的技術性手法，資訊的真實性並非首要考量。

舉例而言，如果世界上真的有會飛的大耳象，兒童族群還是會一樣喜愛《小飛象》的故事；不可否認的是這是一種可以有效傳遞資訊的方法。大約十萬年前，人類開始使用語言，然而直到約三千五百年前，隨著文字的出現，人類流傳的傳說、傳奇、神話和童話才得以被記錄下來。所以到現在，我們的大腦仍然容易被故事所吸引。畢竟微軟的簡報軟體（Microsoft PowerPoint）出現至今也才約三十年。

然而，以上提到的一切都不代表報導文學是處理新聞的理想方式，因為它與人的距離如此接近。報導文學有好處，也有壞處。好處在於在理想的情況下，報導文學可以引起讀者對某個議題的興趣，帶給讀者快速了解陌生領域的機會，並激發情緒感受，引起同情心。但是，可加以利用的資訊密度，原則上微乎其微，這是其中一個缺點。傳播學上（以及每個稱得上有才華的記者）建議，依主題和目標族群來決定該怎麼做。比如，在某個特定領域，已經掌握許多資訊的讀者可以讀到與自己的專業領域相關、敘事又平穩的長篇報導。對於這類讀者來說，他們更喜歡把繁瑣的事實交代清楚的報導內容。其他剛接觸某個議題，需要先釐清方向的讀者，則期待讀到內容更輕鬆、更感性的入門文章。

因此，雖然我對雷洛提烏斯有些不滿，但我無法理解那些來自阿里、舒馬赫及其他許多人的批評。因為他們提出來的批評，終究是涉及個人品味的不同文體。排斥或偏好某一種文體都具有正當性，但並不等同於宣告：與其看紀錄片，我更喜歡看每日新聞播報。但是，諸如此類都是對形式毫無根據的批評。有句話講得切理：只要出現杜撰的情形，報導文學這個體裁就麻煩了。話雖沒錯，但這句話套用在講煞車碟盤、現金或親子鑑定也都適用啊！

我深為報導文學著迷，所以我以寫報導營生實在不足為奇，就像蓄養豬隻的人應該不會建議人吃素一樣。但是，不同於一些記者同仁或讀者，我並不認為應該廢除報導這種文體。一如上個章節提到的，我可以承認某些撰寫這種體裁的代表人物可能有問題，有些同業的立場也讓我感到不安，而且我確定我指的並非政治上的立場。

不知何時開始，新聞界掀起了一波「美文作家」和「新聞小卒」的風潮。有的記者善於文字遊戲，刻意引導讀者特定觀點，或有些在文章中賣弄絢麗的詞藻；另一些則是專門解鎖複雜脈絡的記者，因為多數重要事件的背景關係都很複雜、枯燥而無味。有些記者堅信，自己的寫法才是更好的。這些人覺得自己是藝術家、自認為是新聞作家，遊走於新聞與文學的邊界地帶，自覺既像記者一樣嚴謹，又可以像文學家一樣雄辯滔滔，而新聞獎中最受到重視的獎項是報導獎這一點，又支持了這種觀點。依這樣的業內規則，難道一篇擲地有聲的評論，或是一條耗費許多心血的揭弊新聞，永遠都比不上一篇精彩的報導嗎？。

對此，我的看法幾年來始終如一：那些自視為文人或自認比經濟專業記者還厲害的記者，以及某些長年不離開辦公室卻自稱記者的副刊作家，都是我厭惡的對象，因為這些人筆下的世界都可能是扭曲的。這樣的論辯很沒意義，就好像提問：記者會比內政專家厲害嗎？或用另一種方式問：處理意外傷害的外科醫生比泌尿科醫生厲害嗎？我想說的是，到底誰厲害就要看傷到哪裡而定了。

在我看來，雷洛提烏斯造假醜聞後對於報導文學的討論，主要目的在處理一些業內的沉痾舊帳，這部分關於記者和反對者之間的爭辯，我在上一個章節已經談過。說實話，我覺得這類論戰很無聊，報導文學這種體裁不會消失，因為讀者喜歡，而且許多撰稿人也樂於此道。

回到先前的提問：報導的寫作形式是否比其他文體更容易發生造假情事？事實上，當我們回顧過去在新聞界發生的幾次重大造假醜聞，就可以發現這個問題的答案明顯是：非也！《希特勒日記》的問題出在對真相的查核上。瑞士記者庫默杜撰了採訪內容，《紐約時報》的布萊爾則是在新聞稿中出現不實內容。一九八九年遭到《新共和》雜誌解雇，其後成為作家的葛拉斯，造假的內容則是幾篇帶有明確敘事元素的報導。綜觀這些事件的脈絡，就會發現真正有意義的問題並非報導的寫法是否合理，而是報導的寫作方式是否存在結構性的問題，即使它保留了真相。

我的看法是：雖然記者的工作有不少灰色地帶，但在這個問題的立場上還是相當明確。只要是記者觀察到的或是打聽到的，他就有資格寫下來。如果記者不在現場，他就要想辦法得到相關資訊，並在文中將原委交代清楚，一點也不複雜。記者前輩基施了解到，自己為文都無法精確地維持真相。早在大約八十年前，他就提出撰寫報導時可以做和不可以做的事。一九四二年，基施流亡墨西哥期間出版的《聳動的市場》一書中，就概括了他在這方面的看法。

書中提到，倘若有人將基施撰寫的報導改編成劇本，作為著作所有權人的基施卻得不到分毫的好處，這樣的情況會讓基施非常氣惱。據傳，基施曾宣稱他寫報導不用想像力，因為他只是寫下發生的事情。對於作者來說，很少有比錯失版稅更能刺激他的事了。基施直接訴諸更高層級，他寫道：「難道建構真相不需要想像力嗎？沒錯，想像力在此（基施注：於報導中）不得發揮自己的精彩之處。想像力的活動空間只有事實和事實之間的狹小過道，而且想像力的動靜必須和事實維持一致的節奏。不過，就算活動空間有限，想像力也不孤單。想像力必須在脆弱的真相上，配合整個芭蕾舞群的藝術表現合舞，不能屈從於謊言的靈活彈性。如果最終順理成章地寫出想要呈現的內容，讓讀者覺得了然地驚呼：『就是這樣啊！』此處的『了然』意義上無異於『理所當然』，同時也傳達出對平庸、陳腔濫調和平面影像的非難。『他畢竟只是寫出他看到的事情。』」

在這個人人有手機、各有社群媒體帳號的時代，記者的基本任務不再是報導尚未為人所知的事物。會讓人感到驚奇的世界已經變小了。在這個層面上，海明威顯得比較輕鬆。他的讀者對非洲最高峰吉力馬札羅山（Kilimandscharo）沒有概念，也沒見過長頸鹿，因此他可以花很多篇幅對此大書特書。當時的讀者對奔牛節期間的潘普洛納（Pamplona）市街景象一無所知，也沒聽過古巴有捕獵旗魚的漁事活動。如今記者的工作和以前的年代已經有所不同——每次在進行訪查或下筆前，我都要問自己同樣的問題：你的所見所聞意味了什麼？我可以從經驗中得到什麼合理的結論？這一切有什麼意義？

報導文學是以事實為基礎的敘事，但又必須要寫出比一般敘事更多的內容。報導文學的寫作基礎是：有人、有事件發生、說了某些話。至今我所知關於「創造虛構人物」的一切，也就是讓實際上並不存在的主角人物說出某些話，在我聽來都很荒唐。既然人物是無中生有的，就不會有合理的「拼裝技巧」──即便撰稿人曾經是《明鏡周刊》編輯，後來成為新聞學教授，聲稱某本教科書裡面這樣寫，也不能這樣做。想要在文章中寫出虛構人物的人大可這樣做，只是這樣的人應該稱為作家。

從現在討論的問題又衍生出另一個問題：在雷洛提烏斯寫造假報導的這幾年來，報導是否有更像短篇小說、更接近文學寫作的趨勢？我的回答是，沒錯，過去這幾年確實有這樣的趨勢。這是一種在刮鬍刀片上騎行的危險行為，這樣做雖然讓文章更好讀，卻需要耗費更多心力。報導可以具有文學性嗎？如果這個問句指的是，寫得好，有好的思想、敏銳的觀察、特別的觀點，那我的回答是：可以。雖然《明鏡周刊》調查委員會的報告認為，形容詞的數量也可能是報導有問題的指標。但我認為只要一切都是真的，這項指標也就無關緊要了。於是，最終歸結到同一個點上：文章內容如果不是對，就是錯。而且，報導的承諾一直都是：「當時我在那裡。我寫下的就是我所經歷的。」除此之外的一切，如果不是符合於這項原則，就是屬於文學的範疇。雷洛提烏斯是否用他童話般的文章讓其他記者同仁以為，不造假可能就無法寫出文章？這是有可能的，而如今，他也為此付出了代價。若問到雷洛提烏斯對於記者崇拜的現象有貢獻嗎？對這個問題，我的答案也是肯定的，只是沒有必要和他一起墮落下去。

調查報告中的另一項評論提到，報導中帶有價值判斷的元素、說明與詮釋。這個說法也是正確的，報導確實存在這樣的現象，只是有時候比重較多，有時候較少，這些詮釋必須要有事實根據，而不是無中生有。這部分我不認為是問題，只覺得是無法避免的現象。因為光是決定要寫進文章裡面的人選、採用誰說過的哪句話，或是選擇把哪個場景寫進文章的過程，無一不存在價值判斷。報導在內容上會有選邊站的情況，在這點上，和評論並無二致。畢竟沒有人會說記者做的都對，而被寫到的人或他們的發言都是被正確理解的結果。

於是，難就難在如何創造出戲劇性的效果。對此，調查報告提到：「在一些新聞報導的研討會上，比如『記者論壇』，講授到敘事手法時，會借用電影、漫畫和文學作品等虛構的創作作為討論的工具，也會不斷引用英國文學家、小說作家和散文家艾德華・摩根・佛斯特（Edward Morgan Forster）作品中的內容，比如他最有名的例句：『國王死了，然後，皇后也死了。』佛斯特表示，兩人都死了只是講出發生的事，直到下一個句子出現：『國王死了，接著，皇后也悲慟地死去。』才有了情節。」舉這個例子的目的，是要呈現新聞學方法論的問題與限制。在新聞中，把死亡的理由和原因調查清楚總有其難度，皇后的死可能是肺炎導致，也可能是自殺或中毒身亡，可以想像的空間很大。所以記者通常這樣寫：「國王死後，皇后也死了，但我們不知道原因為何。」

就我看來，這個例子非但無法清楚呈現「新聞學方法論的問題和限制」，反而完全相反，我認為調查委員會只是講出了整個新聞界的問題而已。二〇一九年五月二十五日，發表事件調查報告的那期《明鏡周刊》上的第一個句子寫道：「自從《明鏡周刊》與《南德日報》公開奧地利自由黨黨魁斯特拉赫（Heinz-Christian Strache）及其親信顧德努斯

（Johann Gudenus）與俄羅斯資助者在西班牙伊比薩島（Ibiza）上密會的影片後，引起了歐洲政壇的震盪。」正確一點應該這樣寫：「至少我們相信會有一番動盪，因為歐洲大部分地區可能對奧地利發生什麼事絲毫不感興趣，所以有很多想像空間。」

我認為，可以確定的是，事實的發展很少像電影中呈現的一樣。現實中的事實通常更複雜，很少是單純的因果關係，卻也不因此減損它扣人心弦的程度。然而，雷洛提烏斯的做法是，像電影情節一樣構思他文章中故事的發展情節，而且應用許多刻板印象。他對事實真相幾乎不感興趣。他無法從模糊的線索、不完整的資料、灰色地帶或真人中得到想要的訊息——因此他常只是在網路上進行初步調查，省略「田野調查」該做的事。他捏造的內容不只有文中人物的發言，也不只是事件，而是連事件的發生順序都有不實成分。因此他的文章不是報導文學，至少不是典型的報導文學。

雷洛提烏斯的許多文章雖然充滿人工雕琢的痕跡，但只有這一點還不足以構成後來的非議。文章中有戲劇性的內容不是問題，因為每篇文章要能順利完成，並且要能讓人讀來清晰易懂，都要講求結構。優秀的撰稿人有能力利用一堆印象和事件，有時甚至必須從全球各地記者同仁轉述的內容中，寫成一篇敘事精彩、觀察敏銳又內容豐富的報導。能夠寫出戲劇性和長篇敘事的能力是一種天分，但其中的訣竅和技法卻十分古老。早在二千三百多年前，亞里斯多德就在他的著作《詩學》（*Poetik*）中為戲劇這門學問奠下基礎。事情開始、發展，然後結束，古羅馬政治哲學家西塞羅對於敘事技巧也有相關論述。否則，撰稿人大可給讀者一份筆記的複印本，然後大聲宣告：「我不想處理這些筆記，不然事實真相就會遭到曲解。」不會有寫得太好的文章，只會有太多寫得不好的文章。

回到最初討論的議題，報導會因為結構化的過程扭曲其中的脈絡。關鍵在於，這種戲劇性是何時開始、從何處產生。如果這種戲劇性是純粹出於想像，或是在應有的田野調查前就出現，那就真的有問題了。但如果是在文章寫成、仔細讀過後，那麼這就是如何把故事說好，關乎敘事技巧的核心問題。在寫作過程中，這樣的誘惑大嗎？大到足以讓人寫下一篇從未發生過，卻十足精彩的英雄歷險記？是的，確實存在這樣的危險。就像科學家操控實驗結果一樣危險。追根究柢，這是人性的問題，並非廢除某種特定體裁就能得到解決。未來依舊會有記者不遵守工作倫理，寫出誇大、甚至杜撰的報導。他們終究是人，而人就可能做出這些事情。放諸各行各業皆然。

第16章

造假事件帶來的危機與轉機

「假新聞媒體因其陰謀論和盲目的仇恨而瘋狂。」

——美國第四十五任總統川普

幾個月前，我接到一位西班牙電影製作人的來電。對方表示得知雷洛提烏斯事件，並有意以此事件為本製作影集，而且預計是跨國播放的影集，因為他已經和一家串流媒體供應商取得聯繫，那家串流媒體供應商也表示對這個提案有興趣。「假新聞」這個議題在國際上已經惡名昭彰，是目前全球熱議的話題。其實這是個人人都是記者的時代，我們所有人都會在社群網站上發布消息，對我們轉傳的內容有善盡查證的責任，如果有朋友或認識的人因為我們發布的消息感到氣憤，我們也必須承擔起相應的後果。「假新聞」、「不實訊息」（Desinformation）、媒體扮演的角色，這些都不再只是新聞業界關注的議題，而是迫切需要整個社會共同面對的論辯。

我認為那位製作人對事件的分析大抵正確，我也能理解他關注這個議題的原因。雷洛提烏斯事件已經在全球引起熱議，墨西哥電視台、西班牙報紙、美國雜誌對此事件都做過詳盡的報導。

雖然這個議題影響層面之大又如此重要，我卻認為那位製作人誤將「假新聞」和雷洛提烏斯這兩個不相關的主題混淆了。尤其在談到雷洛提烏斯事件對德國新聞界造成的影響時，我個人認為應將兩者分開討論。對我而言，這是兩種不同的現象。以下就讓我們先來了解一下「假新聞」。

我不想探討學術上對「假新聞」的定義，而是想聊聊我認知上的理解。或許極右派的「另類選擇黨」與川普有不同觀點，但我認為「假新聞」就是那些（大部分在網路上）以操控讀者為目的，刻意製造出來的新聞內容，這些內容可能有誇大或斷章取義的成分，或甚至是不實報導。這樣做的主要原因有二：其一是為了吸引讀者對特定網頁的注意，以增加廣告觸及率。「假新聞」是有效提升點閱率的方法，而且更重要的是成本低廉。另一個散布「假新聞」的原因是出於特定政治目的，意圖影響輿論。演算法和所謂的軟體機器人（Bots）又在假訊息的散布過程中起到支持作用。換句話說，這是數位時代的政治宣傳手法，這並不是新的現象。漢娜．鄂蘭（Hannah Arendt）就曾寫過：「就某種意義上看來，法西斯主義為古老的說謊藝術添上了新的變化，而且是人想得到的最惡毒的那種變化，那就是『真實的謊言』（Wahrlügen）。」鄂蘭還描寫了，當真相遭到計畫性的掏空之後可能出現的景象，比如在戰後的德國：「德國人逃避現實最厲害、也最可怕的地方，就在於他們面對事實的態度，就好像只是單純表達某種看法而已。」

但是雷洛提烏斯並沒有特定政治傾向，甚至多數共事過的同仁都認為他是個對政治完全沒興趣的人。雷洛提烏斯寫的一些文章，尤其是發表在《明鏡周刊》的文章，可以算得上有左傾自由主義色彩。其他一些他早期為保守派媒體寫的文章則看不見這種傾向，比如他寫過關於巴爾幹半島局勢的報導中，就出現過近乎種族主義的言論。雷洛提烏斯的這些文章可能不符合另類選擇黨高層艾莉絲．威德爾（Alice Weidel）曾經在臉書上發表過的貼文中所寫的內容：「偽《明鏡》文：意識形態撰稿人協會的產物！」她並寫道，這是「帶有倫理道德色彩觀點的新聞」。威德爾又提到：「為什麼要讓不必要的訪查工作糟蹋一篇好評論？」如果威德爾先讀過雷洛提烏斯在瑞士《世界周報》發表過的文章，或許她就不會犯下這些以前的記者犯過的錯了吧！雷洛提烏斯另一篇寫到美國選民的報導，當時的總統歐巴馬剛結束第一任期，報導中的選民已經對歐巴馬失望至極而不再支持他。對此，史普林格出版集團執行長多芬納可能會提出不同的意見吧！多芬納曾說過：「態度比寫作技巧重要，世界觀又比個人意見重要。在這樣的氛圍下，讓杜撰有了茁壯的空間。」《畫報》是史普林格出版集團的一員，這番話聽在批評《畫報》的人耳裡或許又要回嘴：「那人說的話聽起來，好像他真的知道自己在說什麼。」

我想，雷洛提烏斯想要向他的讀者、編輯和新聞獎的評委證明的唯一一件事就是：他自己。對他來說，他所做的一切，都只是為了自己的記者之路能發展順利。如果遵循記者的職業倫理，又想成為其中的佼佼者，顯然非常困難。於是，雷洛提烏斯就像使用了禁藥的運動員，而他這麼做的目的都是為了他自己和他個人的名聲。他做出傷害競爭對手和同事的事，有些人甚至因為他而失去工作。他欺騙了相信他的人，而這些被他欺騙的人中，甚至還有人認為雷洛提烏斯是自己的朋友。不過，有一點我很確定：和情報單位、政府機構或政治人物散布「假新聞」的目的不同的是，雷洛提烏斯沒有政治使命感。

在雷洛提烏斯事件爆發後的爭論中，另一個引起多數人同感的指責是：編輯部強加於撰稿人的意識形態。我無法理解這個批評。許多新聞從業人員出身自特定左派家庭背景，這已經不是什麼秘密了，這其中也有許多人為保守派媒體供稿。就此層面而言，我的印象反而是意識形態太少，而不是太多。業界幾大品牌，如《法蘭克福廣訊報》、《南德日報》、《明鏡周刊》、《焦點周刊》和《畫報》等，相較於以往，在意識形態上的差異已經明顯變小。媒體界對於政治見解的寬廣度有縮小的趨勢，在社會和政治圈也有相同的趨勢。另有一大群跨越各階層、在主要議題上立場一致的沉默中間派。這群中間派人士被左派及右派人士斥為邊緣人，這些人中有些人疾呼反對接收移民的政策，也有些人訴求反對跨國集團式企業。其中或許不乏好政見，但通常聽不見他們的聲音，因為往往在各種嘈雜的訴願聲中就讓人頭痛不已了。對此，我或許能理解某些片面的指責。

美因茲大學（Johannes-Gutenberg-Universität Mainz）曾做過一項比較研究並得出結論，對於所謂的難民危機，「媒體大都能呈現出正確的內容」。雖然有些「片面的」新聞報導，但這些報導的立場通常不會絕對支持或反對難民，我所感受到的也是如此。就我看來，這種片面性報導的出現都有先後順序。所有記者先是撰文稱許在火車站前等候歡迎敘利亞難民到來的慕尼黑人，不出幾個月，同一批人又成為被嘲笑的對象；或是所有記者一致認為社民黨（SPD）推派馬丁．舒茲（Martin Schulz）作為該黨的總理候選人，為政壇帶來令人耳目一新的氣象，不久後又有志一同般地認為舒茲的作風令人難以忍受。歸結起來，運作的過程大概如此：齊聲呻吟之後緊接著就是齊聲歡呼，然後齊聲發難問道：「嘿！沒有更重要的事情值得關注了嗎？」於是，興奮的周期變得越來越短。

換句話說，在雷洛提烏斯造假事件中的所有問題裡面，他的政治傾向真的是最小的部分。對許多讀者來說，甚至對許多讀得很仔細的《明鏡》讀者來說，雷洛提烏斯未曾引起他們的注意。我認為有兩個原因：雷洛提烏斯是個無聲的撰稿人，他一貫低調，不會輕易在報導中流露自己的聲音或觀點。讀過他的文章之後，讓人記得這個故事，卻想不起來故事是以何種方式講述。另一個原因是他當時還年輕，還需要一段時間寫出名堂、讓人記得有個名叫雷洛提烏斯的記者。他在這行待了七年，這段時間雖然足以讓他闖出史詩般規模的災難，卻不夠讓讀者認得他。

另一個完全不同的議題是：雷洛提烏斯是否自認了解《明鏡周刊》編輯及新聞獎評審的特定立場偏好，並依此修改自己的文章？我曾在別處把雷洛提烏斯形容為「懂得如何抓住人心的人」，他可以解讀對手的心思，察覺對方的希望和渴求，這是騙子的基本能力，因此我想不出任何理由為何面對讀者、編輯或新聞獎評審時應該有所不同。結論是，雷洛提烏斯當然知道哪些文章在哪裡比較受歡迎，並且知道如何投其所好地遞交寫出的文章。

毫無疑問，確實有些故事具有時代精神、有些議題攸關當下的公共事務，或是在某個時間點牽動全球局勢的個人命運。這些都是會被表揚、登上頒獎台，甚至贏得大獎的好題材。敘利亞內戰、美國在古巴的關達那摩灣監獄（Guantanamo Bay prison）、橫渡地中海的難民等，這些都是雷洛提烏斯經常在會議中提到、出現在《紐約時報》或《衛報》頭版的重大議題。就像前面提到的，雷洛提烏斯在意的是，選擇的主題是否攸關公共事務，因為與公共事務相關的報導才有可能獲獎。當然，他也寫具有戲劇性而感人的個人命運，因為這樣的故事才能引人注意；描寫曲折命運的報導也能得獎。

以他的第三座德國記者獎為例，獲獎的報導標題為〈四百四十號〉（Nummer 440）。內容講述的是一個葉門年輕人，十四年前無辜被強行帶到關達那摩灣監獄。他在那裡飽受折磨、一度差點餓死，如今卻擔心重獲自由後的人生。雷洛提烏斯在報導中寫到，該監獄三個主要營區中的三角洲營（Camp Delta）沒有為穆斯林受刑人準備古蘭經。這個說法並不正確。但如果雷洛提烏斯只是想藉此說明美國的粗鄙作風，或許算不上欺騙。他沒有如實陳述，只因為這樣可以寫出更好的故事。他造假，因為這樣可以暗中滿足許多人的期待——既滿足了編輯部和新聞獎評審等專業讀者的期待，也滿足了《明鏡周刊》「一般」讀者的期待。他只是順應主流思想，簡化了對關達那摩灣監獄的批評。就像批評敘利亞內戰是瘋狂行徑的觀點一樣。雷洛提烏斯看透新聞業的運作與規則，因此為了成功不惜造假。

極其坎坷的命運加上與公共事務相關，再加上社會中盛行觀點的肯定，幾乎成為獲得好名聲的保證。這就是雷洛提烏斯的欺騙手法。這也說明了為何雷洛提烏斯沒有一篇文章是走諷刺的非主流路線，因為這類文章不會得獎。或許在未來幾年，因為此次醜聞的曝光，這樣的情況會有所改變，但我認為也是暫時的現象。

主持人塔德易茲曾經多次在不同場合將不同獎項頒給雷洛提烏斯，他寫道：「在評審會議上，我常能感受到特定的世界觀。任何人只要能將一個吸引人的故事盡量用華麗的方式表現出對這種世界觀的肯定，大概就能聽到頒獎台上傳出他的名字。」

我從未擔任過新聞獎評審，也沒參加過評選會議，但我認識的塔德易茲並非是憑空造話的人。我不清楚評審團中的氛圍是否存在特定世界觀，但如果有也不會讓我太驚訝。反而如果說一個評審團裡面沒有特定世界觀，才會讓我感到奇怪吧！每位記者都有自己的觀點。因此，寫出一篇反應自己立場的文章，應該比寫出一篇違背個人信念的文章來得容易。即便記者自己也清楚，這在評鑑過程中無足輕重，但這種情形很難改變，人都喜歡和自己理念契合的事物。表達讚美的讀者回響會怎麼開頭？措辭應該大都是「您寫出我的心聲了」或「如果是我也會那樣寫」之類吧。應該很少見這樣寫的：「您的政治見解讓我感到噁心。不過其中的戲劇性、語調、字裡行間蘊含的智慧以及選角，都值得我脫帽致敬！」我認為塔德易茲說得有道理，有特定的世界觀、特定立場，會讓事情變得更簡單。如果一篇報導寫的是關達那摩灣監獄的正面構想，或是另類選擇黨對婦女形象的正面觀點，實際上應該都很難被接受。實際情況就是這樣，無論在評審會議上，或是對於《明鏡周刊》、《亮點》雜誌或是《法蘭克福廣訊報》的大部分讀者。

確定的是，某位記者獲得重要的新聞獎後，必然出現模仿者。他的風格、語調都是特色。就像我自己後來會成為記者，也是因為仰慕薩托里厄斯、赫伯特・里爾－海塞（Herbert Riehl-Heyse）、艾克瑟・哈克（Axel Hacke）、歐桑等幾位記者前輩的成就。就以暢銷書作家、同時也是我在社會編輯部的同事、更是我老朋友的顧曲為例，他成為記者的原因，是因為前面有個不可企及的目標，讓他期許自己哪天能寫出像雷馬克（Erich Maria Remarque）的《西線無戰事》（*Im Westen nichts Neues*）這樣的作品。由此可以想見，雷洛提烏斯必然也會成為許多即將成為記者的後進仿效的對象。

既然提到新聞獎，不免要問新聞界裡面，自我陶醉的現象是不是太嚴重了？隨便舉個例子，是不是比從事醫師、律師、法官、經理人或劇作家等職業的人還要嚴重？我會說：一點也不。依據我的經驗，新聞從業人員，尤其是紙媒的從業人員，大都容易出現失敗主義的厭世傾向。有次一位編輯告訴我，他手邊有一本書的出版提案，那本書應該會暢銷，但他不確定是否應該邀請某位知名記者來寫這本書，原因是：「這位記者應該能寫好，不過卻難以對另一家報社的記者交代。或許因為這次沒詢問他們的意願，以後有事就很難找他們商量了。」

頒給新聞從業人員的獎項很多，據說在德國境內就有超過五百個新聞獎，這個數字確實非常高，但是非議的對象不應該是新聞從業人員，而是那些把獎頒給他們的人。許多基金會、社團、協會和組織不會出現在報導上並非毫無理由，改變這種現象最簡單的方法，就是頒發新聞獎的獎金，而且獎金的金額要從一千歐元起跳。這樣就可以保證至少有一家媒體，也就是獲獎的那家媒體，會在報導中提及頒獎單位。因為相較之下，廣告的費用更高。更重要的是，大量湧入的稿件提供了與編輯聯繫的管道，可能有助於未來新聞發布等公關事務的推展。再者，如果知道目前記者的收入，應該也不會太訝異，為何許多記者會想要這份獎金了。

對於能夠切實履行內容控管任務、獨立而嚴謹的新聞業者來說，他們要面對的真正結構層面的問題是待遇，許多記者無法單靠這個職業維生。我有位熟人經營一家公關公司，服務的對象中有幾家大型電商公司。他們目前遇到的最大問題是，許多正經的報刊雜誌已經沒有記者這個職位，從公關的角度來看，也就沒有了可以「下手」的對象。公關公司組織了活動，結果幾家不同的公司共派出十位發言人，只來了兩位不受雇的業界記者。最後，到場的記者只想知道怎麼做才能變換角色，成為企業的發言人。

關於紙媒的危機可以說的很多，幾乎都可以寫成另一本書了，而且會是一本令人心酸的書。我只能說：發行量逐年下滑是個問題。全國性日報的紙本訂戶發行量在過去十年大概減少了四〇％，《明鏡周刊》少了約三〇％，《亮點》雜誌和《焦點周刊》也大概流失了四〇％訂戶。如今的出版業者利潤明顯比以前少很多，導致現在每個新上任的總編輯面臨的首要任務，就是如何執行下一波各項費用的精簡計畫。在探討雷洛提烏斯和他的造假行為背後的意義時，有必要對當前媒體的現況稍有了解。發行量下滑以及訂戶數減少，都使得編輯部承受壓力，然而讀者也不再願意為了資訊付費。

正當業界景氣低迷的時候，雷洛提烏斯出現了。這個年輕人立志成為記者，而且渴望能為「紙媒」而寫。該如何在這個垂死的行業中勝出？答案是成為這個行業的救世主。雷洛提烏斯可以寫出其他人寫不出來的報導。他提供的故事都很特別。哪家報章雜誌能發表雷洛提烏斯寫的文章，就等於有了獨特賣點。雷洛提烏斯寫的報導不只是好，更是一份美好的承諾，對《明鏡周刊》如此，甚至對整個行業都是。他就是有辦法用記者的傳統工具、以好讀又有力的故事，為整個前景不明而極度慌張失措的業界帶來希望。德國廣播電台的新聞頻道（Deutschlandfunk）負責人曾經表示，只要有雷洛提烏斯這樣的報導，他就不擔心德國紙本新聞業的未來；雷洛提烏斯寫的報導似乎成為業界擺脫危機的可能性。

業界的人都不否認，多年來《時代周報》以引起共鳴、富有情感又帶敘事的文章風格讓發行量維持穩定狀態，除此之外的其他業者都損失慘重。《時代周報》總部同樣設於漢堡，但堅硬的新聞報導內容向來不是它的主要業務。這份刊物傳達的更是一種情懷、一種知識帶來的幸福感受。就好像有人在呼喚著：「我們理解你的感受。親愛的讀者啊！我們和你一樣。」為了這段話不要被誤解，容我說明，以上並不是對《時代周報》的批評；以讀者需求為導向的經營方式，本身並沒有錯。

另外，雷洛提烏斯有精準地讓讀者感受到彼此間有連結的能力。相較於其他同仁，雷洛提烏斯明顯收到更多讀者來信，而且大都是正面的內容。這種情形在《明鏡周刊》的讀者群中非常少見。如果接連讀過十來篇雷洛提烏斯寫的報導後，就會有些意外地發現。雖然讀的是一篇描寫殘酷命運的文章，卻能在其中得到一些安慰。比如〈國王的孩子〉這篇報導，最終梅克爾「女王」並未現身拯救可憐的孩子，於是兩個孩子只能繼續留在土耳其做苦工。整篇報導以悲劇收場。令人欣慰的是，事出必有因，有問題就有解方，而雷洛提烏斯勾勒的世界總是合情合理。意思是，當今世道極度渴望簡化的世界而《GEO視界》雜誌總編輯克里斯多夫・庫可立克（Christoph Kucklick）曾在他的著作《微粒社會》（*Die granulare Gesellschaft*）中，提到一個充滿各式情結、多元而複雜的世界，讓人無所適從。

我分享這個觀點，但比起稱作對簡化的渴望，我更想稱之為對合理性的渴望。在我剛讀過〈獵人的邊境〉這篇報導後，給雷洛提烏斯寫的第一封電子郵件中，我寫道：「像你的主角那樣，因為有個染上毒癮的女兒而引發空前轉變且動機單純的覺醒經驗，這樣的內容我寫不來。」雷洛提烏斯的文中寫到，因為幾個拉美人賣毒品給葉格的女兒，讓他決定投入追捕非法入境的拉美人行動中。這些內容是雷洛提烏斯杜撰出來的，雖然不是事實，卻讓人覺得合情合理。身為讀者可以理解葉格的動機，讓人覺得安心，大概就是因為理解可以少一點恐懼這樣的心態。作家羅伯特・穆西爾（Robert Musil）在他的小說《沒有個性的人》（*Der Mann ohne Eigenschaften*）中寫道：「那些看似遙遠又抽象的想法，在他的人生中經常佔有如此直接的意義。這讓他想到：當人們在生命中負重而行，夢想能過上簡單的生活時，渴求的無非是故事般的規則！在那個簡單的規則中，可以讓人說出：『事情發生就發生了！』如此簡單的順序，是偏狹的生命面對千變萬化的世界時展現的樣貌，就像數學家可能會說，這讓我們感到安心。」

雷洛提烏斯總是能讓他的讀者感到安心。因為他隨時隨地注意「規則」。只要有了規則，內心就有所依憑、就有了方向。所以當葉格沒有遵循這樣的規則時，就會出現他在文章末尾對人開槍那樣令人難以理解的情況。比起說明和撫慰人心，這些文字帶來的是更多的不安。這裡要傳達的是，那就是會開槍的人，沒人知道他為什麼要開槍。真是個可怕的世界！

雷洛提烏斯的文章吸引讀者。題材很拙劣，但讀者不會知道，因為那些報導就像他一樣，低調又充滿體諒。雷洛提烏斯的文章始終都能——為讀者、最終也為新聞業——帶來救贖的承諾。

《明鏡周刊》一位總編輯曾稱雷洛提烏斯為「明鏡的未來」。一位對業界發展有清晰藍圖的總編輯說出這樣的看法是可以理解的。撫慰人心的長篇敘事成為講述故事的工具，以能引起共鳴、情感豐沛的文章爭取那些不單只閱讀《明鏡線上》標題的讀者青睞，作為走出危機的方法。過去很長一段時間曾被指為過時的電視劇，也在這種類似的前提下經歷了重生；精緻、有抱負、有情感，雷洛提烏斯提供了這一切。他找到有話題性的題材，為此用上幾個月時間在全球各地進行沒人做過的訪查，然後寫出聳動的文章取悅消費者，即使這些文章的內容基本上都是預料得到的。這樣維繫讀者的系統，就像可以插進保險箱鎖孔的鑰匙一樣，適合正面臨危機的新聞業。因此多年來，雷洛提烏斯對德國新聞業來說就像一劑解藥，而不是麻煩。

雷洛提烏斯能給讀者的甚至還超出幾篇撫慰人心的文章帶來的作用。他寫的文章總是傳達道德上的優越感，這些文章從來不處於道德上的灰色地帶。也就是，讀他文章的讀者和作者都有共識，知道什麼是良善的、什麼是正確的，而世界的苦難都是可以預料得到的。雷洛提烏斯不僅向讀者保證了一個單純的世界，而且他也想到，可以為那些不只是想法善良、更想做好事的人做些事。

瑞士的詩丹弗立出版社（Stämpfli Verlag）曾邀請多位記者共同為該社出版的散文集《浪淘淘》（*Wellen schlagen*，暫譯）撰稿，請他們各挑一篇發表過的報導，講述文中事件的後續發展情形。雷洛提烏斯也在被邀稿的作者之列，並為此寫了一篇關於〈國王的孩子〉的文章。文中提到，他花了九天時間試著找到被迫逃離家鄉、目前在土耳其工作的敘利亞兒童，他寫道：「在返回寄宿飯店的途中，在一條位處荒僻的主要道路旁，我們碰巧看到一個瘦小的小男孩。當時他背後正拉著一部拖車，上面載滿的廢棄物足足有他體重的兩倍重。他的臉上滿是髒汙，雙手淨是水泡。」

根據文中的說法，雷洛提烏斯有四天時間跟著這孩子行動。文中寫道：「阿罕默德表示，他用電的唯一電力來源是一部報廢曳引機上的電池，洗漱用水則取自一條骯髒的下水道。」雷洛提烏斯接著寫到，不久阿罕默德提起他有個姊姊名叫阿琳，在梅爾辛

（Mersin）的一座小織坊裡面受到勞力剝削，兩個孤兒都親眼看到自己的雙親如何死去，戰爭把他們丟進冷漠無情的世界，但這一切內容當然都是杜撰的。當時和雷洛提烏斯同行的攝影師，在更早之前的採訪行動中認識文中的阿罕默德，這男孩在自己叔叔的維修廠裡面幫忙，而且和父母同住，更沒有名叫阿琳的姐姐。這篇報導讓雷洛提烏斯失控了，用兩個孩子的命運呈現出戰爭的殘酷，讓讀者深受感動。許多人都想伸出援手，電子郵件湧入《明鏡周刊》，甚至有美國加州的富豪和兒童慈善機構「國際兒童村」（SOS-Kinderdorf）也都表示願意提供協助。雷洛提烏斯讓這些讀者將錢匯到他的私人帳戶。他在文中如此寫道：「差不多在我們首次見面之後的一年半，直到二〇一七年秋，兩個孩子在伊斯坦堡登上飛往德國漢諾威（Hannover）的飛機，一對德國醫師夫婦持續表達了領養兩個孩子的意願，並承諾會好好照顧他們。阿罕默德和阿琳兩人親自從我們提供的照片和書信中挑選出他們的新家人，如今兩個孩子住在低地薩克森邦（Niedersachsen）某個小城市近郊的獨棟別墅裡。阿琳已經十五歲，阿罕默德也快十四歲了，兩人都在先修班學德文，為正式入學做準備，也在那裡結交第一批朋友。此外，每周進行一次心理治療，處理那些戰爭和雙親亡故帶來的創傷。我和這一家人持續保持聯絡，不過在他們抵達德國後還沒去看過他們。我不想再去揭開傷口，造成他們的困擾，希望他們可以慢慢展開新的人生。」

雷洛提烏斯最終從讀者那裡募得七千歐元，並公開將這筆金額捐給一個基督教慈善機構。對他來說，金錢不是重點，經由這樣一段故事，在同事間建立起來的名聲和欽佩的眼光，才是對他來說更重要的事。即使在這樣一篇講述戰火下的孤兒悲慘命運的文章中，雷洛提烏斯還是發揮了他撫慰人心的專長。他讓讀者有機會做些善事，捐款做對的事。在某種意義上，雷洛提烏斯給了這些人得到救贖的機會。

基本上，若要問雷洛提烏斯帶來什麼啟示，這樣的問題不該只是對新聞界提問，而是該問問我們自己：為何這一切讓我們如此深受感動？超過四十個新聞獎的評審團、上千位讀者、一整個世代的年輕撰稿人。雷洛提烏斯利用了人心的渴望，說出了我們內心的不安。許多人都願意相信他寫的，因為那是他的讀者所抱持的信念，雷洛提烏斯保護他讀者的信念免於遭到真相的破壞。

讀者、編輯和新聞獎的評審委員之所以喜歡他，正好都是因為他做了一個好記者不該做的事。忠厚老實的雷洛提烏斯就像一個朋友。這個朋友重視我們的感受，希望我們無所畏懼。我們為此頒獎給他、把他當英雄崇拜，我們希望這樣做是對的。他的報導幾乎沒有例外地違反了許多新聞業的原則，他違反的原則中，有目共睹的一項就是捏造內容。但是讀者在閱讀後應該有所學習這項原則，同樣也被雷洛提烏斯棄如敝屣。《明鏡周刊》創辦人魯道夫．奧格斯坦的女兒法蘭希思卡（Franziska Augstein）曾表示不想讀雷洛提烏斯寫的文章，「因為讀的時候總覺得都是我已經知道的內容。」就這點而言，法蘭希思卡是個特例，因為我們中的大多數人就是愛這一味。讀雷洛提烏斯寫的文章不會讓人變聰明，但這些文章會讓人覺得自己已經很聰明了，因為有人費力地將自己先前稍有印象的事情彙整在一篇文章裡面了。

如果有人問，能快速在新聞業晉升的秘訣是什麼，答案很簡單：無論是《明鏡周刊》、讀者還是新聞獎評審，忠厚老實的雷洛提烏斯都能給我們想要的內容。我了解我們都非常需要一個解釋，會認為在這樣的醜聞發生後，應該做些改變。但這不會發生，雷洛提烏斯看出編輯和讀者的不足並加以利用。

二〇〇三年十二月，就在從費希特納手上接下人生中第一座記者獎獎盃之後，雷洛提烏斯曾經接受一家廣播電台的訪問。電台記者想知道，編輯部是否會要求自由記者撙節支出，縮減訪查過程。雷洛提烏斯給了否定的答案，但接著又說了一番耐人尋味的話：「有個老掉牙的說法，不過也有點接近實際狀況。說是如今的記者在腦子裡面醞釀某個主題的畫面，想像去過哪裡和飛到哪裡，然後只是──說得誇張一點──在飯店裡面寫下他們的想像，而那些內容當然與他們在現場的體驗無關。」

雷洛提烏斯對所有人說謊，一次又一次的不斷發生。面對指控時他說謊，事件爆發後他還是說謊。那些和他保持聯絡的編輯，以及經手過雷洛提烏斯寫的文章、想要知道內容真相的編輯，全都被騙了，這就是這個人的所作所為。對於他的病，如果真像他說的那樣，我們只能接受。

在醜聞爆發後幾個月，有位《明鏡周刊》同事終於聯絡上雷洛提烏斯。當時雷洛提烏斯聲稱他正在德國南部的醫院接受治療，療程對他有幫助，並表示那裡的醫生都看到他的進步。雷洛提烏斯稱，他只是不想要同事和朋友失望。對他來說，這才是最重要的。

隔天，這位剛通過電話的同仁遇到另一位《明鏡周刊》秘書，而這位女士剛剛還看到雷洛提烏斯騎著自行車，地點在德國北部的漢堡。

感謝

我要感謝的人很多。在我職場生涯面臨存亡關頭之際，才看得到誰是真正的朋友，再多的感謝都不足以表達我對這些人的感激之情，可能連他們自己也不知道，他們曾經對我有多重要。

首先，我想感謝我的妻子，如果不是我早在幾年前已經和她結婚，現在的我也必然會馬上牽起她的手。因為她是如此美好！

我要感謝塔立耶裘。為了我，他不僅用好幾個小時的工夫在網路上查找資料，對我這個人或對我的行動也不曾有過絲毫懷疑。還要感謝達尼爾．拉迪西（Daniel Radig）、顧曲、馬克沁．雷奧（Maxim Leo）、蘇珊娜．芙勒梅（Susanne Frömel）、卡洛琳．辟麗希（Carolin Pirich）等人，他們很早就知情，卻都願意為我保持沉默，期間還耐心傾聽本人莫雷諾幾個小時的訴苦。感謝本書的編輯烏里西．旺克（Ulrich Wank），感謝他的耐心以及非常實際的建議。

末尾，要衷心感謝我的父母，我想跟他們說：「媽、爸，不用擔心了。都過去了！」

版權來源

感謝明鏡出版社（Spiegel Verlag Rudolf Augstein KG）同意本書轉載由莫雷諾和雷洛提烏斯共同撰寫的〈獵人的邊境〉一文。

感謝瑞士普恩塔斯報導文學出版社（Puntas Reportagen AG）同意本書引用出自《報導》雜誌的部分段落。

國家圖書館出版品預行編目（CIP）資料

造假新聞：他是新聞金童還是謊言專家?德國《明鏡週刊》的杜撰醜聞與危機！／胡安．莫雷諾（Juan Moreno）著；黃慧珍譯.
-- 初版. -- 新北市：臺灣商務印書館股份有限公司, 2021.05
面；14.8×21公分
譯自：Tausend Zeilen Lüge : Das System Relotius und der deutsche Journalismus

ISBN 978-957-05-3297-5（平裝）

1.雷洛提烏斯（Relotius, Claas） 2.新聞學 3.新聞倫理 4.德國

899.943 110003624

人文

造假新聞

他是新聞金童還是謊言專家？德國《明鏡週刊》的杜撰醜聞與危機！

Tausend Zeilen Lüge : Das System Relotius und der deutsche Journalismus

作　　者—胡安・莫雷諾（Juan Moreno）
譯　　者—黃慧珍

發 行 人—王春申
選書顧問—林桶法、陳建守
總 編 輯—張曉蕊
責任編輯—廖雅秦、徐鉞
特約編輯—謝淑雅
校　　對—呂佳真
封面設計—兒日設計
內頁設計—黃淑華

營業組長—何思頓
行銷組長—張家舜
出版發行—臺灣商務印書館股份有限公司
23141 新北市新店區民權路 108-3 號 5 樓（同門市地址）
電話：（02）8667-3712　傳真：（02）8667-3709
讀者服務專線：0800056196
郵撥：0000165-1
E-mail：ecptw@cptw.com.tw
網路書店網址：www.cptw.com.tw
Facebook：facebook.com.tw/ecptw

局版北市業字第 993 號
初版一刷：2021 年 5 月
印刷廠：沈氏藝術印刷股份有限公司
定價：新台幣 430 元

法律顧問—何一芃律師事務所